中国特种兵 Ⅱ

特种兵归来

江清波◎著

北方联合出版传媒（集团）股份有限公司
万卷出版公司

图书在版编目（CIP）数据

中国特种兵. Ⅱ, 特种兵归来 / 江清波著. — 沈阳:
万卷出版公司, 2018.3
ISBN 978-7-5470-4780-4

Ⅰ. ①中… Ⅱ. ①江… Ⅲ. ①长篇小说－中国－当代
Ⅳ. ①I247.5

中国版本图书馆CIP数据核字(2018)第030514号

出 品 人：刘一秀
出版发行：北方联合出版传媒（集团）股份有限公司
万卷出版公司
（地址：沈阳市和平区十一纬路25号　邮编：110003）
印 刷 者：辽宁泰阳广告彩色印刷有限公司
经 销 者：全国新华书店
幅面尺寸：160mm × 230mm
字　　数：270千字
印　　张：18.25
出版时间：2018年3月第1版
印刷时间：2018年3月第1次印刷
责任编辑：胡　利
责任校对：尹葆华
装帧设计：展　志
ISBN 978-7-5470-4780-4
定　　价：38.00元
联系电话：024-23284090
传　　真：024-23284448

CONTENTS

目录

第一章　将进酒…………………………1

第二章　新人王…………………………7

第三章　俏巾帼…………………………17

第四章　刺头兵…………………………28

第五章　狙击手…………………………41

第六章　超极限…………………………52

第七章　死亡道…………………………63

第八章　雇佣兵…………………………79

第九章　风雪夜…………………………92

第十章　拆弹部队………………………115

第十一章　钢铁侠………………………129

第十二章　如果爱………………………… 142
第十三章　蜘蛛侠………………………… 157
第十四章　生死线………………………… 179
第十五章　失忆者………………………… 202
第十六章　概念战………………………… 226
第十七章　庆功会………………………… 256
第十八章　数字精英……………………… 270

第一章　将进酒

A 集团军某大楼的多功能厅里，灯火辉煌。能容纳五百多人的大厅座无虚席，主席台上就座的是清一色肩扛金星的将军。A 集团军司令坐在主席台中央。

主席台下面最后一排就座的是清一色的大校军官，而第一排正中央却坐着几位年轻军官。他们的肩章在清一色的高级军官里相当显眼。但是今天的会议他们才是真正的主角。他们刚刚从与 M 军联合反恐的战场上回来，也是他们让那些从身到脚都用高科技武装的 M 国大兵对中国军人从蔑视变为崇敬。

这次会议就是为他们记功授奖。

跟所有洋溢着笑脸的人形成强烈反差的是坐在正中央一脸忧郁的袁帅，他刚失去了一位并肩作战多年的战友——金锋。

在和 M 军联合反恐结束后，金锋选择了退役。尽管所有人包括军长在内都执意挽留，但是金锋仍然选择了退役。在他人生即将步入辉煌的时候，他竟然选择了退役。

主席台上，司令员将所有的赞美之词通通都用在了夸奖袁帅他们的这次联合作战上。而袁帅并没有为此露出一丝的笑容。他的心思并不在这个多功能厅，实际上司令员在讲什么他一点儿都没听进去。直到所有的领导都作完例行发言后，主持人说请参加联合反恐的指挥员袁帅上台讲话时，他仍然木讷地坐着，一动不动。

“袁帅，袁帅。”坐在袁帅旁边的李南用手肘捅了捅他。

“啊？”

“让你上台讲话呢。”李南看着袁帅，然后朝主席台上努了努嘴。

“哦。”此时的袁帅才反应过来，起身向主席台上走去。

“各位领导、亲爱的战友们，大家好。在我们捧回了‘爱尔纳·突击’国际侦察兵竞赛的‘卡列夫勇士奖’而沾沾自喜的时候，M 军以及一些西方军事强国已经完全颠覆了以往的特种作战。当我们还在花费大量的时间、子弹训练一名狙击手的时候，M 国军队已经开始装备智能瞄准头盔。一名普通的野战军士兵只要戴上智能头盔，马上就会摇身一变成为一名优秀的狙击手。当我们还在惊呼张启鹏贴地闻声的功夫之神奇的时候，M 军士兵只要用一个微型计算机就可以侦测出几公里以外的敌军动况……我一直自诩为军事指挥天才，但是一名 M 军士兵只需要几秒钟就可以通过高速运行的单兵微型计算机了解古今中外所有的经典战例。海湾战争的时候，几乎所有的人都惊呼，战争已经完全背离了我们所能想象的传统模式。于是我们开始奋起直追，但是短短十几年，我们追赶得怎么样了？越追越远！我们的思维模式再一次被狠狠地抛弃，世界正在以一种我们无法想象的速度跃进，而我们却只能一直跟在人家的屁股后面。然而，更可怕的是——大部分人包括很多的军人都认为战争离我们很遥远。正是因为这种思想，我们的观念正在以前所未有的速度落后。就像一名 M 国士兵说的那样——在他们面前，我们就是一群拿着长矛的印第安人。这一次反恐作战，我们面对的是一群同样拿着长矛的恐怖分子，但是下一次呢？如果战争在明天爆发，我们的对手正是那一群连头发都用高科技武装的 M 国军队，我们准备好了吗？可能有很多人会说，一切高科技武器都将会消耗殆尽，到最后决定战争胜利的终将是人。但是我想说的是，说这些话的人都是一些不知道战争的残酷性、只研究过20世纪90年代以前战争的只会纸上谈兵的庸人。如果战争爆发，他们可以以流水线的速度大量生产单兵数字化装备，但是我们呢，可以在短时间内大量制造特种队员吗？即便是可以训练出来，谁又能担保一定可以战胜数字化部队？我不是长他人志气灭自己威风，但是作为一个军人，我们有必要居安思危……谢谢！我讲完了。”

全场愕然。

大家都不知道是不是该鼓掌。对于军队建设来讲，这是一场精彩的演讲，虽然没有华丽的措辞，但对于任何一个有忧患意识的军人来讲，都知道袁帅一针见血地指出了当今部队建设的弊端。

如果说要鼓掌，这显然不是一次晋升感言，他所说的也不适合今天这个场合。尽管李南一直对他挤眉弄眼，示意他不要再继续往下说，但是袁帅还是坚持说完了他认为应该说的话。

啪啪啪……

正在整个会场寂静得针落有声的时候，主席台中间响起了掌声。看到司令员率先鼓起了掌，台上台下所有的人都鼓起了掌，排山倒海般的掌声响彻整个会场。

至此，袁帅露出了会心的一笑。这掌声是给他最好的奖励。

授衔仪式开始，袁帅晋升为上尉，李南等人都晋升一级，士官直接晋升少尉。

授衔仪式结束后，司令员单独找袁帅到他的办公室谈话。

“小袁啊，你的名字不错啊，就是军委主席见了你也得叫你元帅啊。”司令员一句玩笑立即拉近了两人之间的距离。

袁帅不好意思地笑了笑，黝黑的脸庞泛起了一丝红晕。

司令员示意袁帅坐下，勤务员立即给司令员和袁帅各泡了一杯龙井茶。

“小袁啊，说实话，你今天的一番话让我感觉很意外，年轻人立了大功还能不骄不躁，从胜利中看到自己的不足，这一点很难得。所谓骄兵必败，军人就应该有这种忧患意识。从这次 M 国邀请我们联合反恐，你看到了什么？”司令员问道。

袁帅马上站起来立正。司令员笑着摆摆手说道：“不要拘束，就像战友之间拉家常一样，要是说句话就立正，那我不是官僚了？”

“是，首长，我认为这次 M 国人邀请我们参加联合反恐有两个目的。第一，他们是在向我们示强，因为他们也知道两个大国之间发生战争意味着什么，所以他们也不愿意与我们直接冲突，所以就在我们面前展示他们的强大，以起到威慑作用。第二就是探测我们的实力，但是事情的发展令他们很失望。”袁帅说道。

“你的想法很对，但是 M 国人是不会甘心的，所以他们一定还会再想办法试探我们的实力。那么你认为他们会用什么招数？”

袁帅想了想说道：“这个我不敢妄下定论，但是我有一种感觉，而且这种感觉非常强烈。这一次的联合反恐他们试探出了我们常规战的实力，但是我们没有直接跟他们的数字化部队较量，所以这次他们的威慑和探测伎俩都没有得逞。根据以往他们对待其他国家的经验来看，他们一定会想办法探测我们的军队在他们的数字化部队面前的作战能力，或者说测试一下他们的数字化部队在堪称世界陆军之王的中国陆军面前会有怎么样的成绩。所以……”

“所以，下一步他们会对全世界宣称，他们的某一个基地被恐怖分子袭击，虽然没有人员伤亡，但是恐怖分子抢走了一部分数字化武器装备向中国逃窜。”司令员抢在袁帅前面说出了袁帅想要说的话。

袁帅惊讶地看着司令员说道：“对，首长，但是数字化装备并不是单纯的单兵装备这么简单，它背后有一个高科技团队在为他们提供情报、数据等，是很复杂的程序，即使恐怖分子抢了他们的装备，也根本无法发挥他们的效能。所以我也只是猜测。”

“你要知道，强者想要欺负弱者，有时候哪怕是一个站不住脚的理由，就足够了，更何况现在世界上就只有M国人有数字化装备，他想怎么说都可以，恐怖分子是可以纯属虚构的。”

“关键是，我们不知道他们会在什么时间、地点、用何种方式来探测。”袁帅说道。

“呵呵，这个我想M国人自己会告诉我们的，我们只要想好用什么方式对付他们就可以了。”司令员笑着说道。

“他们会告诉我们?”袁帅有些疑虑。

“是的，他们想试探我们的虚实，必定会在他们知道的时间和可以探测到的地点实施。”

“对啊。”袁帅恍然大悟。

“所以你现在的责任是以接近实战的方式训练更多的特战队员来应对这场可能发生的战争。”司令员面色严峻地说道。

“是，我回去就组织训练。”司令员所想的与自己想的一模一样，而且比自己想得更全面更透彻，袁帅打心眼里佩服司令员。

“好，你可以在全集团军挑选你所需要的人选，并提供你所需要的一切训练设施。”司令员说道。

“是，谢谢首长，我保证完成任务。”袁帅庄严地向司令员敬了个军礼。

司令员向袁帅点了点头表示还礼。

“首长，那我先走了。”袁帅说完转身向门外走去。

“就这么走了?”袁帅刚转身听见司令员这么说，他马上转身面向司令员。

“陪我吃完饭再走吧。”司令员笑呵呵地说道。

袁帅激动地看着司令员，司令员请吃饭那是何等荣幸的事，何况是一个让他钦佩万分的老首长。幸好在白天的演讲中，各位将军都已经认识了袁帅。司令员又向在座的介绍了一遍袁帅，大家也都记住了他的名字。政委和蔼地看着袁帅说道：“小伙子，你的面子不小啊，我跟司令员共事了这么多年，他可从来没有请我吃过一顿饭啊，整个军区大院的人都知道，司令员是出了名的抠门儿。你可不能辜负了司令员对你的一片期望啊！”

听完政委的一番话，袁帅马上站了起来，啪的一声一个标准的军礼，说道：“绝不辜负司令员、政委和各位首长对我的信任，保证完成任务。”

全桌的老首长都笑呵呵地看着袁帅，司令员示意袁帅坐下，从身后的酒架上拿出一瓶五粮液问袁帅：“小伙子，喝酒吗？”

袁帅支支吾吾了半天也没说喝不喝。说不喝吧，绝对的言不由衷，这种事袁帅做不出来，说喝吧，不好意思，那毕竟是司令员的酒。司令员看着袁帅的模样，大笑着说道：“你们军长早就跟我说过了，说你们队员个个都是酒鬼。65 度的二锅头一瓶不在话下。这瓶酒可是我珍藏了多年的，一直没舍得喝，今天就当给你们庆功了。”

司令员出乎寻常的举动给了袁帅很大的鼓励，同时也给了他更大的压力。往小了说，如果 M 军真的如他和司令员预测的那样，那么他的任务成功与否就直接关系到应对这次 M 军对中国军队的试探。往大了说，就是直接关系到 A 集团军部队未来的建设发展方向。他现在才深刻地体会到，自己不仅仅是一个兵那么简单，他是一个军人，一个新时代的中国军人。

兵跟军人的区别就是，一个兵只需要浴血沙场，上阵厮杀，而一个军人得学会考虑全局。

第二章　新人王

回到“闪电剑”，袁帅就开始着手实施他的计划。

第二天一大早，袁帅就叫上李南等几人来到后山的空地，准备利用山石的自然起落和其他一些天然的环境，整理出了一块十几平方公里的地方作为训练场所。

王远见很不理解地问道：“袁帅，你搞什么名堂啊，搞这么大块空地干什么啊？”

“我要搞一个最逼真、最接近战争场面的训练场。”袁帅回答。

“哦，不错，想法很好。”王远见表示赞成他的做法。

下午一点多的时候，后勤股的干事运来了袁帅要求的材料。那干事一下车就抱怨道：“你们要的这些东西还真不好找啊，军长又下了死命令，说今天晚上之前一定要全部采购完毕，不然就要处分我。我说你们几个又要搞什么名堂？你看看，假肢、假尸体、蛇，你们要这些东西干什么啊？你们一句话我们可是跑断腿啊。”

袁帅拍拍干事的肩膀说了声：“辛苦了，我们训练用的东西，不方便告诉你派什么用场。”袁帅安排他从团部叫来的人把这些东西搬到整理出来的后山的空地。之所以叫团部的人来搬，是因为他不想让“闪电剑”内部的人看到这些东西。

东西搬好后，根据袁帅所画图纸全部安装好。三天时间整个训练场露出了雏形。有假山、毒蛇、狼犬、独木桥、雷区、沼泽、石壁、矮墙、断壕、洞穴、桥梁、火网、深涧、小溪、铁丝网、防空地带……凡是他们执行任务时所能遇到的障碍和险情都一一仿造如真。

前来视察的一位少将看到袁帅布置的这些设施后感叹道：“人类对未来战争的想象力在这里已经得到了充分的体现。看得出来，设计的这个假战场，让人对战争的非残酷性已经不抱任何希望。任何一个可以从这个地方出去的人都将是一个不折不扣的战争机器。”

而这对于袁帅的要求来说，还只是第一关。袁帅还设计了射击训练、黑夜恐怖训练、短时间强记训练、伪装训练和反审讯训练等科目。

一个星期后，所有的器械安装完毕。秦波集合所有的队员，一次性通通拉到训练场地。袁帅已经在训练场等着他们了。看着战友们都集合在训练场旁边，袁帅面无表情地说道：“参加真正的作战任务是很辛苦的，而且是一件相当危险的事情。不想参加的队员可以退出，说心里话，我并不想你们去送死，因为我不想看到你们倒在我的面前。”

袁帅的话根本没起任何作用，因为在这个时候退出就意味着承认自己是懦弱的人，而“闪电剑”的队训是——这个世界没有弱者只有懦弱者。

袁帅也知道他们不会退出的，但还是继续说道：“退出不代表懦弱，有时候退出比面对更需要勇气。”

三分钟，沉默的三分钟后，依然没有任何人表示退出。

“那么，好吧，既然没有人愿意退出，我来说一下整个训练的规则。实际上规则就是没有规则。谁能从这个地方进去，从另一边出来，就过关。你们会遭遇蛇群、狼群。你们可以杀了它们，或者是被它们咬。”

大家都被这种残酷的训练方式惊呆了，就连秦波也倒吸了一口冷气，悄悄地走到袁帅的身边说道："你这是哪门子的训练啊，你这完全是在吞噬人性中的善良。"

"不是吞噬善良，是仁慈，在战场上要么杀人要么被杀。还有善良这个选择吗?"袁帅面无表情地说道。秦波点点头，又摇摇头，一声不吭地走开了。他在想，到底是战争让人变得背离善良，还是欲望让人变得背离善良呢？他不知道，或许战争本来就是为了欲望而存在的。

考核训练开始了，六十多个人一起向训练场冲去。第一关是独木桥，这对受过严格训练的特种兵之王来说就跟过家家一样简单。但是他们没有料到的是，过了独木桥往下跳的地方就是第二关——沼泽。一开始冲在前面的几个人都陷入了沼泽中。后面的一看这样的情况，都停下来不知如何是好。因为他们从来没有受过这种训练。袁帅的眼睛像鹰一样看着他们。

袁帅之所以要这么设计也实在是出于无奈，可以说任何方法对这些兵王来说都不是大问题。这些障碍，如果按平常一样设计，他们都可以过得了这一关。只有让每关的设计都出乎大家的意料，才可能对他们形成挑战。这些人从新兵一路训练考核，不知道经历了多少次训练考核才进入了"闪电剑"。训练得多当然是好事，但是有时候也有弊端，前面参加过战斗的战友就充分说明了这个问题，一见血就头脑空白，精神紧张。因为训练得太多了，在他们的脑子里一切都想当然了。所以在面对真正战争的时候，一旦情况不像想象的那样，他们就会变得手足无措，而在真正的战场上，哪怕仅仅只浪费一分钟付出的就将是生命的代价。

袁帅正看着战友们手足无措的时候，从后面来的一个战友让他眼前一亮。这个战友中等个子，最大的特征是鼻子很大，比成龙的还大，跟整张脸不成比例。但是他在这种情况下还能保持清醒的头脑，并且在短短的几秒钟时间内就想到了过沼泽的办法。只听他大喊一声："搭人桥。"然后一个前扑的动作四肢直直地摔在沼泽里。因为他整个人是直着扑下去的，所以一时间不会陷下去。后面的战友听他这一声叫，又看着他直直地扑向沼泽地，顿时都明白了搭人桥的意思。第二个战友也是一个前扑扑在大鼻子的前面。后面的继续往前。就这样在不到一分钟的时间里，他们这个组就搭好了一个人桥。后面的人就踩着他们身体跑过去，然后最后一个大鼻子往前面的战友身上爬过去，一个接一个，最后所有的战友都到了对岸。

“这个战友我怎么没见过啊?”袁帅问一旁的李南。

“看他的肩章就知道了，新来的嘛，问下队长就知道了。”李南说完就跑过去问秦波了。

“队长，这个大鼻子是不是新来的啊?”

“哪个大鼻子啊?”秦波一时没弄清楚。

“就是刚才指挥大家搭人桥的那个啊。”李南指了指大鼻子道。

“哦，对，是新兵，他叫高译亮，枪法很好，最好成绩，81 杠距离四百米外 10 发九十九环。据说一个人在 ×× 岛上待了一年，结果培养出一个狙击手。”秦波简单地跟李南介绍了高译亮的情况。李南又把秦波的话一字不漏地说给了袁帅听，末了还加了一句“颇有你的风范哦”。

“嗯?”袁帅不解地看着李南。

“参加‘爱尔纳·突击’的时候你不是也一头扎进沼泽地里，让我们踩着你的肩膀过去吗?”李南解释道。

“但是他的反应比我还要快，办法想得比我的好，我是傻乎乎地直接跳进去的，他还知道趴在沼泽地里，这样自己与沼泽的接触面积大，既解决了问题，又不使自己陷入沼泽，这说明他的反应比我要快得多。更难得的是，他还是一个有狙击手潜力的人。”袁帅说话的时候眼睛发亮。

“江山代有人才出啊，我们可以放心地退居二线咯。”李南略带调侃地说道。

“是啊，如果后继有人的话。”袁帅却没有半点儿调侃的意思。

“嗯？你想退役？”李南有点惊讶袁帅居然会说出这样的话。

“如果有人接班，我们不是可以退居二线了吗，你刚才不是这么说的吗？”

“我是说我，你的接班人还早呢，就你那一手飞刀绝技，有人接班吗？就你那天生的战场判断能力，有人接班吗？就你那天才的指挥能力，有人接班吗？”李南机关枪式的几个问题问得袁帅一时难以招架。

不过袁帅马上就还击道：“那你的格斗能力、你的战场经验，你现在找到接班人了吗？按你这么说，我们六个人当中一个接班人都没找到。张启鹏的贴地闻声没有接班人吧？王远见神乎其技的枪法没有吧？那我们是不是要跟赵子龙一样啊，七老八十还要披挂上阵？”

李南也毫不示弱：“贴地闻声可以用高科技代替的嘛，狙击手更没问题啊，功夫是可以训练出来的嘛，稳重和技术也是可以训练出来的啊。但是你天生的指挥能力能培养出来吗？那是与生俱来的，你自己也说了，你就是为打仗而生的。对不对，你自己说的你不会赖吧？”

“反正我每次都说不过你，不跟你说了，看事实就知道了，这六十多个人里面肯定有几个可以过关的。”袁帅转过头看着训练场。

“不是我说，就你的训练方式，要过关还真不容易。”李南也转过头。

“没办法，宁缺毋滥。”袁帅严肃地说道。

“滥？你想想你以前是什么部队的，‘狼狐’，是不是？是特种部队的吧？你们部队选上来几个？就你一个吧？‘狼狐’万里挑一了吧？进这里要是百里挑一，那就是百万里挑一了。百万里挑一啊，袁大侠，你居然说滥！”李南边说边适时运用他夸张的肢体语言。

“我知道，是百万里挑一，可是上次去B国的时候你也看见了，一见到血就大喊大叫，完全失去理智。他们也是百万里挑一的啊，李大师。”袁帅也学着李南的样，做着夸张的手势。

李南还是第一次见袁帅跟他抬杠，只好调侃似的说道："不要叫我大师，叫我大爷就好了。"

袁帅没理他，他一直关注着高译亮，他现在很希望高译亮可以脱颖而出。

高译亮也确实没有辜负他的期望，一路过关，居然第一个冲出他一手设置的训练场。这一点让袁帅多少有点兴奋。袁帅马上通知王远见几人，告诉他们有一个已经突破第一关，得马上实施第二关。

冲出第一关，人都已经筋疲力尽。而第二关紧接着就是射击，要求队员在45秒内将分解的97式突击步枪组装完毕并将弹夹内所有子弹全部打完，要求在100米的距离，命中率达到97%。

"刚经过了高强度的体能训练，手都还在发抖，要在这么短的时间内完成这种射击精度有可能吗?"军长站在王远见旁边怀疑地问道。

王远见回答道："军长，我们每次的任务都不一样，但是有一个非常现实的问题是，我们每一次执行任务的时候，射击的环境和情况都不一样，有时候是刚刚完成一场肉搏战，马上就要拿枪射击，射击反应时间有时候还不到一秒钟。有时候是刚刚消耗完大量体力，有时候是整天滴水未进，脑子进入幻想。总之，每次的情况都不一样。所以在这种情况下完成射击是最起码的要求。我们的敌人不可能给我们时间准备，每个人都必须完成在任何情况下的射击，要不，付出的就是生命。"

听完王远见的话，军长的表情又严肃起来，说道："传统的作战思路已经完全被现代作战方式颠覆了，而我们一直还在按照几十年前阵地战的思想训练战士。我终于可以想象到，你们在上次的国际特种兵比赛中26个项目拿了22个第一的艰难程度了。你们的胜利并不是因为你们的技能有多么出色，是你们继承了老一辈革命家的优良传统——顽强，拼搏，压倒一切敌人的精神。而现在大部分的军官却继承了传统阵地战的想法，抛弃了老一辈革命家给我们留下的最宝贵的财产——战斗意志、战斗信念。小伙子，你们给我上了一课啊。”

“军长，其实，其实……”王远见想安慰一下军长的，可是又不知道说什么好。

军长看王远见支支吾吾的就挥了挥手说道：“我知道你要说什么，其实我还是很欣慰啊，我们有这样一支部队，一支平均年龄不到 24 岁的特种兵部队，他们学习了新的作战理念，却没有抛弃优良的传统。我为这一支部队骄傲。因为这一支部队是我组建的，他们是我的兵。小伙子们，你们在训练他们的时候千万别忘了，那种精神，那才是敢于挑战一切敌人并最终取得胜利的武器。”

“是，军长。”王远见给军长重重地敬了个礼。

第一关淘汰了大约一半的队员，到了第二关的时候，又淘汰了一大半。只有十二个人通过了前两关的训练。这些百万里挑一的兵王们在袁帅设计的训练场上依然有如此之高的淘汰率充分说明了真正的战场的残酷程度。

而剩下的十二个队员还要接受后面三关的训练。第二关刚结束，便马不停蹄地进入了第三关的考核——短时间速记能力。这一关主要是训练队员们在短时间内将自己看到的和听到的迅速记在自己的心里。作用是侦察的时候可以短时间记住敌方阵地的兵力、火力、房屋建筑等各种阵地标记。

张启鹏将他们带到一个破烂的大房子里面，整个房子里面灯光灰暗，散发着一股令人作呕的腐臭味。等他们走进房子的时候，张启鹏将大门关上，本就灰暗的房子变得伸手不见五指。十二个队员对来到这里的目的并不明确，因为张启鹏并没有告诉他们该怎么做。张启鹏在里面装了高音喇叭和红外摄像头。

正在他们不知道做什么的时候，里面的高音喇叭响了起来。“你们的任务是记住你们身边的每一样东西，等出来的时候一一描绘出来。”

人在黑暗的环境下就会习惯性地朝着亮的地方或者有声音的地方靠近。这一点袁帅也早就料到了。果然，通过摄像头传出来的电视屏幕上看到有几个队员一听到声音，快步向高音喇叭那边靠过去。但是袁帅在那里做了一个绊绳。碰到绊绳的人身上设置的警报器就会发出声音，代表他已经被淘汰。这次有四个被淘汰，只剩八个人进入下一关。

第四关是反审讯训练，训练的目的是让队员在被敌人抓住后，能够经受住敌人的严刑拷打。

过了三关的队员，身体已经是极度疲劳、精神高度紧张了，而就在他们高度紧张的时候，冷不丁地被人套上了一个黑袋子，双手被紧紧地绑住，扔进了一间密闭的地下室，瞬间地下室响起了两百多分贝的噪音，这种高分贝的声音会让人感觉自己的耳膜似乎已经被震破了。不超过十分钟，一般人就会头脑发晕，四肢麻木，甚至各种器官也会暂时失去功能。但是他们要经受二十分钟的煎熬，然后已经迷糊的队员被稀里糊涂地推出地下室，这时他们基本已经失去意识。被带出地下室后，他们又被扔进了一辆闷罐车里，行驶十几分钟后，他们又像木头一样被推了下来，然后又被戴上手铐和脚镣，扔进带着冰碴的臭水沟里。

仍然被蒙着头的队员在臭水沟里被冻得全身发紫后才被送进一间特别的模拟审讯室。这间特别的审讯室是袁帅最得意的作品了。因为这间审讯室里充满了各种电子模拟器发出的鞭子抽打在人身上的声音，惨叫声，呻吟声，各种声音都非常逼真。

然后几个彪形大汉把他们摁倒在冰凉的地板上，扒光他们身上的衣服裤子。强烈的灯光照在他们的身上，此时的他们赤身裸体，无任何遮羞物。在这种强烈的灯光下，你分不清在你面前的是人还是鬼。你会明显感觉到自尊心已经被撕得粉碎。赤身裸体地站着，然后回答高音喇叭里传出来的任何问题。

此时人已经接近无意识状态，意志力不坚定的人会诚实回答任何问题，但是意志力够坚定的人此时还会作出本能的抵抗。

这一关又淘汰了两个。

也就是说只剩下六个人了。

“希望他们都能够通过最后一关。”李南在心里默默地祝福他们。

最后一关就是黑暗恐怖训练，实际上就是心理承受能力的训练。因为前次的执行任务中充分暴露出人在极度惊慌中表现出来的歇斯底里。在死亡的压力下，在近身的搏斗中，对方的血溅到自己脸上时所表现出来的歇斯底里，脑子一片空白，忘记了自己学过的技能。在这个时候也是最容易受到对方攻击的时候，所以袁帅这次绞尽脑汁想出了这个主意。他们把受训的队员拉到一个黑漆漆的隧道里。隧道有两百多米长，实际上也就是在“闪电剑”方圆一百亩的范围内，但是卡车却拉着他们无规则地转了几个小时。说是隧道其实是一条只有 50 多厘米高、一米多宽的下水沟，下水沟里安放了大量的毒蛇、仿真腐尸和陷阱。队员们只能一个一个地匍匐前进，爬一会儿前面的队员就要将自己的身体趴在泥水里，要不然中间的队员就会因为呼吸不到空气窒息而死。整个匍匐行进过程中，一会儿摸到一具腐烂的尸体，一会儿又会冒出来一条一米多长的毒蛇，一会儿枪又会钩住半条腐烂的人腿。队员们在这种极度恐惧的环境中，一不小心就会被蛇咬伤，有的还会掉进预先设计好的陷阱里。可以说危险时刻都会降临到他们身上。每个队员的精神时刻都要保持高度紧张，因为危险看不见却又时刻伴随在自己左右。而且还不能发出任何声响，一旦大声叫出来，就会被淘汰出局。有一个队员就是因为被蛇咬了后，大腿瞬间肿了起来，无意识地大声叫了出来。这一声大叫无疑影响了前后的战友，另一个战友也在他大声地叫喊后，忍受不住内心的恐惧而歇斯底里地狂叫起来。

整个考核结果跟袁帅预想得差不多，有四个人过了关。这四个人将是“闪电剑”新一代的精英，他们分别是高译亮、江南啸、楼胜利和王晨龙。

而后他们又接受了一些枪械方面的训练。他们必须熟练掌握各种枪械，其中最重要的就是俄罗斯的卡拉什尼克夫式冲锋枪、SPP4.5 毫米手枪，还有美国的 M 系列枪族。因为这是在反恐作战中最常用到的武器。

袁帅还把自己的飞镖绝技悉数传给了他们。不过这可不是一朝一夕可以学会的，需要队员们反复不断地训练才能达到袁帅那种出神入化的境界。

第三章　俏巾帼

一个月的时间转眼就过去了。其中江南啸的飞刀学得最好，高译亮的枪法突飞猛进，在整个“闪电剑”特种兵大队，命中率仅次于王远见。王晨龙综合能力比较好，而且为人稳重，有点杨忠良的影子。楼胜利的刀功最好，似乎是得到了李南的真传。

如果是换了以前，李南会非常高兴，又有四个人通过了袁帅的地狱式训练，他们又多了几个可以并肩作战的战友，但是现在他似乎开心不起来。看着同样一脸严肃的袁帅，他忍不住问道：“袁帅，你觉得这有用吗？在全身都被高科技武装的 M 国大兵面前，就算你把每个人的体能都激发到极致又能怎么样？就像你说的，在 M 军面前我们就像是一群手拿长矛的印第安人。”

袁帅转过头看着李南说道：“正因为如此，我们才要把自己的身体练得更强壮。这样，就算我们输了，我们也无愧于军人的称号，不是穿着军装就可以称为军人的。”

“你说的我当然知道，可是……可是在科技日新月异的今天，还有多少鲜血可以流，还有多少生命可以挥霍？”李南的情绪有点激动。

“那怎么办？我们就甘拜下风吗？在我们的科技赶上人家之前，我们只能以我们的血肉之躯来保卫我们的国家和人民，这是一个军人的职责。正因为这样，我们这次的行动才尤为重要……”

“行动？什么行动？”李南还不知道司令员和袁帅之间的谈话，当然也不知道有什么行动了。

“呃，其实也不算什么行动，只是我跟司令员的猜测而已。”

“你跟司令员两个人的猜测，那肯定是八九不离十了。”

“我跟司令员都猜测，M军这次邀请我们参加联合反恐是有目的的，但是他们这次的目的并没有得逞，所以我们怀疑他们还会有一次行动。所以我们在有针对性地准备这次行动。”袁帅如实说道。

“什么行动，就是你这次的选拔吗？”李南一脸疑惑地问道。

“是的，我们怀疑M军会借恐怖分子之名来试探我们的战斗力，所以我们要做一些准备，目的就是尽可能以最小的代价换取最大的胜利，让居心叵测的M国人知难而退。”

李南低头想了想，忽然恍然大悟般地说道：“我知道了，你的意思是说，用我们最精锐的部队去对付他们的数字化部队，这样我们就可以用最小的代价赢得这场可能发生的战斗，让那些自以为是的M国大兵不敢轻举妄动，或者，有可能的话我们还可以缴获他们的数字化装备，争取在最短的时间内仿制出我们的数字化装备？而我们这次的行动就是要告诉M国佬，他们的数字化装备在我们的军队面前并不能占据多大的优势，于是我们就有时间仿制我们自己的数字化装备？”

“我们的李南现在变得越来越聪明了嘛。”袁帅笑道。

“别扯淡，我现在没时间跟你开玩笑，我是想说就算M国佬的试探成功了又怎么样？他们真的敢冒天下之大不韪对一个有核武器的国家发动战争吗？”李南对这个计划还是有很多的怀疑。

袁帅看着李南认真的样子继续说道：“他们当然不敢发动战争，但是你想过没有？中国是一个被地缘政治包围的国家。如果我们不能体面地赢得这次可能的战斗的话，会给周边的国家传达一个什么样的信息？我们的国土边境为什么能保持几十年的安定？是因为大家都讲道理吗？当然了，我承认大家都很讲道理。但是为什么人家会跟你讲道理？是因为我们手里拿着刀，说话要和气，但是手里一定要拿着刀。什么是公平？公平就是当别人拿着枪顶着你的脑袋的同时，你也拿着刀架着别人的脖子。”

“你等等，我好好想想。”李南抓着后脑勺想了几分钟后继续说道，“你好像说得有道理。不过既然是这样，我个人认为我们还是应该多挖掘和培养一些狙击手。”

“为什么?”

“你想嘛，M 军一个数字化士兵的标准装备是什么?”李南反问道。

一个 M 军数字化师成员的标准装备是：第一，顶级配置的多端急速微型计算机，能够预测整个战场的形势，分析 5000 米范围以内的任何有源武器。

有源武器指的是一切可能用到电磁波、卫星导航、红外扫描等战场上可能用到的高中端武器，比如红外制导坦克、飞机、GPS 导航的导弹、手动引导精确制导设备等一切有热源和辐射源的武器系统，能侦测到一千米范围内的任何生命特征。

第二，每一个士兵都配有多功能整体集成头盔，它的作用不仅仅是传统的保护头部的功能，还具有对战场的敏感探测、态势显示和精确瞄准等多种综合功能。主要组成部分有：防弹头盔、通信装置、听力增强器、视频图像增强器、夜视仪和夜间机动探测器、光学 / 红外观察瞄准仪、高分辨率平板显示器等。有了这个头盔，每个士兵都具备张启鹏一样的贴地闻声的能力，每个士兵也都有比王远见还要精准的枪法。

第三，先进军服系统。数字化士兵的作战服包括战斗服、DDL 先进防弹衣、弹袋、多功能手套、新型战斗靴等。他们的作战服系统是用最新材料制成，具有防弹、防化学剂、防火、防热核、防红外监视、防激光和抵御风雨等多重保护功能。另外，附着在衣服某些部位上的传感器还可感知环境，并能根据环境变化改变服装的色彩，便于在任何环境下有效地隐蔽自己。

第四，单兵电脑系统。它包括微型计算机、全球定位系统接收机、摄像头、数位无线电与常用软件等，其作用是综合情报管理。该系统融合各电子信息功能于一体，可以使数字化士兵通过信息网络了解周围敌情，减少背侧被敌偷袭的概率，从而把战斗、战斗支援和战斗保障力量联成一个整体。数字单兵既可以在受伤时得到后方急救专家的咨询和指导，又可以在面临困难局面时得到恰当的处置意见和辅助决策。正常情况下，数字单兵可持续作战 72 小时而不需作战系统补给，具备普通单兵所不具备的战场对抗和生存能力。装备有数字化单兵系统的部队，一般能在两分钟内对目标定位并进行攻击，而未装备数字化单兵系统的部队则需要六分钟。前者获得信息的准确性和完整性高达 99%，通信几乎“一叫就通，一通就成”；而后者要反复呼叫才能联通，获得信息的准确性和完整性只有 20%左右。

“你是说……”

“我们以前对付的都是一些恐怖分子，换句话说，在以前的战斗中，我们的装备比我们的对手要好，正规化训练比对手要强，防护装备也比对手优秀。所以在任何距离我们都不会吃亏，但是我们现在要对付的敌人正好与以前相反，他们在各方面的装备都要比我们先进得多。你想想一千米范围内他们就可以侦测到生命体征的存在，什么概念？就是说按照我们现在的武器就算发现了敌人，一千米的距离我们拿什么武器跟人家对抗？我们怎么办？当然要在一千米以外先敌发现，而且普通的狙击枪还不行，轻型狙击枪，就算我们在一千米以外发现了他们也没用，根本打不到他们。所以要用大口径的反器材狙击步枪，因为他们穿着世界上最先进的防弹衣，所以一般的小口径步枪对他们不起作用，一定要用12.7毫米以上的大口径反器材狙击步枪才有效。最好再装备一些单兵肩扛式火箭炮和单兵导弹。这样的话，我们的胜算就要大得多。”李南一口气把自己心里想的全部说了出来。

袁帅呆呆地看着李南，惊讶地说道：“看不出来啊，我们的江湖朋友脑子越来越好使了，真是士别三日，当刮目相看啊！”

李南假装不好意思地笑了笑说道：“其实本人一直都很聪明，只是没显示出来而已，比较低调。”

“靠，你他妈的还真是一点儿都不谦虚啊。”袁帅开玩笑地说道。

“我妈谦虚得很，俗话说有其子必有其母嘛。”李南也嘿嘿笑道。

“有其子必有其母？你丫的辈分都不会排啊？”

“这你就错了，我们河南人最讲究辈分了，说到排辈分没有人比我们河南人更清楚的了。”李南得意地说道。

“是吗？什么辈分都排得清楚？”袁帅露出一脸坏笑。

“那当然。”

“那我说个辈分你就排不出来。”袁帅自信地说道。

“不可能。”李南毫不示弱。

“那我们打赌？”袁帅道。

“赌就赌，说吧，赌什么？”

“赌洗一年的衣服。”袁帅似乎早就想好了要赌什么，只等着李南上钩呢。

一听说要赌洗一年的衣服，李南便有些底气不足了。

可能很多人不知道部队里是怎么洗衣服的。一般情况下我们会先用多于正常几倍的洗衣粉的量将衣服浸泡一天以上，然后再找一个桶，将浸泡好的衣服装进桶里，用扫把或者拖把柄前后左右来回不停地捣，工作原理类似于洗衣机。捣干净后在大雨天的时候将衣服晒出去，利用大雨将衣服漂洗干净。工作效率相当高，但是即便是如此高的工作效率，对于军装大家还是“谈衣色变”。所以说洗一年衣服那是相当大的赌注了。

“怎么，不敢了啊?”袁帅看着李南沉默不语继续追问道。

李南这脾气，最经不起激了，一听袁帅说自己不敢，不服输的劲头马上就上来了，梗着脖子说道:“有什么不敢的？我还就不信这世界上还有我排不出的辈分。”

“好，那我说了啊?”

“说吧。”

“好，比方说，我是说比方，比方说，你娶了一寡妇做老婆……”

“你才娶一寡妇做老婆呢。”

“我是说比方。”

“那你不能拿自己做比方啊?”

“好好好，比方说，我娶了一个寡妇做老婆，我爸爸呢，娶了寡妇的女儿做老婆。然后呢，我们都生了一个儿子。那么问题就出来了，在这种情况下，我儿子应该管我爸爸的儿子叫什么？我爸爸的儿子管我应该叫什么？请回答。”

李南听到这里已经傻了，谁能排出这个辈分来啊？这怎么叫也不对啊！袁帅看着李南的神情得意扬扬地吹着口哨。

“这种事情有可能发生吗？不现实嘛!”李南一脸郁闷地看着袁帅。

“你别管现不现实，要不你就把这个辈分排出来，要不你就洗衣服，愿赌服输。”袁帅一脸得意。

李南极其郁闷地看着袁帅，眼珠一转，故意岔开了话题:“对了，袁帅，你觉不觉得金锋退役有点……有点奇怪啊?”

“你别岔开话题，你先把你自己的事情处理掉。”

“不是，我说真的，你有没有感觉军长对金锋的挽留有点假?”

袁帅看了看一脸认真的李南，想了想，说道："你这么一说，还真有点，我也感觉军长挽留金锋的眼神不是特别真诚。"

"袁帅，袁帅，队长找你。"他们俩正说着，杨忠良在不远处朝着袁帅的方向边跑边喊。

袁帅听到杨忠良的叫声也快步向杨忠良走去，边走边问道："队长找我?"

"是的。"

"什么事啊?"

"不知道，好像是有一批新装备，军区拨下来的。"杨忠良说道。

一听说有新装备，袁帅和李南的眼睛都放光了，马上向队部跑去。刚跑到队部门口就闻到一股枪油的味道。

"新枪。"他们三个人同时说完，连"报告"都忘了喊直接冲进队部，拿起放在队长办公桌旁的三支枪就开始研究起来。

队长在一边介绍道："这三款枪是208研究所最新研制的。这支RJ-21B是12.7毫米口径的反器材狙击步枪。"队长指着袁帅抱着的那支枪介绍道，"全枪长1.723米，木质枪托，不带瞄具枪重12.6公斤，便于携带。枪口装有制退（消焰器），可降低后坐力，减少枪口焰。其瞄准系统可全天候使用。它还具有自动装填子弹功能，采取单发射击方式，弹匣容弹量五发。可在一个射击姿势下向一个目标发射五发枪弹，对隐蔽和移动目标的命中率有所提高。使用12.7毫米B-32穿甲燃烧弹，它在1.5~2公里射程里能从侧面击穿美国M113装甲输送车、德国'黄鼠狼'步兵战车、直升机、无人飞机或摧毁雷达站、引爆水雷等。如使用RJ-21B专用狙击枪弹，有效射程为1800米，它能击毁一公里处的400毫米厚的坚固墙壁。"

"我靠，真他妈的雪中送炭啊！刚刚我还在跟袁帅讨论关于狙击手和狙击枪的问题，军区就把大口径给我们配发下来了。太好了，实在是太好了……”李南激动地说道。

“这一款是5.8毫米小口径自动步枪，别小看它，它比这款RJ-21B要先进得多。这枪也是208研究所的最新产品，国内最新型的小口径狙击步枪，也是5.8毫米口径的。全枪长1.150米。全重七公斤，在100米距离内，全散布圆直径小于等于2.9厘米。在300米处，全散布圆直径小于等于8.7厘米。有效射程800米。一百米处对直径40毫米的物体首发命中率是98%。配备有瞄准镜和手持式装表模块。瞄准具包括白光瞄准具和微光夜视瞄准具。这个就是微光夜视瞄准仪，是直接装在白光瞄准仪的导轨上，所以装卸的时候就不用取下后部的白光瞄准仪了，这可以避免拆卸带来的误差，进而提高射击精度。”队长指着瞄准镜前端的微光夜视仪说道，“还有这个，这就是手持式装表模块，由激光发射光学系统、光学观察和激光接收光学系统以及电源、激光测距、传感器、控制解算等组件构成。它能够自动测出目标距离，并解算出目标诸元，可以快速装定目标诸元值。反应速度比一般狙击步枪快三倍到五倍。还可以在短时间内实现对射击弹道的修正，极大提高了目标的有效性。还有它的子弹，是为了这枪专门研制的5.8毫米高精度狙击步枪子弹。子弹采用黄铜弹壳和被甲，全铅芯结构弹头，尽可能地提高弹头的质心、同轴度和重量等对精度影响较大的因素的控制水平。所以整把枪的精度较以往的任何枪支都有了质的飞跃。”

“可惜距离近了点儿，要是将这把枪（RJ-21B）做成这么先进就好了。”袁帅有点失望地说道。

“这只是刚研制成功的，还不是制式装备，所以还会有不同程度的改进。你们有任何意见和建议都可以向她提出来，她叫赵青柳，是208所派来的轻武器专家，也是208所派来帮你们改造武器的。”队长指着他身旁一个年纪二十五六岁的女孩子说道。

“我们还以为她是嫂子呢，原来是武器专家啊！”对这个漂亮的武器专家，李南的口气显然透露出了一丝怀疑。

赵青柳也看出了大家不信任的眼神，于是从袁帅手里将那把RJ-21B拿了过去熟练地拆卸开来，边拆边说道："当初设计这款枪的时候是考虑到部队大部分狙击手的狙击距离都在800米以内，所以对这款12.7毫米步枪没有加装手持式装表模块，但是这款枪的改装潜力还是很大的。它保留了加装手持式装表模块的导槽，而且它的枪托可以改成折叠式……"

"报告。"赵青柳正在介绍的时候王远见他们也赶到了队部。他们跟袁帅一样，看到新枪没等队长说"进来"，就急匆匆一个箭步跨了进来。

"不用改成折叠式，只要将木枪托掏空就好了。还有将圆形制退改成V形的。"没等赵青柳说完王远见就打断了她的话。

"这位一定是狙击手吧?"赵青柳看着王远见问道。

大家都惊讶地看着武器专家，好像在说："你怎么知道的?"赵青柳显然也看出了大家的疑惑，于是继续说道："你的建议非常好，应该说非常专业，所以我判断你就是狙击手。"

"你的判断很准确，他就是狙击手。"队长答道。

赵青柳朝王远见笑了笑继续说道："掏空木质枪托和改进制退都是一个目的，就是减少后坐力。掏空的木质枪托可以化解一部分后坐力，V形制退器可以减少69%的后坐力。所以经过这两项改造后这把枪的后坐力比81杠的后坐力还要少37%，对于射击精度有很大的提高。"

听完了赵青柳的介绍，大家的眼神已经由怀疑转变为信任，实际上她刚才从袁帅手里拿过这支重达12.6公斤的RJ-21B的时候，大家就开始对她刮目相看了。毕竟一个女孩子能端起这么重的一挺狙击步枪实在不是一件容易的事。

王远见从赵青柳手中接过枪，仔细地看了看，然后卸下弹夹，拉动枪栓，试了试枪，看着枪托后面镶嵌的弹性塑钢说道："枪还不错，不像以往的国产枪那么粗糙，细节处理得也不错，很人性化，也符合人机工程学。对了，美女专家，我可以试枪吗？”

“当然可以，我这次来就是来做跟踪了解的，你们试枪后有哪些需要改进的尽管告诉我，我一定会尽快反映给我的上级，第一时间将枪的性能改进和调校到最佳状态。”赵青柳说道。

“好的，十分感谢，那我们先去试枪了。”王远见说完拿着枪就往外冲。袁帅眼疾手快拿了一把 5.8 也往外冲。杨忠良和李南同时去抢剩下的一把，但是李南的速度比杨忠良略快一筹，率先拿着枪往外冲。剩下的人只好跟着杨忠良抬着子弹往靶场赶。赵青柳也跟着他们到了靶场。

这两款枪确实不错，RJ-21B 自不必说，大口径狙击步枪在中国本来就是一个软肋，能做到 1000 米全散布圆直径小于等于 19 厘米已经是一个奇迹了，这在世界大口径狙击枪里面也是不容易做到的。对于一个普通的狙击手来说这支枪已经是完美了。即便是王远见这种优秀的狙击手除了一开始提出来的掏空枪托、改进制退和加装手持式装表模块以外，也只提出了一些诸如护木的舒适度等细节上的意见。当然这并不代表这把枪是绝对的完美，而是相对于国内的制造工艺下的完美。

都说国人的工作效率低，其实也不尽然，从试枪到提出要求到改进，不到两个星期就完成了，这个速度几乎可以说是神话了。

正如李南说的那样，大口径步枪是他们对付数字化部队最有利的武器了。尽可能多地挖掘和培养狙击手也是袁帅当下重中之重的任务。幸亏袁帅现在手中有一把“尚方宝剑”——司令员授予他可以在 A 集团军内部挑选他所需要的人选。他当然也不敢有丝毫的懈怠。一面加紧对高译亮、江南啸等人的训练，一面兵分三路马不停蹄地到各部队挑选狙击手。王远见去“狼狐”特种部队，李南去“猛虎”特种部队，袁帅去“雪豹”特种部队。张启鹏则负责刚挑选出来的四名队员的训练工作。

要挑一个“判官”级的狙击手，比挑一个飞行员要难得多。“判官”

是部队里对最优秀狙击手的称呼，比如王远见就已经达到了“判官”级，但是高译亮只是“猎手”级。“猎手”级的狙击手相对比较多，“判官”就是可遇而不可求的了。这就是袁帅为什么要兵分三路的原因了。借一句部队领导经常说的话就是——时间紧，任务重。

袁帅之所以要亲自到各部队去挑选狙击手，有一部分原因是各特种部队有时候会将最好的兵藏着、掖着，不亲自下去挑选就会错过很多优秀的兵。

第四章　刺头兵

袁帅来到“雪豹”特种部队后，马上就查看了他们部队的射击纪录，袁帅锁定了一年来在他们部队一直保持前三名的三个兵——郑程功、周云和邱俊红。

袁帅立即跟陪伴他的“雪豹”特种部队的队长孙永强说道：“孙队长，我想看看他们三个人的训练情况。”

“好，你跟我来。”孙队长带着袁帅向训练场走去，边走边介绍道，“周云和邱俊红是我们部队各方面表现都非常出色的老兵。政治、军事、作风、思想都很优秀。至于郑程功，虽然射击成绩还不错，但是其他方面都一般，特别是这个兵的作风散漫，爱要小聪明，还经常顶撞领导，不好管理。”

袁帅看了看孙永强说道：“孙队长，我知道，这年头独生子女多。农村兵普遍能吃苦，但是脑子不够灵活，城市兵脑子活络，但是个性强，怕吃苦，不好管理，培养个好兵不容易。你放心吧，我懂，我不会把好兵都给你挑走的，这样吧，好兵你留着，你就把那个谁，那个郑程功给我吧，我不怕刺儿头。”

孙队长一听袁帅要郑程功，脸上马上就露出了不悦之色。但是袁帅又是拿了调令来的，肯定不好拒绝。他只好客气地说道：“袁队长还是先看看吧，我们‘雪豹’虽然比不上‘闪电剑’，但是我孙永强也是一个要面子的人，我可不想让别人说我‘雪豹’出去的兵都是孬兵。”

“到了这里当然一切听从孙队长的安排，咱们就先看看，不过我袁帅也是要面子的人，我自己挑选的兵就算是孬兵，我也只会打落牙齿往肚子里吞，绝对不会把屎盆子往别人头上扣的。”袁帅已经听出了孙队长话里有话，不肯放郑程功，所以他就更肯定郑程功是个好兵，凡是领导不肯放的兵，肯定不会差。

事实正如袁帅所料，郑程功的射击成绩在“雪豹”是无可挑剔的枪王。在 300 米靶的时候，周云、邱俊红和郑程功不分伯仲，但是 500 米靶时，他们的距离就拉开了。

郑程功从组装枪支到射击完八发子弹全中用时 1 分 37 秒。500 米靶能打出这个成绩已经是相当不容易了。因为 500 米跟 100 米根本就不能同日而语，500 米靶需要计算弹道弧度，还要根据风速、湿度和大气压力计算出修正角。这需要在短时间内完成一个复杂的心算公式。袁帅虽然不是狙击手但是大致上还是懂得狙击原理的，所以心里就认定郑程功了。枪声一停，袁帅就跑到郑程功身边说道：“你就是郑程功？”

“是的，首长。”郑程功回答道。

“你的枪法不错，想去‘闪电剑’吗？”袁帅以为郑程功肯定会痛快地说想去，但是郑程功的回答却出乎袁帅的意料。

郑程功想都没想就回答“不想去”。听到郑程功的回答，袁帅简直有点不敢相信自己的耳朵。要知道“闪电剑”是 A 集团军的巅峰，有多少兵削尖脑袋都想进“闪电剑”。可是郑程功居然想都不想就拒绝了。袁帅转身看着不远处的孙队长，发现孙队长面露喜色。于是继续问道：“很多人都以自己能进‘闪电剑’为荣，为什么你不愿意去？”

“没什么原因，就是不想离开这里。”郑程功面无表情地说道。

袁帅知道他不想说，再问也是白搭，或者根本就是有人不希望他走。那么这个不希望他走的人无疑是孙队长了。看着值班中队长列队将部队带走，袁帅一步步走到孙队长面前，苦笑着说道：“他竟然会不想去‘闪电剑’。”

“袁队长不是拿着军长的调令吗？”孙队长露出一丝狡黠的微笑。

“据我所知，‘闪电剑’只有淘汰想加入的兵，还没有强迫别人加入的先例。我只是不明白人人都削尖脑袋想进‘闪电剑’大队，为什么他会不愿意呢？孙队长，假如换作是你，你会不愿意吗？”袁帅说得已经很明白，意思就是孙队长从中作梗。孙永强当然不是傻子，如此露骨的话他不可能听不出来，于是非常生气地说道：“袁队长的意思是我不想放人？我告诉你，我孙永强也是十多年的老兵了，虽然不才，不过这点儿觉悟还是有的……”

听完孙队长的话，袁帅感觉是自己有点小肚鸡肠了，于是马上笑道：“孙队长，你误会了，我不是这个意思。我是说，郑程功是你的兵，你肯定比我要了解他。因为从来还没有哪个兵说不愿意进‘闪电剑’，所以我很想知道他为什么不愿意加入‘闪电剑’，仅此而已。”

孙队长似乎对袁帅的解释比较满意，表情也开始由阴转晴，长吁了一口气说道：“其实我一开始就叫你不要选他就是这个原因。郑程功是我亲自挑来的兵，他是西北人，是个孤儿，虽然是吃百家饭长大的，但是性格却很开朗，甚至可以说是狂傲不羁，心理素质特别好，新兵的时候就敢拿师长开玩笑。我一直留着他，没有淘汰他，就是因为新兵训练的时候我就发现了他的狙击天赋。你要带走他，建议你连周云和邱俊红一起带走。对他的了解，我想在这个部队没有人比他们俩更了解郑程功了。”

袁帅不好意思地说道：“那我怎么好意思呢，一下子挖掉了你最优秀的三个兵。”

“你来这里的目的不就是来挖兵的吗？怎么？得了便宜还想卖乖啊？”孙队长看着袁帅说道。

“好吧，那就太感谢你了。有时间我请你喝酒。”

“我今天就有时间。”孙队长毫不客气地说道。

“好，那我先找周云和邱俊红了解一下郑程功的情况，晚上门口的小饭馆我请客，喝酒。”

“好，那我先带你去找他们。”

“雪豹”的训练虽然赶不上“闪电剑”那么残酷，但是训练量也是非常大的。袁帅他们找到周云和邱俊红的时候，他们正在训练鸭子步。

鸭子步也是特种兵独有的训练科目，所谓的鸭子步就是整个人蹲着身子行走，这样行走的速度很慢，但是不会发出任何声音。这是我军的侦察兵为了深入敌后侦察，经过反复实践摸索出来的一套行之有效的活动方式。它比匍匐前进速度更快，开枪反应时间更短，瞬间冲击力强，加上这种行走方式极其消耗体力，所以后来这套方法就成了特种部队的保留训练科目。

被孙队长叫出来后，他们俩正用作训服袖子擦着满头大汗。

“袁队长有话要问你们，袁队长可是‘闪电剑’大队的队长，你们要好好地配合袁队长的工作。”虽然袁帅只是一个小队长，但是部队一般都会把“小”字去掉，就好比叫副班长的时候一般都会去掉“副”字一样。

袁帅让他们两个休息了半个小时，才开始问他们一些关于郑程功的情况。

“听你们队长说，在这个部队你们俩是最了解郑程功的，所以才找你们了解一下情况。”

“袁队长，我跟郑程功是老乡，我们坐一辆火车，坐面对面来的。他的情况我最了解了。”周云说道。

“那好，你说说看，他是一个怎么样的人，为什么他不愿意进‘闪电剑’呢？”在射击场的时候袁帅问郑程功的时候，周云听见了他们的对话，所以袁帅就开门见山地直接说了。

“是，其实郑程功是一个孤儿，从小有一顿没一顿的，所以心里比较自卑，但是他又是一个极其要强的人。他在部队里没什么可以交心的战友，有什么事他也只会跟我说。”周云说道。

袁帅听完了周云对郑程功的介绍，想了想说道：“能不能说具体一点儿。”

“这样吧，袁队长，我讲几个故事给你听，你就大致上可以了解他了。”

“好，你说吧。”

“我跟他认识是在火车上，我就先从火车上开始讲吧。那时候我比较肥，也很能吃，他就坐在我对面，我吃了很多东西，有鸡腿、猪蹄子、茶叶蛋、香肠之类的。因为第一次离家，心里不好受，所以就拼命地吃东西。他好像看出了我心里不好受，所以就找话题跟我聊……”

话匣子一打开，周云仿佛又回到了当年那列绿皮军列上，他和郑程功面对面坐着，他清楚地记得郑程功对他说：“兄弟，你也是去参军的？”

周云心想这不是废话吗？我穿着这身行头坐在这列火车上，我不是去当兵，难道去旅游啊。不过因为出于礼貌，周云还是很客气地回答说：“是啊。”

于是他开始自我介绍道：“我叫郑程功，你呢？”

“我叫周云。”

“你也是被你们民兵连长骗来的？”

“骗？不是，我爸说我胆子小，让我进部队锻炼两年。你呢？大哥。”

“我，混饱肚子。”

“你在家里吃不饱吗？”周云疑惑地看着郑程功。

“我爸在我还在我娘肚子里的时候就死了，在我还没有记忆的时候，我娘就去世了，我是吃百家饭长大的。”

“大哥，原来你身世这么可怜啊！”

“我说，你这身高去部队打篮球绝对有前途。”郑程功说道。

“部队也有打篮球的吗？”周云满不在乎地说道。

“当然有了，你没看篮球赛，八一队，最牛 × 的就是部队的啊。”郑程功说道。

“对哦。”周云似乎来了兴致。

“你看中国那些去了 NBA 的球员很多都是八一队出来的。你这身高绝对有机会，嗯，就是胖了点。”

“胖有什么关系啊，可以减肥啊。”

“你看你的食量，还有你吃的东西，你看鸡腿、猪蹄、香肠都是高热量的东西，一吃就胖，减肥——有点困难。”郑程功摇着头一脸失望地说道。

“谁说的，我明天就开始减肥，只吃蔬菜，不吃肉。”

“唉，明日复明日啊。”

“哼，我现在就开始减。”说着周云就把剩下的香肠装进了口袋里。

“你把东西装进口袋里看不见了当然就不吃了，但是你想想，什么时候你看到了还不是忍不住要吃！”郑程功说道。

“那怎么办？”

“你还是把吃的东西，放在你看得到的地方，这样能忍住，才是真的能忍。”

“好，我把我喜欢吃的东西全部拿出来放在上面。”说着周云就将包里的东西一样一样地拿了出来。东西还剩不少，有鸡腿、鸡翅、鸡爪、五香豆腐干、鱼干，等等，看得郑程功直流口水。

过了一会儿，郑程功又说道：“其实这样还是不行，如果有人在你面前津津有味地吃着你喜欢的东西，你还能忍得住吗？”

“肯定能忍得住。”周云信誓旦旦地说道。

“我估计有点难啊。”

“那不信，你吃，大哥你吃，看我能不能够忍住。”周云边说边拿着鸡腿、猪蹄递给郑程功。

郑程功假装不要：“我不喜欢吃这个，太油腻，我从来不吃。”

周云看郑程功不要，有点急了：“大哥，以后大家都是战友，这点儿忙你还是要帮的吧？”

“不是我不帮啊，我是真不喜欢吃这些东西啊。”

“大哥，就当是兄弟欠你一个人情，你就帮兄弟一把，以后有用得着兄弟的地方，大哥尽管开口。”

“好吧，既然大家都是战友，我就帮你一次吧。”说完郑程功就拿了一只鸡腿大口地吃了起来。周云看着郑程功津津有味地吃着，馋虫又被勾了起来。

“大哥，我吃一只行不？只吃一只，以后再也不吃了，行不？”

“不行，男人说话要算数，说戒就一定要戒，这一点都做不到，你以后怎么打篮球啊，对不对？打篮球不光要有好身体，还要有相当强的意志力。那样才能为国争光啊。对不对？你已经是军人了，军人要有为国争光的使命，你看我，从来不吃这种东西，现在为什么吃啊？还不是为了你吗？为了你以后能为咱们国家争光。对不对？”郑程功动之以情、晓之以理地说道。

“对啊，大哥，我听你的，我一定忍耐。”

“这就对了嘛。”

火车开了一段后，几个老乡周一峰和郑江红找到了郑程功，看到郑程功桌面上放着这么多的零食，又看这郑程功狼吞虎咽地在啃着猪蹄，嘴巴张得足足可以塞进一个鸡蛋那么大。

“郑叫花，你哪来那么多吃的啊？”郑江红问道。

“这位兄弟叫我帮忙吃，我就帮帮他咯，都是一起当兵的兄弟。”

“哼哼，新鲜，这牛吹得如此超凡脱俗。”周一峰带着鄙视的眼神看着郑程功。

“是真的，这位大哥帮我减肥呢。”郑程功刚要解释，周云就帮他正名了。

周一峰像看恐龙一样盯着郑程功，由衷地点头道：“高，高，佩服，佩服，你当兵真是屈才了。你应该去做外交官。”

“我倒是想去，没名额了。”

“一直到后来我才知道，他这么‘高尚’地帮我，其实就是想骗我那些吃的。不过我也没怪他，因为有一点他没骗我，他真的是一个孤儿，而且能骗了别人的东西，别人还感激他，他也算是骗得很有突破性了。”周云嘿嘿笑着说道。

听完周云的一番话，袁帅隐隐感觉这个人很有金锋的风格，这样的人往往心理素质非常好，是一块当特种兵的绝好材料。不过这个故事并不能说明郑程功就是一个作风散漫、狂傲不羁的人啊。金锋的确也是这样的，但是金锋的团队观念相当强。于是袁帅继续问道：“但是你们队长说他爱耍小聪明，作风散漫，拿领导开涮。你说的并不能证明他是这样的人啊？”

“爱耍小聪明？是因为队长还不了解他，我说过他是一个非常要强的人，在他的心里，还有从小的经历培养出的一种观念——就是要生存就必须做得比别人好。再讲一个故事给你听吧。就是叠被子的事，一床跟老太婆的脸一样的被子要叠得没有一丝皱纹，方方正正的，就是传说中的豆腐块。对一个刚进部队的人来说，叠被子是一件相当枯燥而辛苦的事情。而且分队与分队之间，队与队之间还要展开评比，争抢内务流动红旗。但是每次大家在辛辛苦苦地叠被子的时候，郑程功总是在围着被子转，一会儿摇头，一会儿沉思。有一次……”

“郑程功，你在干吗呢？再不好好练，你的被子就要被扔到臭水沟去了。”一个四川战士说道。

“我在想办法呢，就你们这么死脑筋的叠法，再怎么叠也是扔臭水沟的货。”

“那你想出办法来没有啊，大才子？”大家都开始嘲笑他。

“哼，懒得跟你们说，就你们这智商，打起仗来也就只能做个炮灰。”

“对啊，我们是炮灰，你是将军。”

大家又是一场哄笑。

但是当我们的被子都被扔到臭水沟的时候，郑程功的被子却是完好地躺在床上。他的被子就好像是铁皮一样，棱是棱，角是角，方方正正的，就连班长都自叹弗如。

后来在分队与分队之间评比的时候，分队长要郑程功给大家讲叠被子的心得，郑程功拿出了周云的啫喱水，在叠好的被子上一喷，然后一拉，等啫喱水干了，被子就被定型了，甚至散发出一股幽幽的香味。班长看完郑程功叠被子的全过程，眼睛直直地盯着他喃喃地说道：“我当了八年兵，见过有往被子上洒水的，有往被子里塞硬纸板的，什么办法都有，真可谓花样百出，这还是第一次看见用这玩意儿的，立竿见影啊！”但是队长却认为这种方式完全是投机取巧，有损军队作风。在队长心里，郑程功就是一个爱耍小聪明多过实干的新兵蛋子。

“作风散漫我想是因为练习射击的时候无组织纪律吧！”

“射击的时候无组织纪律？”这可是部队最明令禁止的，射击的时候都是真枪实弹，无组织纪律那可是相当严重的。

事情是这样的——练瞄准，人家都是趴在地上老老实实地瞄准。他一会儿挠挠头皮，一会儿东张西望的。实在不行跟蚂蚁也能“交流”。

更让班长疑惑的是，每次只要是郑程功趴过的地方，都会留下一个碗大的坑，刚好是在人体裆部的位置。班长想弄清楚他到底在搞什么鬼。所以有次训练瞄准的时候，班长特意悄悄地关注他，看看他在搞什么。后来才发现郑程功趴了不到一个小时，就开始不老实了，只见他解下腰带，用腰带扣在地上挖起来，不一会儿就挖出一个碗口大的坑。班长马上跑过来指着地上的坑问道："郑程功，你这是在干什么，人家都在努力地学瞄准，你在这做小动作？"

郑程功知道已经被班长发现了，挠着头皮不好意思地说道："班长，趴时间长了，这里硌得难受，挖个坑就舒服多了。"郑程功边说边指了指自己的裆部。

还有在实弹射击的时候，轮到郑程功的时候，他没有急着开枪，而是先按照程序，拆弹夹，装子弹，打开保险，将射击状态拨到单射。然后拿出打火机在 81 杠的准心上烧了一下，将准心熏黑。

"郑程功，你在干什么呢？谁叫你拿着打火机烧准心的，你不知道打火机的高温会影响枪的精度吗？"指导员在一旁看见了郑程功烧准心的动作，大声训斥道。

"报告，指导员，我没有烧，我只是把它熏黑。"

"熏黑也不行。"

"为什么不行？"郑程功不服气地问道。

"我说不行就不行。"指导员还没见过一个新兵敢跟自己较劲的，脸色气得由白转成环保色。

"凭什么？"

班长一看不对，一个新兵敢跟指导员顶嘴，到时候自己这个班长也得挨批，于是瞪着郑程功吼道："郑程功，你怎么跟指导员说话呢？"

郑程功放好枪站起来说道："太阳照在准心上会有反光，眼睛盯着准心就会出现虚光，用打火机熏黑了就不会有反光，也就不会有虚光了，有利于瞄准。”

“啊？有这种事情？我看看。”班长说着拿起郑程功的枪，瞄了瞄，再拿起旁边一个兵的枪试了试，这才把枪递给了指导员，“指导员，你试试?”指导员试了试没说什么，放下枪走开了。

“准备——”班长将口令拉得很长，“射击。”

郑程功因为解决了虚光的问题，再加上他本身脑子也很灵活，所以他的射击成绩是最好的，47 环，这对一个新兵来说已经是神枪手级了。

但是，既然队长认为他有这么多毛病，分兵的时候队长为什么还要留下他呢？听了周云讲的两个故事，显而易见，孙队长是留了一手。

袁帅嘴角露出一丝不易察觉的笑，心想:“怪不得，孙队长说他有当狙击手的天分呢，这他妈就是一天生的狙击手嘛。这个兵我是要定了，再多的毛病我也要，有本事的人才有毛病。”

看着袁帅不说话，周云继续说道:“至于拿领导开涮这事吧，其实这是我们大家一起出的主意。就是我们副指导员，这个人吧，哪儿都好，就是喜欢占小便宜，每次出去的时候，他都要叫我们请他吃饭，而且每次点菜都点得我们心惊肉跳的，但是碍于他是领导，大家都是敢怒不敢言，办法是郑程功想的，但是实施是我们大家一起实施的，所以这事不能怪他。”

“啊？你们是怎么整你们的副指导员的?”袁帅对这个比较感兴趣。

“就是在周末的时候，我们大家请指导员吃饭，说好了在哪个餐馆，然后我们自己先去了，副指导员随后赶来。看到还没点菜，于是便点了一大桌子的菜，我们快速吃完饭，郑程功对副指导员说:‘副指导员，我们已经吃好了，饭钱我们已经付完了，你慢慢吃。’副指导员听说我们已经把饭钱付了，就没说什么。过了半个小时，副指导员气冲冲地跑回来骂我们:‘你们不是说饭钱已经付完了吗，请我吃饭还要我自己付钱。’郑程功假装惊讶地说道:‘我们是付了饭钱啊!’‘那为什么饭店老板还找我要钱?’‘副指导员，我们只是请你吃饭，没说请你吃菜啊。’”

听到这里，袁帅忽然哈哈大笑道:“太有才了，太有才了，我就是喜欢这样的兵，有跳跃性思维。不过我还是不明白，他为什么不愿意去‘闪电剑’呢?”

“这个原因很简单，因为他这人的性格吧，很难跟别人交上朋友，在这里也就我，还有他——邱俊红，两个朋友。”周云解释道。

“你们三个是这里枪法最好的，我想把你们三个一起调到‘闪电剑’，你们愿意去吗?”袁帅问道。

周云和邱俊红都惊讶地看着袁帅，夸张地说道:“是真的吗?那太好了，‘闪电剑’是A集团军的巅峰，谁不想去啊?”

“好吧，那你们准备一下，明天一早跟我去‘闪电剑’。我今天晚上还得请你们孙队长一顿酒呢。”袁帅说着向孙队长办公室走去。

对于一个爱兵之人来说，袁帅能体会孙队长连失三名爱兵的心情，所以一顿酒是怎么也少不了的。

王远见和李南的收获也不小，他们俩一共挖来了五名狙击手，也就是说他们现在已经总共有十二名狙击手了。训练狙击手的任务肯定是交给王远见了，袁帅他们就乐得清闲。自从进入“闪电剑”大队以来，他们还从来没好好地逛过“闪电剑”的营区呢，正好趁着这个机会好好踩踩地皮。

其实“闪电剑”营区挺大的，以前就只听队长说过营区有100亩地那么大，但是那时候还不知道100亩是个什么概念，只感觉应该很大，要不然队长不会拿这个说事。到现在他们才知道，100亩是什么概念。从营房出发逛一圈，两个小时，而且那还是走马观花地逛。

静下心来逛才知道，部队的风景还是很漂亮的。特别是以前一直都没有去过的后山，那里有大片的枫叶林，在阳光灿烂的秋天的午后，袁帅一个人静静地走在枫树林里，阳光透过枫叶，将整个枫树林照得更加绯红。那种景色很美，就像海边黄昏，是一种难以用言语表达的美。一阵风吹过，飘落的枫叶漫天飞舞。真是美极了。要是能带着玉柔一起享受这绝美的风景，那真是人生一大享受啊，袁帅有点想入非非了……

第五章　狙击手

王远见就不能像袁帅他们这样优哉游哉地躺在枫树林里欣赏大好的深秋美景了。虽说选上来的这些兵都是百里挑一的狙击手苗子，但是要成为真正的“判官”级狙击手还是需要加以雕琢的。因为他们在以前的部队都没有经过专业的狙击训练，很多部队所谓的狙击手就是打靶打得准而已，撑破天，顶多也就能计算个修正角、弧度什么的，跟真正的狙击手相差甚远。最简单的心跳就是一个大难题，真正的狙击手对心跳的要求是每分钟 60 次，不能多也不能少。但是王远见测试了一下他们的心跳，十二个人居然没有一个合格的。还有潜伏、反应时间等一些狙击手的必备素质，没有一样是符合标准的。没办法，王远见只好给他们重新制订了一个训练计划。

狙击手第一条——潜伏。因为狙击手要执行的任务非常特殊，有时可能要在一个地方潜伏几天几夜，只喝水不吃东西。

狙击手第二条——强壮的体魄。狙击手的心跳要绝对保持 60 次 / 分钟。因为心跳会影响射击的精度。开枪的最佳时机是在两次心跳之间的一秒钟。这个时候你的心脏是不能跳动的。而且心脏还是你计算时间的最佳助手。在你失去了所有仪器的时候，你的心脏可以帮你计算目标移动的速度。

狙击手第三条——对各种枪械的了解和使用。因为对于一个狙击手来说，经常是单兵作战，而且经常要深入敌后，所以对于任何枪械都要会使用，会使用就要了解。还要掌握匕首格斗、徒手格斗等技能。

狙击手第四条——伪装。只有保存自己才能有效地消灭敌人，这是一个永远不变的法则。

对于一个战场狙击手来说，潜伏无疑是最基本的技能。因为不管等待还是深入敌后，潜伏是隐蔽自己最基本的前提。所以王远见训练新队员的第一课就是潜伏。他将所有队员拉到了水塘边的污泥滩上，然后给他们讲解潜伏的基本姿势。

“潜伏呢，实际上一点儿也不苦，一点儿也不累，就是枯燥，能让人抓狂般的枯燥。在潜伏的每一秒钟里你都要集中精神。因为敌人不会通知你他会在什么时候出现。所以哪怕是潜伏几天几夜都不能有丝毫的松懈。对你们中的有些人来说这可能是最难的，所以我先训练你们的潜伏能力，现在开始练最简单的潜伏，就在这地上趴着，双手握枪，双脚分开与肩同宽，我随时会检测你们是否集中精力。”

“趴的姿势也有规定吗？”

“废话，不管是站着还是睡着，双脚与肩同宽都是最节省体力的姿势。”

“哦，还真是科学。”郑程功心想，“其实我喜欢蛤蟆式的睡姿。”

“王远见，你过来一下。”秦波不知道什么时候到了靶场外面。

“是，队长。”王远见听见秦波的叫声马上答应着向秦波跑去，边跑边对着他们说道，“你们给我好好练，等一下我再来检查。”

“王远见，他的性格适合做狙击手吗？我看他跟猴子一样，一分钟都闲不住，他能——能耐得住性子吗？”秦波指着郑程功有点担心地问道。

“队长，他能不能耐住性子我不知道，但是我肯定他是最适合做狙击手的人选。”

秦波怀疑地看着王远见。王远见继续说道：“也难怪你不相信，实际上一个真正的狙击手并不是你们想象的那样，不苟言笑，甚至还很闷。其实不是，从心理学的角度讲，一个心理素质优秀的人，都是开朗的，开朗的人一般都是善于言谈的，因为通过言谈和交流可以释放自己的压力。狙击手的压力是很大的，特别是在长期潜伏以后。一个不善言辞的人，会把长期潜伏的压抑闷在心里，这样长此以往心理就会崩溃。所以一个真正的‘判官’级的狙击手是非常善于自我调节的。这么说吧，一个不苟言笑的人一般有事都放在心里不说出来。举个最简单的例子，上学的时候，往往是上课的时候看上去聚精会神的人读书成绩不怎么样，反而是那些很会玩的人成绩很好。就是因为不苟言笑的人心里面往往有想不完的事，所以很难集中精力，而那些调皮捣蛋的人因为没有心事，所以想集中精力的时候就能集中精力。”

秦波点着头，好像是听懂了，但是似乎又不是很懂。反正听王远见这么说也就不好再说什么了，毕竟王远见是军区响当当的狙击手。于是说了声：“那好，你好好地训练，你要是能把这些家伙训练出来，我破个例请你喝酒。”

“是。”王远见敬了个礼。

几名队员按照王远见说的姿势一动不动地趴着，右眼死死盯着瞄准镜。

“第三靶位，射击。”就在郑程功聚精会神练瞄准的时候，王远见忽然下达了射击命令。

“啊？”郑程功转身看着王远见。

“啊什么啊？刚跟你说过，要集中精力，时刻保持警惕。看来要把我的法宝拿出来才行了，要不然你们永远不知道什么是毅力。”王远见说着往营房走去。不一会儿拿来了一根三菱形的木棒。

“各位，这是我师父送给我的，以前他也是拿着这个法宝帮我克服不能集中精神这个问题的，我藏了好久了，想不到现在可以派上用场了。我师父给它取了一个很好听的名字叫‘抓耳挠腮棒’，其实我觉得叫‘龇牙咧嘴棒’更合适。”

“什么意思啊?”郑程功转过身看着王远见手里的三菱棒问道。

王远见走过去，拿着三菱棒的菱口在郑程功的小腿胫骨上就是一棒。

“哇，呀。”郑程功龇牙咧嘴地叫着，双手不停地抚摸着胫骨。

“现在知道什么是‘龇牙咧嘴棒’了吧。”王远见得意扬扬地看着郑程功抓耳挠腮的样子，对着其他人说道。

就像王远见说的一样，一点儿都不苦，一点儿都不累，但是整天不能说话，不能动，还要集中精力，确实不是一件容易的事情。时间一天天过去，虽然比以前有了很大的进步，潜伏的时间越来越长，但是远远达不到王远见要求的潜伏几天几夜的标准，他们现在最长潜伏时间仅仅是十小时。

“教官，差不多了吧，我都已经能潜伏十个小时了。换个新的训练项目吧，再这样趴下去我估计狙击手没练成，精神病有可能练成了。”在训练完回营的路上郑程功几乎哀求地说道。

“差得多呢，如果这么容易就可以成为狙击手，那不是到处都是狙击手啊？一个优秀的狙击手最起码能够无限制潜伏，这还是最简单的潜伏。真正的战场潜伏环境千变万化，你永远不可能知道下一场战争会发生在什么地方，有可能是沙漠，有可能是冰天雪地，有可能是原始森林。总之，任何有人类活动和没人类活动的地方都有可能是狙击手潜伏的地方。你现在就受不了了，如果以后让你去沙漠、雪地、森林，怎么办？你要记住，伪装是狙击手最重要的一条，因为你在狙击敌人的时候，敌人也在狙击你，两个或者多个狙击手在较量的时候，胜负就在于你能不能坚持到最后，潜伏到最后。你一个微小的动作就可能被你的对手发现，一旦被对手发现就好像是飞机被导弹锁定，生存的概率微乎其微。在你潜伏的时候，你最好当自己是一块化石、一尊雕像。”王远见严肃地说道。

“我宁愿每天被累死，也不想每天像具尸体一样趴在地上。”郑程功说道。

“你要想成为一个狙击手就必须要经历这种训练，否则你不要再跟我说你要做狙击手。你任何时候都可以选择退出，没有人拦着你，你自己想清楚。”

在潜伏训练中周云和邱俊红是最好的，王远见带来的潘瑞松其次，郑程功是最差的一个，但是王远见恰恰就是最喜欢郑程功，因为他在郑程功身上，仿佛看见了以前的自己。

郑程功几乎要放弃了，经过了激烈的思想斗争，他决定跟王远见提出退出“闪电剑”。他可以吃任何苦，就是受不了这枯燥的潜伏训练。他刚走到王远见寝室门口的时候，就见王远见和袁帅他们从寝室冲了出来，看见郑程功正在门口就叫道：“赶紧出去搬东西。”

郑程功只好咬着牙跟着他们到门口去搬东西了。

兵器库门口停着一辆军用卡车，武器专家赵青柳正站在车旁边等着人来搬运已经改装好的 RJ-21B 和 208 式轻型狙击步枪。

王远见一拿到枪马上就拆开木箱，拿着改进好的RJ-21B端详起来，边看边说道：“好，果然是好枪……”郑程功看着王远见手中的枪也欣喜地问道：“教官，这是什么枪啊？是给我们用的吗？”

“嗯，是啊，这是专门为我们设计的，其他部队还没有装备的 12.7

毫米非制式反器材狙击步枪。”王远见说道。

“太漂亮了，以前只在电视里见过，没想到，我们以后也用这种枪了，太好了。”郑程功原本想放弃在“闪电剑”待下去的念头立刻被抛到了九霄云外。

拿到了新枪，大家的积极性就更高了，潜伏的时候也没感觉像以前那么枯燥了。大家也更刻苦地训练了。潜伏时间也由十小时延长到七十个小时以上。王远见看到他们的进步打心眼里高兴，开始教他们一些不同环境下的潜伏与伪装技巧。

“真正的潜伏远远不止是在一个位置趴着不动这么简单。你们必须忘记身边的环境，忘记你自己，你的枪与你是一体的，它就是你身体的一部分，是有生命的。要做到心随眼动，枪随心动。你全身的每一个毛孔都是张开的，你能感受到来自各个方向的敌人和危险。要有强烈的第六感。”王远见说着向郑程功两点钟方向的上空扔了一块小石子，继续说道：“打。”

“砰。”在小石子落地之前，郑程功开枪了，但是并没有命中目标。

“反应能力还可以，但是枪法就差太远了。”

“教官，这枪太重了。”

“对。”王远见对着大家说道，“大家也看到了，也知道问题的所在了。他已经做到心随眼动，这一点很好，说明有狙击手的天分，但是还做不到枪随心动。所以接下来的训练就要做到枪随心动。这就需要强壮的体魄。不过狙击手的体能跟其他人不一样。我现在就开始训练你们的体能。”王远见说着拿来了一筐模拟手榴弹，每人五个用网兜将手榴弹挂在枪管上。

“端着枪。”王远见挂好手榴弹叫大家端着枪站着。

五个手榴弹足足有二公斤重。不到五分钟的时间，有几个人的手开始剧烈抖动。王远见拿着他的菱形木棍站在他们身边来回地巡视，只要谁的枪往下掉一点点，就是一棍子。

“怎么样，受不了吧，受不了可以退出，省得我每天这么辛苦陪着你们训练。”王远见这话有点得便宜卖乖的嫌疑。

“操，你还辛苦，丫丫个呸的，每天拿根棍子有事没事就朝我们身上招呼一棍子，跟他妈的监工一样。”郑程功咬着牙齿，豆大的汗水不停地往下流，但是精神上还是没忘记恶骂王远见一顿。

半个小时过去了，王远见忽然大发善心：“休息一下吧。”

大家都放下枪，马上一个个瘫倒在地上。

“站起来，谁让你们躺下了，只是让你们休息一下。”

“有站着休息的吗?”郑程功愤愤地看着王远见说道。

“我又没说让你站着休息，右脚退后一步。”

大家不知道王远见葫芦里卖的什么药，但是又不敢违抗，只好将右脚向后退了一步。

“双掌撑地。”王远见继续说道。

这下大家都知道王远见要干什么了，俯卧撑。

“左脚向后一步。击掌俯卧撑50个，预备……开始。”

所谓的击掌俯卧撑就是手臂弯曲伸直以后双手在胸前击一下掌再做第二个，这种俯卧撑非常消耗体力。

“靠，变态。”大家都在心里骂道。

但是做到第40个的时候，大家都懒得骂王远见了，骂人也要动脑子啊，动脑子的力气也没了。

“王远见，过来一下。”秦波站在队部的窗户旁叫王远见。王远见答应了一声转身就走了。

“队长，我代表我家十八代祖宗感谢你了。”郑程功摊开手瘫在地上。

“王远见，他们训练得怎么样了啊?”秦波很关心新队员的训练进度。

“报告队长，进步很快，而且很有天分。”王远见说道。

“一定要抓紧啊，我们不知道下次战斗在什么时候开始，如果真如袁帅跟司令员预测的那样，那我们的责任可不轻啊！”秦波这段时间天天都在关注他们的训练情况，可见这次的任务的确是非同小可。

“知道了，队长。”王远见说完敬了个礼就向训练场跑去。郑程功见王远见过来了，马上伸手架枪，轻轻地说道：“大家注意了，要是王远见看我们就这样趴着肯定会用更加变态的方式整我们的。”

“刚才做到第几个了？”王远见问道。

“已经做完了。”

“哼，别以为我不知道，我一走开你们就趴下了。刚才做到第几个来着？哎，记不起来了，重新做。”王远见说道。

大家都瞪大眼睛看着王远见，郑程功心想：“不会吧，这玩笑可开大了，队长，你没事瞎叫什么啊，我代表我家祖宗十九代先人诅咒你。”

没办法，诅咒归诅咒，俯卧撑还是要做，总不能因为几个俯卧撑就趴下啊。牙齿咬得咯咯响，汗水流得哗啦啦。

其实有很多时候，困难是自己想象出来的。咬着牙坚持下来后，感觉特有成就感。一切困难都是纸老虎，不过纸老虎多了也麻烦，原以为做完俯卧撑可以休息一下。哪想到，紧接着王远见又命令大家拿着挂着手榴弹的枪沿水塘快速地跑一圈。

做完俯卧撑后大家的手已经跟得了帕金森综合征一样，抖个不停了。

绕水塘一周是400米，这点儿距离是不远。就是一个小学生五分钟也能跑完了，但是王远见在大家跑了三分之一的时候忽然扔出一块石头，大声地喊着，十点钟。

大家一听到王远见的声音，身体本能地一阵发抖。不过反应还是很快，马上举枪射击，但是一双抖得跟得了帕金森综合征一样的手，怎么可能瞄得准呢？子弹直接打飞机了。

“我都提前提醒你们了，还打不准，你们是猪啊？”

“教官，刚举了这么长时间枪，又做了50个击掌俯卧撑，空手都发抖，更何况拿着这么重的枪，在这种情况下，有可能打得中吗？”郑程功上气不接下气地反问道。

“好，我做给你看，什么是不可能。”王远见说着俯下身体连续做了150个击掌俯卧撑，然后拿过郑程功手里的枪，沿着水塘跑了起来。

郑程功伸手捡了块石头没提醒王远见，直接向王远见后背的上空扔去。郑程功心想，我没提醒你，扔的又是你的后背方向，看你怎么打。

“砰”，郑程功还没开始得意，石头已经被打得粉碎。

“乖乖隆地咚，狗日的背后还长眼睛啊？”大家都不敢相信自己的眼睛。看到王远见这一枪，郑程功脑子里直接蹦出两个字：高手。

不过他还是不死心，眼珠一转，嘴角露出一丝阴险的笑容。双手各拿着一块石头飞了出去，心想：“这下看你怎么办？”

但是王远见又一次让大家大吃一惊。只听到两声连续的枪响，两块石头都凌空碎裂。

“RJ-21B一次只能装五发子弹，刚才我打了一发，王远见刚才打了三发，也就是说里面还有一发子弹。哼哼，这次看你怎么死。”郑程功双手各拿着一块石头，抖着右脚一脸坏笑地看着王远见，忽然双手用力朝左右两边飞了出去。然后等着看王远见的洋相，心想：“没有不可能？这可是你说的，现在要看看到底有没有不可能。”

但是郑程功又一次高兴得太早了，两枪间隔的时间虽然是长了一点，但石头还是在落地之前被打得粉碎。

郑程功一副瞠目结舌的样子，看着大家嘴里喃喃地念道：“这不可能，他已经没有子弹了，重新装子弹最起码也要20秒时间，他现在只用了两秒钟，这不可能，这是违反自然科学规律的……”

王远见跑完一公里回来，看着郑程功一脸呆若木鸡的样子就知道，他肯定是对自己的第六枪无法理解。

“教教教……教官，你……你刚……刚才……才怎么会开出第……第六枪来的?”

“很奇怪吗？换个弹夹不就行了。”

“可是你身上哪里有弹夹啊。”

“我是没弹夹，但是我有子弹。”说着王远见从裤子口袋里掏出四颗子弹。

“一秒钟时间换子弹？没亲眼看到，很难相信。”郑程功说着仔细地看着王远见，样子像是想从他身上搜出另一把枪。

王远见看着郑程功摇了摇头说道:“看好，我只表演一次。”

大家瞪圆了眼睛看着王远见，生怕错过了这一秒钟的表演。

只见王远见拉动枪栓，直接将子弹塞进枪膛，也就是说子弹没有通过弹夹直接上膛。

最后一颗子弹射出后，弹夹中已经没有子弹，所以弹夹上膛的时候，枪膛是空的，这时就可以直接将子弹装进枪膛。但即便是这样，从掏子弹到拉枪栓、填子弹，一般人没有五秒钟也是完成不了的，更何况RJ-21B的重量加上五个手榴弹的分量，要腾出右手从裤袋里掏子弹、装子弹，这个过程整把枪的分量完全要靠左手单手撑起。所以完成这个动作的艰难程度是可想而知的。

但是他们现在真真切切地看到王远见在自己面前完成了这一套复杂且令人难以想象的动作。

“还有什么疑问吗?”王远见看着郑程功问道。

郑程功摇摇头，说道:“没有了，我服了。我心服口服，连肺以及大肠都服了。”

“好，既然没问题了就继续训练吧。”

“不会又是做击掌俯卧撑吧?”

“你以为训练狙击手是训练苦力啊，训练狙击手是要讲究科学的训练方式的。你现在连枪都端不稳，当然是端枪了。”

“操，还不如做俯卧撑呢。”郑程功心里暗暗地骂道。不过刚才王远见的表演还是让他大开眼界，他决定要做一名跟王远见一样优秀的狙击手。没有理由，就是觉得王远见的动作特别酷。年轻人嘛，都爱耍酷，都想让自己在别人面前显得与众不同。不过耍酷总是要付出代价的。

第六章　超极限

三天的训练下来，郑程功的手臂比之前大了两个码，当然了，不是肌肉，是肿的。衬衣的袖口已经塞不下他的手臂了，所以他只能直接在冬常服里面穿秋衣。更可恶的还是吃饭的时候，他只能吃馒头了，因为他抖得比拳王阿里还严重的手已经很难完整地将一筷子饭送到嘴里了。

更更可恶的是，这无休止的训练还在继续。王远见还不停地往他们的网兜里塞手榴弹。

随着时间一天天地过去，两个星期以后他们的网兜里已经可以装下八个手榴弹了。虽然每次训练的时候，他们的手还是会不停地抖，但是至少现在已经不是那么肿了，而是变成了硬邦邦的肌肉。

王远见会经常跟抽风一样，在他们毫无防备的时候向空中扔出一块石子，然后提醒他们在什么方位。随着这种变态式的训练不断地深入，大家的反应能力也越来越快，基本可以做到手随心动了。但是这只有在王远见的提醒下才可以做得到。在没有王远见提醒的情况下，成绩还是很不理想。不过这段时间的训练，郑程功总隐隐感觉有一双眼睛在盯着他。不知道是不是被王远见的神经式训练训练成神经病了。反正他总感觉自己的背后经常有个人在盯着他看，盯得他脊背发凉，有时候他怀疑是自己神经过敏，但是有时候他却真真切切地感受到那双眼睛的存在。

他怀疑是王远见在考验他们的判断力和第六感。于是在接下来的训练中，他格外关心自己的身后，要不这个变态王远见不知道又要用什么方法整他呢。说句实话，这几天他是被王远见“奇思妙想”的整人手法整怕了，这家伙不知道哪来这些层出不穷的手段，比满清十大酷刑更有想象力，更有突破性。

在训练到第18天的时候，郑程功已经完全肯定背后有一双眼睛在盯着自己。但是每当他转身去看的时候，背后却什么也没有。这一定是个伪装高手，但是这里除了王远见还有谁有这样的伪装能力呢？管不了了，他想起了以前看过的“三十六计”，其中有一计叫打草惊蛇。没办法，只有试试看了。他忽然转身对着后面大声地叫道：“后面的战友，出来吧，盯了我们几天了，再不出来我开枪了。”

“别开枪，是我，是我。”这一招还真管用，对方果然被自己惊出来了。

“嗯，听起来很像是袁队长的声音。”郑程功端着枪走过去，果然是队长。郑程功不好意思地问道：“队长，你怎么在这里啊？”袁帅刚想说什么，就被王远见打断了。

“队长一直很关心大家，他这一次是想看看你们的判断能力和感知能力。还不错，才三天就被你发现了。不过要是在真正的战场上，你们早就没命了。”王远见严肃地说道。

“其实我没发现，我只是感觉后面有人盯着我，但是又不能确定他在什么位置，所以就打算吓一吓，看能不能吓出来，没想到真被我吓出来了。”郑程功有点难为情地说道。

“不错啊，你才训练这么短的时间，能感觉到已经很不错了，没发现是因为你们还没有接受过伪装训练。这不能怪你们。”袁帅鼓励道。

“那你现在知道伪装的重要性了？”王远见问道。

“嗯，确实很重要。”郑程功回答。

“伪装是一个狙击手最基本的生存条件。只有保住自己的命，才能有效地消灭敌人。从今天开始，我就训练你们战地伪装。”

“其实伪装这东西，说难也不难，简单地说就是一句话，就是依靠地形的特征隐蔽自己达到不被敌人发现的目的。”

“等于没说，这谁不知道啊。”郑程功在心里嘀咕着。

“比如队长刚才隐藏的位置，这个地方只有烂泥，那么烂泥就是最好的隐蔽材料。将自己的身体埋在烂泥里，让自己的身体与周围的环境融为一体，就是最简单有效的伪装方法。当然了，这只是最基础的伪装术，在现代高科技的条件下，即便是伪装得再好，还是可以被热能探测仪、红外探测器等仪器发现。”

“那还隐藏个屁啊？”

“但是有矛就有盾，现在狙击手的装备也在更新换代，比如现在的吉利服就可以有效防止热能探测仪等一些高科技仪器的探测。还有一些土办法，例如PC材料制成的雨衣也很有效。隐蔽伪装不难，只要根据不同的环境将自己与环境融为一体就可以了。难的是，在隐蔽中得挨饿。”

“完了，这家伙这么说，说明要开始忍饥挨饿了。”这是郑程功脑子里的第一反应。

“很多时候，狙击手要深入敌后，潜伏几天几夜，所以能挨饿是一个狙击手必须具备的能力。”

“几天不吃饭，死不了，但总不能几天不喝水吧？”郑程功说道。

“我说不让你喝水了吗？每一个狙击手都会有一个水背囊，背囊的吸管可以直接接到你的嘴巴里，所以你可以在隐蔽的状态下喝水。”

“教官，那能不能在背囊里灌点牛肉汤之类的东西呢，那玩意热量高，口感也好，还能保持体力。”郑程功问道。

“这个问题不止你一个人提出来过，之前也有很多人提出过比你更有建设性的意见。我们也把这个问题跟上级做了汇报。但是到目前为止还没有先例。希望以后总装备部可以研制出来。但现在还是必须接受饥饿训练，为期三天。大家还有问题吗？”

“有，时间能不能短一点儿，比如一天？”

“不行。”

“那就没问题了。”

“好，我会陪着你们训练，因为时间紧迫，所以在你们接受饥饿训练的同时，给你们讲解一下 300 米以上狙击的要领。其实这个跟 81 杠的标尺原理是一样的，81 杠给你们用的是标尺三，但是还有一种常用的是标尺一，标尺三是瞄哪里打哪里，标尺一是压底线的，半身靶在最下面不是有一条白线吗？标尺一就是压白线打，将准星瞄准右底线。但是子弹打中的还是靶心。这就是标尺。但是 RJ-21B 的标尺跟这个有所不同。就 800 米靶来说，风速三，经过对距离、风速的测算后，就可以得出修正角和弧度。假如说，修正角是 3 度，那么将标尺调整到三挡，你还是瞄准靶心打，但是实际上标尺已经调整好了修正角，所以子弹打过去还是靶心。这就是 RJ-21B 的标尺。我们也说说挡位。RJ-21B 有六个挡，从 300 米到 1500 米从风速三到七都有各自不同的挡位。狙击镜左边那个圆形的是圆弧标尺，右边那个是修正角标尺。”王远见指着狙击镜上标着刻度的两个类似于娃哈哈红茶瓶盖的调节器说道，“另外这款狙击步枪还有一个更先进的装备——就是手持式装表模块。它由激光发射光学系统、光学观察和激光接收光学系统以及电源、激光测距、传感器和控制解算等组件构成。能够自动测出目标距离，并解算出目标诸元，可以快速地装定目标诸元值。但是大家一定要记住，它只会测算和调节弧度，无法计算风速、压力、湿度等狙击要素。所以这个还是要靠大家自己心算。这个我会在以后的训练中跟大家一一讲解。”

一天辛苦的训练下来，肚子早就饿了，偏偏这时候远远地听到同志们在鬼哭狼嚎地唱着《打靶归来》。以前他们最厌恶的就是饭前一首歌，而现在听到战友们唱着颇有摇滚风格的军歌却有了几分亲切感。自己的胃居然也跟着战友们的嚎声打着节拍，发出咕咕的响声。

“哎，胃啊胃，你就不能学学你主人不为一顿饭而折腰的精神啊？”郑程功想着吞了吞口水。

饿肚子的感觉是不好受的，特别是闻着饭堂的香味、听着战友们唱饭前进行曲的时候。不过看王远见陪着自己趴在这里，也不好说什么了，就忍着吧。

时间刚过去一天，但是他感觉好像过了几个世纪那么漫长。

东方渐渐地露出了鱼肚白，郑程功整晚都没睡着，因为王远见总是在他眼睛刚刚闭上的时候，就用三菱木棒与他的脑门进行最亲密的接触。王远见这个时机把握得非常好，每一次都是在他们眼睛闭上后两分钟左右的时间用木棒提醒他们。

天阴沉沉的，乌云密布，无法判断现在的具体时间。直到战友们又一次嚎军歌时他才意识到已经到了吃午饭的时间了。这次还好，他那不争气的胃没有再一次发出咕咕的声音，估计他们的胃也是累了，反正叫了也没东西吃，干脆不叫了。

终于天空再也无法承受厚厚的云层，下起了倾盆大雨。

郑程功就像是看到了救星一样：“教官，下大雨了，我们去躲一下雨吧？”

“作为一个狙击手在没有完成任务之前，没有上级的命令，就是下陨石也不能离开。”王远见用淡淡的口气说道。

“要真是下陨石，就直接被砸成肉饼了，还完成个屁任务啊？”郑程功不屑地说道。

王远见瞟了他一眼，没有理会他。

终于盼到雨过天晴，天空挂起了彩虹，蚯蚓也开始出来活动筋骨。王远见抓了一条又肥又大的蚯蚓，拿出匕首小心翼翼地破开它的肚子，用大拇指指甲轻轻一抠，将蚯蚓肚子里的东西抠了出来。在刚才下雨时形成的水沟里洗了洗递给郑程功说道：“吃吧！”

郑程功极其夸张地看着王远见，狠命地摇了摇头。

王远见闭上眼睛将蚯蚓塞进嘴巴，然后皱着眉头将蚯蚓囫囵吞了下去。眼睁睁地看着王远见将蚯蚓吞了下去，郑程功感觉一阵阵的恶心，一直到把黄疸水都吐完才缓过神来。

“怎么样，是不是想把胃都吐出来啊？”王远见看着郑程功说道。

“我是想把心、肝、脾、肺、肾通通都吐出来，然后洗洗干净再塞回去。”

“作为一个狙击手，必须要学会寻找食物，只要是无毒的东西都是你的食物。以后还会教你们怎么辨认食物是否有毒和一些简单的中毒处理方法。”王远见看了看郑程功说道，“你这么盯着我干什么？”

“我想知道，你刚才吃蚯蚓的时候，知道不知道是什么味道啊？”

“有点泥腥味，咸咸的。不过据《本草纲目》记载，蚯蚓有清热祛毒的功效。哎，你问这个干吗？想知道味道，你自己尝尝不就知道了。”

“我是在想，要是把蚯蚓洗干净了，裹上淀粉，然后过油，用辣椒、花椒、大料做成麻辣味的会不会是一道大餐呢？”

“你不应该当狙击手，应该做厨师。”

“我想当狙击手里最好的厨师，厨师界最好的狙击手。”

王远见白了他一眼，然后看看其他的队员，见他们有些已经开始昏昏欲睡，就大声鼓励道：“你们都是当狙击手的好苗子，你们现在是在进行强化训练，如果训练出来你们就是狼，训练不出来，一棵好苗子就废了，以后再也做不了狙击手了。能不能挺过去就看大家有没有意志了。”

“我知道，后面还有很多我想象不到的残酷训练。但是就跟新兵连班长教我的一样，不要去看目标离我有多远，关键是走好下一步，走好每一步。我相信我可以做到。”说完，郑程功捉起一条蚯蚓，破开肚子，在水沟里洗了洗，放进嘴里，咀嚼了几下吞了下去。然后扭头，直到感觉把自己的心、肝、脾、肺、肾全部吐完了。

“好小子，我果然没看错，有股倔劲，对我的路。”王远见看着吐得天昏地暗的郑程功心想。

时间过去了两天，极度的饥饿加上睡眠的严重不足，大家开始恶心，胸口火辣辣地难受，意识模糊，开始出现幻觉。

这是最重要的时候，也是最艰苦的时候，挺过这一段，以后会好过一点儿。

大家都昏昏沉沉的，出现低烧，这是极度疲劳的症状。

“放弃吧，你们坚持不了的。”王远见大声地喊道。

“不，大家听我说，我们还能再坚持一分钟，能坚持一分钟，一分钟……”郑程功用尽全力高声喊道。

很多人就是输在一分钟上，因为他们想的不是再坚持一分钟，而是想着成功离自己还很远，所以就放弃了再坚持最后一分钟的努力，而成功往往就是这最后的坚持。

一分钟过去了，无数个一分钟过去了。终于，他们熬过了这 72 小时的饥饿加疲劳训练。

这场训练的消耗不亚于一场持久战，在他们连续睡足几十个小时后，王远见便开始着手教他们 RJ-21B 的射击要领。

王远见带着新队员们来到了射击场。

“100 米靶。”王远见说道。

大家拉动枪栓，装好子弹，将枪托紧紧地抵在肩膀上，大家都认为

12.7 毫米的后坐力肯定很大。右眼离狙击镜五厘米的地方看过去，100 米距离感觉就在眼前。

“太神奇了。”

大家屏住呼吸，慢慢地瞄准，预压，不知不觉扣动扳机。

“砰”，子弹破膛而出。

“咦，这后坐力比 81 杠还小。”郑程功欣喜地睁大眼睛，等着报靶。

“十环。”他准确地看到报靶人的动作，就是十环的动作。

“太神奇了，这枪简直太好了。”郑程功激动得不知道用什么词语来形容了，于是又一气打了四发子弹，枪枪十环。

“不可思议吧？这枪用了十倍率的光学狙击瞄准镜，同时具备微光瞄准功能，具备全天候的瞄准功能。”王远见介绍道。

“可是这么大的口径，怎么后坐力比 81 杠的还小呢？”大家都疑惑地问道。

“这是因为它采用了独立的机框和机件设计。还有它的枪头的制退器，减少了 69% 的后坐力，所以它的后坐力比 7.62 毫米口径的 81 杠还要小。”

“太好了，要是每一个人都发一把这种枪，那不是大家都是狙击手了？”

“等一下。”说着王远见拿出对讲机对报靶的战士说道，“800 米靶。”

大约过了十分钟，对讲机传来声音：“800 米靶准备完毕。”

王远见盯着郑程功等人说道：“准备。”

800 米靶从十倍率的狙击镜中看过去，也就是 81 杠 100 米左右的距离。郑程功心想：“这有什么难的。”

大家凝神静气，仔细瞄准，射击。

但是结果却是脱靶。连开五枪，枪枪脱靶。

队员们彻底傻眼了，纷纷疑惑地看着王远见。

王远见拿起郑程功手中的枪，上弹，拉枪栓，瞄准，调整瞄准镜上射击修正角，几分钟后才扣动扳机。

“十环。”

郑程功看着这个成绩，眼球突出，嘴巴张大，面部表情严重扭曲，不可思议地问道：“为什么？”

王远见放下枪，拍拍身上的尘土说道：“子弹在超过 300 米后，会有一个自由落体的过程。这时候的子弹走的是弧线，所以你要计算出子弹距离目标的弧度。还有子弹在超过 550 米以后，受风力、大气压力、空气湿度的影响就会很大。所以你必须计算出风力和压力，以及湿度对子弹的影响，然后计算出修正角。我刚才射击的时候，风速四分之三，压力湿度基本可以忽略不计。但是四分之三的风速对 800 米距离的子弹飞行就会有影响。那么就有一个问题出现了，在 800 米的距离，12.7×59 毫米的子弹的重量是 48 克，下降速度是 300 米为零，300—400 米是 0.8 毫米每百米。以后每百米都有一个计算公式。12.7 毫米的子弹最大受风面积是 72 平方毫米，三级风的速度是每秒一米，那么相对于 72 平方毫米的受风面积来说，800 米的误差距离是 817 毫米，修正角是 3.7 度，所以我刚才将修正角调节成二挡。当然了，决定射击精度的因素还有很多。狙击手不是会开枪就可以的，开枪谁不会啊，扳机上绑块肉狗也会开。”

“这也能算出来，那要是龙卷风呢？怎么算？”郑程功一脸认真地看着王远见问道。

王远见听见郑程功这个问题浑身像是触电一样，一阵颤抖，瞪大着眼睛看着郑程功说道：“你不是存心的吧？龙卷风你能瞄准吗？”

“哦，也是，教官，你教我们吧，我想当狙击手。”郑程功急切地说道。

“你不行，你没耐心。”王远见故意刺激他。

“但是我有信心、有决心、有恒心啊，教官，你教我吧，我一定会努力的。”

“那，我试试?”

“行，试试。”

“好吧。”王远见对着众人说道，“大家是不是都想试试啊?”

“想。”大家异口同声地回答。

“要想成为一个真正的狙击手，还是要靠子弹喂出来的。当然要理论结合实际。我会将狙击的要领悉数教给你们，但是能不能成为狙击手最终还是要靠你们自己。接下来的训练将是最辛苦的，因为你们必须保持每分钟60次的心跳，这就需要有非同一般的体能训练。”王远见说道。

“教官，为什么一定要60次，59次不行吗?”郑程功问道。

“不行，因为心跳是你们计算目标移动最好的计时工具。而且开枪的最佳时机就是两次心脏跳动之间的那一秒钟。所以你们必须保持60次每分钟的心跳，还有问题吗?”

“没有。”

“很好，从今天开始，上午体能训练，下午射击训练，争取在最短的时间内成为一名真正的狙击手，大家有没有信心?”

回答肯定是“有”，即便是没有也会大叫一声“有”。

狙击手的体能训练跟其他特种兵有点区别，狙击手没有扛原木之类的训练，狙击手的训练相对比较直接，接近实用。

拿着枪进行一万米越野，是拿着，不是扛着。

鸭子步行进。

变向变速跑。变向变速跑是最重要的，那是自己被对手发现后最好的逃脱方式，狙击手从瞄准目标到开枪，最短需要一秒钟，所以变速变向跑步，可以有效避免自己被对手锁定。

训练已经过去了两个月，王远见决定对他们来一次摸底考核，他想知道，这两个月的训练成效。

考核内容是——心跳测试，1500 米靶位射击，瞬间反应射击，200 米固定匕首靶测试。如果能够顺利通过以上所有的测试就说明他们已经成功晋升为一个真正的狙击手了。

在王远见的专业训练下，前几项都顺利通过了。就是最后一项——200 米固定匕首靶射击，只有郑程功一人通过。

所谓的匕首靶就是在 200 米的距离上，安放一个白纸靶，在白纸前面 20 厘米的位置倒竖着一把匕首，刀刃向前。要求子弹射中匕首，高速飞行的子弹在射中匕首后会被匕首劈成两半，后面的白纸靶上会留下两个弹孔。这对射手的要求非常高，子弹只要偏离匕首一毫米，就不能被刀刃劈成两半，测试就失败。这对射手扣动扳机瞬间的稳定性和时机的把握都有苛刻的要求。

中国某部队在参加世界狙击手大赛的时候，每一个成员都可以达到固定匕首的准确射击。

这种射击成绩虽然对于实际作战的作用并不是很大，但是对一个狙击手的心态很重要。狙击手最重要的就是要保持一个平和的心态。不管你的枪法多好，没有一个平和的心态，都无法完成这种射击。所以与其说这项科目是为了测试他们的业务技能，还不如说是为了测试他们的心态。心态这个东西是很难训练出来的，郑程功之所以能做到，是因为他经历了很多别人没有经历过的事。

而且最大的问题是，现在已经没有更多的时间给他们训练了，他们只有上战场去亲身体会了。

第七章　死亡道

当天晚上，应该说是第二天凌晨，“闪电剑”队部响起了刺耳的紧急集合号，虽然紧急集合对于“闪电剑”的队员来说犹如家常便饭。但是这一次的气氛显然不一样，是军长亲自拉响的集合号不说，单看军长拧成麻花似的眉头就知道任务非常紧急。

凭着这几年对军长的了解，袁帅知道，肯定又有新任务了。袁帅心想，难道自己预测的真的来了？那也太快了，如果是真的，那么将这群连正规的演习都没有参加过的菜鸟拉去对付数字化部队，能有多少战斗力？上战场跟送死的差别不大，他相信自己训练出来的四个兵，生存能力可能会大一点儿，但是那几个狙击手，除了郑程功，他都不太看好……

“‘闪电剑’留下，其他人向右转，跑步——走。”秦波下了口令，带着其他的成员向后山跑去。

“同志们。”

“啪”，大家一起立正。

“稍息，这次的反恐任务，由 M 国军队与我们一起执行，他们在 W 国那边，我们在中国这边。他们的话说得很挑衅，说是在那边等着我们放过去的恐怖分子。言下之意是我们的反恐力度不足，或者我们的反恐部队能力不够。我不管你们用什么方法，总之一定要将恐怖分子消灭在中国的地盘上。不要给我们‘闪电剑’丢脸，不要给我们A集团军丢脸，不要给中国军队丢脸。老兵做好传帮带工作，新兵要发扬顽强的战斗精神。大家能不能做到？”

“能。”大家异口同声地回答，十八个人的声音响彻整个大队的上空。

袁帅大呼了一口气，心想：“幸好不是M国的数字化部队，几个恐怖分子就当是给大家练兵了。”

“好，我相信大家一定能圆满地完成这次任务，我在这里等着大家凯旋的消息。这次的行动任务代号叫‘岳飞’。”军长说道。

临行前，军长又将一个纸袋交给了袁帅：“这是M国人拍下的航空照片。”

飞机将他们带到了WH走廊中A交界处。10月的WH走廊已经是冰天雪地。

“我们连他们往哪里走都不知道，还要找他们通往W国的通道。这不是大海捞针吗？”楼胜利说道。

“他们是通过天山与W国的古丝绸之路过去的，在古代那是一条狭小的通往西域的栈道。”袁帅轻声说道。

李南等人疑惑地看着袁帅，像是在说你是怎么知道的。

袁帅看着他们怀疑的眼神，继续说道：“没事多补补地理知识。”

“哦，”李南佩服地看着袁帅应道，“那我们赶紧走吧。”

“我们可能要面对的不只是国内的恐怖分子，还有可能遭遇E国边境的恐怖分子。他们训练有素，还有不少是各国退役下来的特种兵、雇佣兵，他们作战能力强悍，纪律严明，绝不是我们以前接触过的国内乌合之众。”

“那怎么办，我们都已经来了，死也要去了。”郑程功说道。

“我在临行前就跟军长说过，军长已经通知边防部队来支援我们，现在我们要等他们与我们会合。”袁帅说着，心里却嘀咕，看来这郑程功真的跟金峰很像。

“那他们什么时候能到啊?”郑程功问道。

“应该很快就会到了。”

两个小时后，边防部队某部的团长赶了过来。下了车后，就直接问道:“你们谁是队长?”

“我是。”袁帅应道。

“××部队的团长，我叫包封。”团长自我介绍道。

“我叫袁帅。”

“没想到啊，大名鼎鼎的令X省恐怖分子闻风丧胆的队长竟然这么年轻。果然英雄出少年哪。了不起，了不起啊。”包封由衷地夸奖道。

“包团长，我们闲话少说，还是一起布置一下作战计划吧。”袁帅单刀直入。

“好好好，我们驻守的WH走廊呢，据我所知，12年来只有一对夫妇通行过。除此之外没有任何人走出过WH走廊。”团长直接否定了恐怖分子走WH走廊的可能性。

“可是M国人已经通过无人侦察机发现了确实有一部分恐怖分子从中国进入了W国。”说着袁帅把航拍照片递给了包封。

包封接过照片，仔细看了看说道:“这条不是WH走廊，倒是有点像天山山腰上的死亡通道。那条路海拔在3700多米，而且只有一条宽不到一米的小道，这条道路至少已经废弃一千多年了，所以现在只有一个班的兵力驻守。但是走这条路的危险性很大，首先要克服高原反应，其次这个地方的气候条件相当恶劣。而且这条路，两边都是悬崖峭壁，栈道多年没有人行走，路窄且滑，稍不留神就会摔下深渊，万劫不复啊。”

包封的话里有点质疑恐怖分子从这边过边境的可能性。之所以这样怀疑，一方面是这条路确实是一条绝路，还有最重要的一方面是，这地方也是他们驻守的防区，如果他同意袁帅的看法，就等于承认了自己的防区守卫不严。那可是要负责任的。

袁帅怎么可能不知道包封话语里隐含的意思，也话里带话地说道："按包团长的分析，这确实不可能有人通过，不过既然M国人坚持说恐怖分子是从中国境内出境的，军长也命令我们仔细勘察每一个有可能的通道，我看我们还是去看一下吧!"

袁帅一方面肯定了包封的分析，一方面又拉出军长的命令作为借口。这既保全了包封的面子，又找到让包封带自己去找那栈道的理由，软中带硬。

包封在部队也混了这么些年，袁帅的意思他岂能不懂，马上迎合道："应该，应该，这是关系到国家安危的大事，还是小心为上，小心为上。"说完带着他们往古丝绸之路的地方赶去。

这个地方离WH走廊并不算远，开车不到两个小时就到了所谓的古丝绸之路。不过荒凉比包封说的有过之而无不及。由于常年刮大风，整座山上没有超过两米高的树，都是又粗又矮的。其中以松树居多，还有一些灌木类植物。虽然植物都很矮，但却是密密麻麻的。以前所谓的栈道早已不见踪影。

"我说吧，这个地方根本就不适合人走，鸟都飞不过去。"包封说道。

但是很快就被袁帅在离栈道不远的地方找到了一条人为踩出来的道路。这条路虽然不是很明显，但还是没能逃过袁帅的眼睛。

"这是三天前留下的脚印。"袁帅说道。

"你怎么知道是三天前留下的脚印?"包封怀疑地问道。

"三天前下过雨，而这几天都是干冷的天气，所以这脚印被冻住了，如果是更早的脚印，就应该被三天前的雨水冲掉了。这几天就更不可能了，你踩上去看看，根本留不下脚印。”袁帅的分析令包封心悦诚服。

“妈的，居然在我的眼皮底下溜走。”包封气愤地说道。

“包团长也别太过于自责了，谁也想不到他们会从这鸟不拉屎的地方过境。我们现在要做的是防止更多的恐怖分子从这里通往境外，更不能让境外的恐怖分子通过这条通道进入中国境内。”袁帅说道。此时的他，眼神开始变得冰冷若剑。

“好的，我立即派兵在这里驻守。”包封说道。

“这只能治标不治本，你驻守了这个地方，他们就会开辟新的通道。这个地方就归我们来驻守吧，到时候恐怖分子经过这里，你派兵来支援我们，可以吗？”袁帅征求包封的意见。

“绝对没问题，打击恐怖分子本来就是我们军人的分内之事。”包封说道。

“那就多谢了，我们在山中等候他们的到来，一旦发现大批恐怖分子，我们就联系你，你立刻派兵支援我们。”袁帅说道。

“好的。”

“那好吧，包团长你先回去吧，我们现在就进入山林腹地守候他们。”

“你知道他们什么时候会来吗？”包团长疑惑地问道。

“不知道，候候看，如果不出意外的话，一个星期之内必定会有一支恐怖分子穿越此通道。”袁帅肯定地说道。

“此话怎讲？”包封还是有些疑虑。

“预感。”袁帅回答。说完，袁帅便第一个踏进了恐怖分子走过的通道，其他人跟着他向山林深处走去，只有包团长一个人愣愣地看着他们快速地消失在山林深处。

“队长，你怎么知道，一个星期之内必定有恐怖分子通过啊？”楼胜利不解地问。

“明天省武警支队就要举行一场大规模的反恐训练，现在境内的恐怖分子如惊弓之鸟，风声鹤唳。他们能不跑出去避风头吗？”袁帅分析道。

现在的这些特种兵们早已经不再是参加“爱尔纳·突击”时的装备了，每个人身上都带上了足够生存一个多星期的自热食品。自从参加“爱尔纳·突击”国际侦察兵比武回来，他们不光带回了“卡列夫勇士奖”，更是带回了外国特种部队的先进装备，在国内科研机构的研制下，中国现在也有了自己的自热食品，营养丰富，热量足够，而且味道还很好。

一切都如袁帅预料的，武警反恐演习刚开始第三天，就有大批的恐怖分子企图逃窜到国外。一支一百多人的恐怖分子队伍在夜幕的掩护下，悄悄走向他们之前走过无数遍的死亡通道向境外逃窜。但是这一次恐怕不会像以前那样幸运了，袁帅带领的特种兵们正拉开大网，等着他们自投罗网呢。

天山的空气纯得犹如被洗过一般，冷光望远镜可以看清十公里以外的野兔拉屎。袁帅看着恐怖分子熟练地向山林深处走来，马上命令李南通过卫星电话通知包团长，让他派一个连的兵力从后面包抄。然后全体摆开战斗队形悄悄潜伏在灌木丛中，静静等候猎物的到来。高译亮就潜伏在李南身边，看上去有点紧张。“怕吗？”李南问道。高译亮摇摇头说道：“不怕。”

恐怖分子正慢慢接近他们的射击范围。袁帅通过麦克风说道：“王远见、高译亮，恐怖分子进入你们的狙击范围就可以开枪。”

“是。”他们俩同时回答。

“李南，联系包团长，问他们在什么位置，多长时间能赶到这里。”

袁帅说道。

“是。”

过了一会儿，李南报告道：“袁帅，包团长他们离我们这里还有半个小时左右的路程。”

“狙击手，可以再等一会儿。”袁帅下达了命令。

“明白。”王远见和高译亮回答道，眼睛却眨都不眨地通过微光狙击镜死死锁定各自的目标，只要袁帅一声令下，那些恐怖分子就成枪下鬼了。

“袁帅，恐怖分子一共来了多少人？”李南问道。

“一百多人。”袁帅回答。

“一百多个人，还不够我们自己消化的呢，还要边境部队干什么啊？”李南有点不解，一向喜欢以少胜多的袁帅今天怎么变得这么小心了。

“你忘了我们身边还有几个兄弟是第一次参加真正的战斗，给他们一点儿适应的时间。我不想再看见自己的战友非战斗减员。”在经历了前几次战斗后，袁帅明显成熟了许多，不再是一个见了敌人就兴奋的愣头青了。

“一千米。”五分钟后，王远见报告道。

“开枪。”袁帅命令道。

砰，砰，几乎在袁帅下达命令的同时，王远见和高译亮的枪声响了起来，夜色中开出了两朵绚烂的烟花。通过狙击镜，他们清楚地看到子弹穿过各自目标的头颅开出的血花。王远见紧抿嘴唇，而高译亮的手则有点微微的颤抖。

“报告，命中目标。”高译亮虽然有点紧张，但还是冷静地汇报了战果。

“不错，第一次就命中目标，比我强多了。”李南在一旁看见高译亮微微颤抖的手鼓励道。高译亮像是没有听到李南说的话，继续举枪瞄准另一个恐怖分子。

其他恐怖分子一听到枪声就都趴在了地上，有几个还骂骂咧咧起来，甚至有几个已经紧张得毫无目的地胡乱开枪了。

王远见的枪不断响起，不断有恐怖分子倒在他的子弹下。高译亮很不明白，他连恐怖分子的影子都看不见，王远见怎么就能弹无虚发？

于是他通过麦克风问道：“班长，我连恐怖分子的影子都看不见，你是怎么做到的？”

王远见又消灭了一个恐怖分子后说道：“看着有热气呵出的地方，瞄准热气，每千米降 0.3 的修正角。”

高译亮按照王远见说的，再仔细看去，果然有恐怖分子，虽然躲在灌木后面，呵出的热气却暴露了他们所在的位置。“果然是高手，上过战场的人就是不一样，可以通过这种方法找到敌人埋伏的位置，并迅速用心算算出修正角。”高译亮此时简直就把王远见奉为偶像了。他迅速调整修正角，朝着热气呵出的位置，扣动扳机。很快，在热气呵出的位置开出一朵血花。此时，高译亮的手已经不再颤抖。

袁帅通过望远镜看见高译亮这么快就领悟了王远见教他的方法，心里暗暗庆幸：“闪电剑”又多了一名优秀的狙击手。而郑程功几人看着王远见和高译亮不断开枪射中恐怖分子，心里那个急啊，但是没有办法，没有袁帅的命令他们根本不敢轻易开枪。

恐怖分子在自己还没找到对方确切位置的情况下，就已经有将近 10 人死在对方的手下，他们开始有点慌了，他们弄不清对方到底有多少人，于是开始撤退。但是此时包封带领的边防部队已经截断了他们的退路。

在前有堵截后有追兵的情况下，这些并没有受过专业训练的恐怖分子开始四处逃散。袁帅命令三人一组，保持战斗队形清剿那些四处逃散的恐怖分子，一个都不能让他们从这里逃出边境。他自己则向一个制高点跑去，以便指挥全局。包封那边也命令手下四处清剿逃散的恐怖分子。

袁帅爬到了半山腰上一块凸起的岩石上。因为在这里他可以看清整个山坳。而且在晚上，大家都不知道各自的位置，袁帅的位置就是一个大家共同参考的位置。而恐怖分子的红外望远镜在 200 米以外就看不清任何物体了，更何况在这个时候谁用红外望远镜就等于找死，红外望远镜发出的红光就是在暴露自己。这个时候他们连逃命都来不及，谁还会用它呢？

袁帅选择这个地方作为伏击点，其实已经考虑到恐怖分子会四处逃散，他现在所处的这个伏击点是整个死亡通道的瓶颈口。包封刚好在另一个瓶颈口的位置进行堵截。整个战场环境就是一个盆地，两个出口都被封死。恐怖分子成了进退不得的瓮中之鳖。

包封带着手下的弟兄们展开了拉网式的搜索，一百多人，一个连的兵力，在这个方圆几公里的地方拉开渔网式的搜索。前后是耸入云端的高山，两边是深不见底的悬崖。除非恐怖分子插上翅膀，否则是断难逃出这个山坳的。

就在大家都认为战斗很快就会结束的时候，包封那里传来了几声轰轰的爆炸声。几个战士被炸得飞了起来。

袁帅马上问李南：“怎么回事？”

杨忠良回答道：“是地雷，那些杂种在这个山坳里埋了地雷，我们中计了。”

“大家都小心点，留意自己的脚下。”

轰——轰——轰。

袁帅刚说完又传来了几声地雷的爆炸声，炸弹的威力之大超过了任何反步兵地雷，方圆几十米的士兵都被炸弹的气浪掀起将近十米高。

“这他妈是什么地雷啊，比导弹还厉害。”看着几个弟兄就这样被炸成重伤，包封痛苦地叫道。

爆炸就在离杨忠良不远的地方，杨忠良迅速地跑过去，看着散落在周围的弹片。他判断出那不是地雷，是炮弹，是炮弹改制的地雷。由于炮弹已经爆炸，很难判断是什么型号。但是杨忠良在爆炸的附近看见了几段两三厘米长的被涂了黑颜色的吸管。吸管里面有两根细铜丝，粘在吸管壁上。只要踩到吸管，两根铜丝相连就接通电源，引爆炮弹。这种方法可以同时串联几个甚至几十个炸弹。如果串联几十个炸弹能炸掉一条街。这是 W 国恐怖分子经常使用的一种土制炸弹。看来这群恐怖分子不简单，绝对不是一般的国内恐怖分子，倒像是国际雇佣军这群疯子干的。

杨忠良把整个情况向袁帅做了汇报。

袁帅听了杨忠良的汇报后马上说道：“通知弟兄们，要当心自己的脚下，每一步都要小心，看看脚下的泥土有没有异样，让王远见和高译亮找到自己的狙击位置，注意观察恐怖分子的动向。”

杨忠良叫王远见和高译亮他们各自找一个适合的狙击位置，转过身跟包封说道：“告诉你的弟兄，注意自己的脚下。”随后又问道，“你手下有几个狙击手？”

“两个。”包封回答道。

“通知你的狙击手，找好狙击位置，其他兄弟尽量小心自己的脚下。”

“好。”这位挂着中校肩章的团长在此刻不得不听从一个少尉的指挥。

然后袁帅又通过麦克风对郑程功他们说道：“所有的狙击手都找好狙击位置，随时可以射击。”郑程功等人听到这个命令后都感到紧张而又兴奋。紧张是因为他从来没杀过人，兴奋是他们终于可以跟王远见和高译亮一样，证明自己的实力了。

杨忠良则戴好微光夜视仪，匍匐着向恐怖分子逃逸的地方爬去，在这种可视条件下，匍匐前进能将地面的环境看得更清楚。爬了不到一百米，杨忠良就看见面前的土有松动过的痕迹。虽然被伪装得很好，但是还是被杨忠良看出了破绽。因为炸弹的吸管上不能承受太大的力，所以制作者在埋土的时候不能埋太厚，但是太薄了又容易被人发现，所以在伪装的时候制作者在上面盖了一层松叶。但是他们犯了一个致命的错误，因为盖在上面的松叶不是山坳里面的松叶，松叶在整个山里确实是占大部分，但是在这个山坳里是背风的。背风的地方松树一般长得比较高，松叶也比较长而粗。而且因为背风，松叶长得比较有光泽，而迎风的松叶比较细小，比较干燥，毫无光泽，就像没有养分的头发。他面前的松叶就是比较细小、干燥的松叶，是从山冈上弄下来的。

大家可能要怀疑了，为什么他们放着山坳的松叶不用，反而要从山冈上去弄松叶这样画蛇添足呢？这是因为松树是常青树，所以一般松树是不会掉叶子的，要从山坳里高大的松树上面摘叶子当然不如从山冈的小松树上来得方便。他们又怎么会想到杨忠良的细心几近变态呢？

他伸出右手从军靴上抽出制式匕首，然后通知袁帅：“袁帅，我在你三点钟方向发现地雷，你让王远见掩护我。”

“明白。”

“明白。”杨忠良在跟袁帅通话的时候，王远见也迅速做出了回应。

杨忠良小心翼翼地用左手轻轻扒开上面的松叶，果然下面的土是松动的。他有点兴奋，全身血液沸腾，拿匕首的手稍微有点颤抖，当然了，那不是紧张，是因为兴奋。因为这么长时间以来，还没有真正拆过炸弹，只停留在理论上，今天还是第一次实践。他稍稍稳定了一下自己的情绪，用匕首沿着松动的土两边慢慢地挖进去。

此时两边的枪声依然密集，但是杨忠良好像完全忘记了自己还在战场上，全神贯注地在排脚下威力巨大的土制地雷。因为他完全相信自己的战友有能力掩护他，他已经挖开浮土，看见了被染成黑色的吸管，极小心地用匕首刀刃轻轻地、慢慢地划开靠近自己这边的吸管。

拆这种吸管炸弹最棘手的就是用匕首割开吸管的时候不能太用力，一旦太用力匕首同时触到两根铜丝电源就会接通，炮弹的触动式开关就会立刻引爆炮弹，因为炮弹本身是撞击式的，靠撞击引爆炮弹，现在恐怖分子把它改成电源触动，所以不像其他炸弹一样有几秒钟的延长，而是触动后立即爆炸，一旦触碰，就连逃跑的时间都没有。

杨忠良划开一个吸管后，用左手大拇指的指甲轻轻扣住吸管的口子，然后右手轻轻地拿开匕首，找了一截枯树枝塞进割开的缝里。然后用同样的方法割开另一边的吸管，将枯树枝穿过两个口子。此时两根铜线已经被枯树枝分割开，两只手分别捏住被树枝分开的两边吸管，极小心地、慢慢地撕开口子，直到两边的口子被拉开五厘米。杨忠良将整只手掌掌心朝上轻轻穿过吸管，然后将手掌竖直，大拇指扣住上面的半面吸管，右手拿着匕首贴着地穿过吸管，用力一割，下半面吸管连着铜丝被匕首割断。此时的杨忠良才长长地呼了一口气，沿着吸管找到了炮弹的位置。原来是苏联制造的120毫米加农炮炮弹。杨忠良惊出一身冷汗，这炮弹威力巨大，足可以轻松掀翻一辆中型坦克。

就当杨忠良以为安全的时候，突然发现引爆开关的另一头还有两根线。“这狗日的，装了两根引爆线。”两根引爆线的距离相差70厘米。从这个地方走过的人即使没踩到第一根吸管，也逃不出第二根吸管。再加上鞋子的长度，不管你用什么步伐走，都逃脱不了。杨忠良拆下引爆开关后，跟袁帅报告：“炸弹已经拆除。”

“杨忠良，把那炸弹留着，说不定还可以还给他们。”袁帅的意思是，到时候他们也可以利用这颗炮弹做成地雷。

“明白。”杨忠良挖出炮弹将炮弹搬回山冈上，将引爆开关装进了自已的上衣口袋里。接着，他又重新出发去寻找下一颗炸弹。

李南、张启鹏和江南啸是进入山谷腹地最深的一个小组，此时的他们静静潜伏在逃散的恐怖分子中间。只是恐怖分子发现不了他们，他们也没有发现恐怖分子。不过有贴地闻声的张启鹏在，发现恐怖分子不是什么难题。

整个山谷除了王远见他们几个狙击手以外，只有间断地传来几声81杠的枪声，那是那些从来没有上过战场的边防部队士兵为了给自己壮胆胡乱开的枪。

张启鹏静静地将耳朵贴在地上，听着从不同方向传来的脚步声。过了大约三分钟，他轻声地说道："李南，四点钟方向有三个，距离30米；七点方向有五个，距离50米；十点方向两个，距离60米，正向这边走来。"

"明白。"李南回答完张启鹏后，跟江南啸说道，"你一个，我两个。"江南啸点点头，双手不由得握紧拳头，心里有点紧张，毕竟是如此近距离的搏杀。

慢慢地，李南已经可以感觉到恐怖分子的脚步声了，便朝江南啸使了个眼色，意思是叫他注意，恐怖分子已经到了。江南啸点点头，表示明白。

就在恐怖分子离他们还有两米多远的时候，李南纵身跃起，同时右手从腰上拔出军刀，从右至左划开一道弧线，两名恐怖分子只看到寒光一闪，就再也看不到明天的日出了。走在靠右边最前面的一个恐怖分子刚转身，江南啸就直接一刀，那家伙还来不及体会刀锋接触脊椎骨那一瞬间崩裂的感觉，一股腥味便喷了出来。江南啸马上感到胃中一阵翻江倒海般的涌动，眼睛怔怔地看着手中的军刀，双手微微有些发抖。不管心理素质多么出色，如此近距离的格杀，对手的血喷到自己脸上的时候，人还是会暂时失去理智。

这是一种对生命的敬畏，当一个鲜活的生命就倒在自己身边的时候，其痛苦的感觉绝不亚于自杀。不过随着李南转身对付十点钟方向的恐怖分子，江南啸很快就恢复了理智，转身去对付向他们扑过来的七点钟方向的恐怖分子。他的手还在颤抖，但是仍然利落地手起刀落，一个冲在最前面的恐怖分子又被他砍断了头颅。看着喷泉般的血喷洒向空中，他的心里居然产生出一种无可名状的兴奋。一股热血涌上心头。当他再转身想用同样的方法对付其他四个恐怖分子的时候，却发现冲在最前面的两个恐怖分子已经端着 AK-47 正要向他开枪。他马上将自己的身体向右倒，子弹呼啸着从他的胸口上一寸左右的高度呼啸而过，他已经能感觉到高速飞行的子弹从他胸口飞过的灼热。江南啸向右侧倒下的时候，双腿弹起，保持整个身体在空中的平衡，右手握着军刀从右至左砍向了右边那个恐怖分子的腿，那恐怖分子痛苦地发出一阵呻吟，倒在地上。江南啸也同时摔倒在地上，左边的恐怖分子掉转枪头又向江南啸扫射了一梭子子弹。不过江南啸在倒地的同时向恐怖分子方向翻滚了几下，躲过了恐怖分子扫射出来的子弹，一刀砍在了刚才被他砍断腿的恐怖分子的脖子上，那个恐怖分子立马毙命。刚才那恐怖分子见自己的一个扫射居然被江南啸躲过了，往下压了压枪头还想继续向他射击。江南啸又是一个翻滚，朝他后面的两个恐怖分子滚去，接着一个“乌龙绞柱”，右手在完成这个动作的同时从地上横扫过去，后面那两个恐怖分子还没来得及反应，脚上就被江南啸的军刀划过，虽然没什么大碍，但是延缓了他们开枪的时间。刚才两枪都未打中江南啸的恐怖分子，刚想转过身向江南啸第三次开枪的时候，被张启鹏从背后一刀捅穿，恐怖分子全身战栗地倒在地上。

嗒嗒嗒……

就在张启鹏刚刚卧倒的时候，从山坳外面传来了一阵激烈的 AK-47 的枪声。

“李南，什么情况?”袁帅边向李南这边赶过来，边问道。

“不清楚，好像是从山谷外面传来的声音。”李南也疑惑地看着山谷入口的地方。

袁帅心道:“不好，我们被他们包围了，没想到自己精心选择的伏击地点，却成了恐怖分子伏击自己的地点。”旋即命令道，“李南，你让包封带一队人马守住隘口，我马上过来。我们被包围了。”袁帅边跑边吼道。

“好的。”李南叫包封给了自己一个排的兵力来到了隘口。隘口比外面要高出几十米，是个易守难攻的地方。李南心想:“一个排的兵力应该可以守得住吧。”

但是随之而来的92式60毫米口径苏联造迫击炮的爆炸声，让所有的人都明白了，今日遭遇的这些恐怖分子绝对不是平日那些普通恐怖分子可以比拟的，他们很清楚这是一个易守难攻的地方，所以是有备而来，先用重武器一顿狂轰滥炸。我方一个排的兵力只剩下一半，剩下那些幸存的士兵也都扔掉手中武器，趴在地上瑟瑟发抖。

李南往下面扔了一通手榴弹后，大叫道:“都拿起自己的武器，给我打，狠狠地教训这些狗娘养的。”但是那些士兵哪里还能听见李南的话，完全被刚才的一顿轰炸炸蒙了。

外面的恐怖分子听到隘口里扔了几颗手榴弹后，没什么声音了，于是大步地朝里面攻来。

李南见叫了那些士兵，但他们还是没什么反应，又转过头大声叫道:“包团长，你的机枪班呢，快把你的机枪班叫上来，要不他们就要攻上来了。”

“机枪班，快，上去堵住外面的恐怖分子。”

两三米宽的隘口，被李南放了四挺02式12.7毫米重机枪，四挺重机枪的强大火力暂时压住了隘口外面的恐怖分子。

但是山谷里面的恐怖分子听到外面传来了 92 式迫击炮的声音都开始活跃起来了，从各方向他们发起了反击。

正在狂奔的袁帅此时非常清楚，这场仗将会打得异常艰苦。18 个“闪电剑”成员，加上一个连的菜鸟，人员相对较少。而恐怖分子现在的人数绝对不会少于一个加强营。如果仅仅是国内的分裂组织倒还好办，但是从刚才的“炮弹雷”就知道了，这里除了少数作为诱饵的国内恐怖分子以外，山隘外面的那群家伙绝对是训练有素的 W 国恐怖组织或者是一群要钱不要命的国际雇佣兵。要知道雇佣兵绝大部分都是来自世界各国的退役特种兵，都是一群杀人不眨眼的主。任何一个雇佣兵都可能比他们的作战经验更丰富。那是一群赤裸裸的杀人机器。本想着让高译亮、郑程功这几个没上过战场的人开开荤，没想到他们第一次参加战斗就遇上了最强劲的对手。

看来这一次，他们包括他自己都有可能葬身在这条丝绸之路上。

第八章　雇佣兵

袁帅跑到李南身边，拿着望远镜往隘口外面看去。情况比他想象的还要糟糕，外面最起码有一个团的兵力，密密麻麻布满了整个山谷。他随即转过身，飞奔到包封身边大声叫道：“把你整个团的兵力全部调上来，现在外面最起码有一个团的境外恐怖分子和雇佣军。他们都是受过良好训练的，凭我们这几个人根本就无法守住这个地方，不到两天就得失防。到时候恐怖分子就会从我们的国土上过境到 W 国。到时候那些居心叵测的反华势力将更加肆无忌惮地支持恐怖分子，中国军人的荣誉将会在我们这一代人身上名誉扫地。”

包封也大声喊道：“就在一分钟前，我已经命令我们团全速开进，相信一个小时后他们就会赶到。”

我方最大的优势就是夜战，如果到天明还没有把握战斗主动权的话，我们胜利的希望就会变得相当渺茫。这一点袁帅非常清楚，所以他才要包封马上调他的边防团前来支援。

山隘里的恐怖分子此时正疯狂地往外冲锋，因为他们知道，如果不展开冲锋，凭着中国军队先进的夜战武器，天亮之前己方一定会被消灭。现在外面的部队已经来接应了，他们必须要疯狂地往外冲。

“包团长，你带着两个排，负责山谷里面的恐怖分子，我负责隘口外的恐怖分子。你在里面机枪的作用不大，把机枪都调给我吧。”袁帅依然平静地说道，仿佛现在就是在演习。

包团长此时显然已经是乱了阵脚，他还是第一次参加这种规模的战斗。再加上有十几个手下已经阵亡，还有几个士兵已经被炸得尸骨不全。他眼睛里充满了一种原始的野兽般的杀气，这是面临死亡时的一种本能的求生欲望和对兄弟被杀的仇恨。

他红着眼睛咆哮道：“你把机枪通通调走，把那些狗日的堵死在外面，我收拾这群狗娘养的杂碎，为我的弟兄们报仇。”

袁帅调来了一个连共12挺机枪和100枚79式木柄手榴弹，加上他们18个人手里的90枚BW-17火箭助推手雷，全部拿到了只有三米左右宽度的隘口处。

“我们这些人要在这个隘口守住一个团一个多小时。这场战斗跟我们预先设想的完全不一样，我们有可能都死在这个山口。”袁帅对着几个弟兄说道。

“都已经透支了下辈子的命了，也不在乎透支下下辈子的命咯。”李南不以为意地说道。

“是啊，我们几个都是死了好几次的人了，一起走了，在下面也好有个伴。”大家都很冷静地说道，仿佛他们面对的不是死亡，而是一场游戏。

“我活这么大了，也没过过几天好日子，家里就我一个，死了也没人伤心，我是一点儿负担都没有。”郑程功说道。

“哎，都别说这些伤感的话了，拼了。”高译亮说道。

“对，拼了。”大家都嘶哑着喉咙狂吼道。在这种环境下，没上过战场的队员也都热血涌上心头，将生命置之度外了。

十二挺12.7毫米口径的机枪齐齐向那些张牙舞爪的恐怖分子喷射

着愤怒的火舌，像收割麦子一般将冲在最前面的恐怖分子整片整片地收割在地。

外面的恐怖分子马上停止了进攻，改用迫击炮继续炮轰。炮弹排山倒海般倾泻在隘口上空，爆炸声震耳欲聋，炸起的泥土像雨点一样砸在我方战士身上。来不及卧倒的几个边防战士，被炸得飞了起来，犹如在飓风中被海浪高高掀起的孤舟，然后又狠狠地摔下来，几乎摔得粉碎。

一阵炮轰过后，恐怖分子又开始冲锋了。

“妈的，又来了，怎么不轰了，老子还没热身呢。”李南的耳朵已经被震得暂时失去了听觉。他边骂着，边用力拉出已经被泥土埋了半身的机枪，单膝跪地，高叫着，“来吧，狗娘养的。”再次向冲上来的恐怖分子疯狂地扫射。

袁帅抖了抖身上的泥土，对着麦克风叫道：“王远见，王远见。”王远见没什么反应。他扯下麦克风一看，已经坏了，只好扯着嗓子叫道：“王远见，王远见。”但是经过这一阵炮轰过后，王远见的听觉也受到了很大的影响。袁帅只好跑到同样端着机枪突突的王远见身边，对着他的耳朵大声吼道：“你把那几个迫击炮给我端了。”

“好。”王远见也大吼大叫地回答道。

王远见扔开手中的机枪，从背后取下他的狙击枪。一分钟后一个迫击炮手还没弄清楚子弹飞来的方向，脑袋就被开了花。旁边的迫击炮手看着身边的人莫名其妙地就脑袋开花了，惊慌地丢开迫击炮，往一边的草丛里钻去。王远见刚想开枪消灭那个钻进草丛里的迫击炮手，右肩却感觉到一阵灼热的刺痛。但是他依然坚持着开枪，将那个躲进草丛的迫击炮手送回了“老家”。同时一颗子弹穿过他的狙击镜，穿过他的右眼，停留在他的头颅里，一阵剧烈的疼痛过后，王远见昏厥了过去。

“班长，班长。”一旁的江南啸看到王远见呻吟了一声向后倒去，马上扑过去，拉住了正要往山谷里掉下去的王远见，大声地叫着他的名字，将其拉了上来。江南啸发现王远见的右眼不停地在流血，大声地叫着：“班长，班长。”一边的李南听见了江南啸的叫声，马上回头看了看，看见江南啸正使劲地推搡着王远见，知道不好了，马上转过身跃过去，一看到王远见眼睛里泉涌般往外冒血，忙从背包里拿出止血绷带，帮他止血。

可以看得出来，李南的手是颤抖的，但是他又极力想掩饰自己，或者说控制自己悲痛的心情。他强行压迫自己的手想让它别再颤抖，但是人毕竟是有感情的。他越想控制却越是难以控制，仿佛在一瞬间所有的空气连着他的心都被一起抽干了，他忘记了世界的存在，忘记了自己的存在，忘记了自己的心脏是否还在跳动，只是看见王远见的眼睛在不停地流血。他下意识地知道，他要帮王远见止血，他不能让眼前的这个人在自己面前死去。

李南一圈又一圈地往王远见的眼睛上缠着绷带，而鲜血还是渗透过雪白的绷带不停地顺着他的眼睛流下来，直到整个胸口都被殷红的鲜血浸染，然后在呼啸的寒风中冷却，直到整件作战服被冻得坚硬如铁。

江南啸摸着王远见被冻成冰碴子的作战服，脱下自己的衣服盖在王远见的身上，眼泪从眼角流出。

王远见慢慢睁开眼睛，轻轻地喊着李南的名字。

“王远见，王远见，是我，是我。我是李南，我是李南啊！你没事的，没事的，你不会有事的。”

王远见吃力地挤出一丝笑容说道：“没用的，没用的……子弹穿过眼睛——留在脑子里，这里——这里最近的医院也要几个小时才能到。我——我先走一步，我到那边先给兄弟们找个——好位置。”

“你他妈的给我闭嘴，谁允许你死的，谁批准的？你别忘了，你他娘的是中国军人，是‘闪电剑’的成员，你的任务是什么——坚决完成任务，你是在军旗下宣誓过的，无论在任何情况下，坚决完成任务，你想做懦夫吗？你现在要做懦夫了吗？”李南失去理智地大喊大叫着。

王远见的脸雪白雪白的，他的右手紧紧握着手中的狙击步枪，艰难地抬起头说道：“记住，恐怖分子里面也有狙击手，我眼睛里的这颗子弹就是H-22Q轻型狙击步枪的子弹，告诉袁帅要小心对方的狙击手。”

“那你把他们干掉啊，你知道的，你是最优秀的狙击手，对付他们的狙击手当然是你的任务了，难道你现在要做懦夫了吗？”

“不，我不行了，我的眼睛已经看不见了，一个狙击手连眼睛都没了，还怎么，怎么……”

“我不管，我不管，你给我干掉他们，我不准你死……”

可是不管李南多么大声地喊叫，王远见再也不会睁开眼睛了，他已经牺牲了，流干了最后一滴血。

“啊！”李南歇斯底里地发出野兽般的长嚎，拿起机枪疯一般地跳上山冈，枪口喷出愤怒的子弹。

“李南，危险，危险，快趴下，趴下。”袁帅看着李南疯狂的举动，知道肯定有战友出事了，但是他更知道李南的疯狂举动离他自己出事也不远了，于是大声地喊着叫李南趴下。

李南的骨子里有一股江湖习性，只是他一直努力压制着自己的这股江湖习气。而现在战友就牺牲在自己面前，他已经不把自己的命当命了，不能同生、但求同死的江湖义气顿时暴露无遗。

一时脑充血的李南根本听不到袁帅在叫什么，只是端着40多公斤的机枪，将满腔的仇恨化为愤怒的子弹，雨点般地向隘口外的恐怖分子倾泻而去。子弹所到之处恐怖分子倒下一片。但是此时的恐怖分子也开始注意到他。

袁帅大声叫了几声，发现李南根本听不见，马上就冲过去，但是已经来不及了，就在那几秒钟的时间，敌人的子弹也打中了李南。李南应声倒地，鲜血立马染红了他的胸口。机枪压在他的大腿上，袁帅马上跑过去一把拿开压在他大腿上的机枪。江南啸一把扶起了倒在地上的李南，眼泪哗啦而下。刚才王远见倒下的时候，他没有哭，不知道是因为来不及哭，还是欲哭无泪。但是这一次眼泪瞬间就喷射出来，他用力地按着李南不停地起伏喷涌着鲜血的胸口。袁帅急忙从背包里拿出止血绷带。李南意识模糊地说道："王远见，你路上不会冷清了，我来陪你了……"

"队长，师父不会有事吧，他不会死吧？"

袁帅冷静地说道："子弹是从他的第四和第五根肋骨之间打进去的，这个地方离心脏还有五厘米的距离，止血止得好就不会有事。"袁帅说得并不完全对，子弹确实是没有打中心脏，但是在这种条件下要想完全止血简直就是神话，最大的问题是，在这个天寒地冻的环境中，他的体温会急速下降。只不过，袁帅作为一个队长，在这种情况下，在第一次参加真正战斗的新兵面前，他最重要的是要稳定军心。其实从他颤抖的手就可以看出他冷静的表情下是撕心裂肺般的痛。说起战友间的感情，有谁能比得上他跟李南之间的感情呢？看着躺在一边眼睛被绷带绑得严严实实的王远见，又摸着胸口起伏得有点夸张的李南，他的精神几乎崩溃了，但是理智告诉他，他还要带着这些战友回家，他要完整地带着他们回家。

在包扎完李南后，他告诉江南啸："扶着他，抱紧他，保持他的体温，跟他说话，不要让他睡觉，必要的时候可以刺激他。千万不要让他睡着，听见了没有？"

"嗯，好，是，知道，明白……"江南啸一时间不知道该在他的上级面前怎么回答。袁帅说完就转过身，对着包封大叫道："包封，包封。"

包封正在换子弹，听到袁帅叫自己的名字感觉有点不适应，毕竟自己的军衔比袁帅要高得多。一个比自己军衔低得多的人在直呼自己的名字，要是换了平常肯定鸟都不鸟他。但此时正在战场上，而且对方的作战经验比自己要丰富得多，他还是马上就答应了袁帅。

“你的援军什么时候能到，都已经一个多小时了，你的部队是他娘的属蜗牛的吗?”

包封马上就联系了他的部队：“你怎么回事啊？娘的，再不到你就给老子收尸了。”那边不知道说了什么，把包封气得大骂起来：“你狗日的十分钟之内不给老子赶到，老子他妈的做鬼也要毙了你。”说完又转过身看着袁帅，样子像是在说你也听见了，我已经尽力了。

袁帅朝天吐了口气，跑回到原来的地方，端起机枪朝着已经快要冲到隘口底下的恐怖分子一阵猛烈的扫射。

“袁帅，你快想办法啊，你不是每次都有办法吗？这次全靠你了，要不弟兄们全得留在这里啊。”杨忠良也全身是血，红着双眼，满脸的汗水夹着炮灰，嘶哑着喉咙叫喊道。

袁帅一边抱着机枪突突着一边大声地说道：“不知道外援什么时候来啊，现在只能死守住这个地方，要是让恐怖分子过了这个隘口，我们的任务就完成不了了。”

“那外援什么时候到啊?”杨忠良问道。

“包封说还有十分钟，我也不确定，我们要做好坚守一个小时的准备。”

杨忠良不知道，为什么要坚守一个小时，在他看来，只有援军赶到了，将恐怖分子全部消灭了才算是完成任务。

“高译亮，郑程功。”袁帅边大声地叫着高译亮、郑程功，边抬头看了看即将被乌云笼罩的半个月亮。其实他刚想叫王远见的，但是还没开口他就改口叫高译亮、郑程功了，现在狙击这个任务只能交给他们两个了。

"收到，队长。"他们几乎同时回答。

"你们必须在十分钟内将对方的迫击炮全部干掉，要不我们都得被他们轰死。"因为我方狙击手用的是微光瞄准仪，只有在微光的环境下才可以使用。一旦天全部黑下来，狙击手就无法使用微光瞄准仪。到时候只有使用红外狙击镜，用红外就很容易被对方发现，他们的生存能力将大打折扣。

郑程功虽然是第一次参加战斗，但是他的战场适应能力已经让袁帅刮目相看了。刚才在王远见的指导下他已经懂得了在这种环境下怎么去发现敌人了。

那些迫击炮手虽然躲在灌木后面，但是只要他们一呼吸，嘴里冒出热气，高译亮和郑程功就能快速地发现他们，并消灭他们。

恐怖分子此时也已经疯狂了，他们知道再拿不下这个山冈，中国军队的援军必然会赶到。于是，他们也不计伤亡地疯狂进攻，子弹发狂似的向山冈上鱼网般密集地齐射过来。

一个边防部队的战士刚露出一个脑袋，整个脖子齐齐被横扫而断，就像是被锋利的镰刀齐齐割断一样。

情况已经十万火急，他们只剩下杨忠良手里的十几颗手榴弹。其他人连子弹都已经所剩无几。杨忠良将手榴弹只留下一颗，其他的一起送给了那些快要攻上山冈的恐怖分子，恐怖分子又被炸飞了一大片。

其他的恐怖分子暂时退了回去趴在了地上，生怕对方继续扔手榴弹。杨忠良留下最后一颗手榴弹并不是打算留给自己的光荣弹，而是一种拖滞恐怖分子的手段。每次恐怖分子遭到炸弹袭击都会老实一会儿。

乌云开始笼罩过来，袁帅的心里此时就像是热锅上的蚂蚁，心里默默地念着："快快快……"其实他倒不是期望援军能这么快就赶到，现在是求人不如求己、求己不如求天的时候。他之所以选择这个地方，还有他另一方面的想法。说袁帅是指挥天才一点儿也不为过。古有诸葛孔明看天象巧借东风，今有袁帅看天气预报水淹恐怖分子。这倒不是袁帅早就想好的，他原以为在这大雨来临之前可以结束战斗，但是整个战斗完全出乎意料。所以现在他只有靠天了，因为天气预报说凌晨三点会有大雨。

他很清楚，在这个地方只要一下大雨，雨水就会将山谷淹掉，山谷里的恐怖分子就会被雨水淹死，即使不淹死也会被雨水冻死，到时候山谷里的恐怖分子就不足为患。包封所带领的边防战士就可以完全空出来对付隘口外面的恐怖分子。整个隘口的压力将会减少，到时候援军赶到就可以将恐怖分子一网打尽，他们就可以圆满完成整个任务。

完成了这个任务他就决定离开部队，他答应过玉柔，要好好跟她过完下半辈子。他累了，不想再过这种生活了。他是一个军人，但是他更是一个男人，一个可以给女人依靠的肩膀的男人。他说过，女人生下来就是要男人保护的，而不是为男人担惊受怕的。他是一个军人，更是一个男人，一个对自己未来充满憧憬的男人，一个有梦的男人。

风开始变换方向，这是即将下雨的征兆。因为天气寒冷，雨一定会带着冰雹。水在云层里就开始结冰，而且来势凶猛，这是每一个接受过“闪电剑”特种训练的队员都心知肚明的。

此时的袁帅已经知道大雨马上就要来临了，于是他大声地喊道:“包封，包封，叫你的部队马上撤到山冈上来。”

此时正杀红眼睛的包封惊讶地回头看着袁帅，袁帅朝天指了指。

在这个地方守了这么多年边防的包封马上就明白了袁帅的意思，不禁暗暗佩服起袁帅的细心，马上组织他的部队开始撤退，退到山冈上组织反击。

果然不出袁帅的所料，几分钟后，天上开始下起了鸡蛋大小的冰雹，间或还夹带着大颗的雨滴。袁帅命令大家采用跪姿展开反击，因为不管是“闪电剑”还是边防军都是戴着钢盔的，钢盔可以有效阻挡冰雹的袭击，跪姿状态，整个人对冰雹的接触面积最小。

实际上此时的冰雹对恐怖分子来说，已经是一种无形的敌人，被如此之大的冰雹袭击无异于被千万把机枪从头至尾地扫射。恐怖分子们个个抱头鼠窜，哭爹喊娘，丢盔弃甲，东躲西藏，鬼哭狼嚎。而“闪电剑”和边防部队的官兵们见到这种场面则士气大振，越战越勇。

山谷里的雨水已经开始往上涨，山谷底下的恐怖分子已经被水淹了大半身了。但是此时，那些恐怖分子已经顾不得被淹死冻死的危险，把自己的整个身体钻到水中，躲避冰雹的击打。其他没有被水淹到的恐怖分子也纷纷往水里跳。

这一场冰雹也为袁帅他们等待援军争取了时间。十几分钟后，包封的援军终于赶到。在两面夹击下，差不多一个团的恐怖分子就这样被消灭了。

但是就在这边取得重大胜利的时候，军部却收到 M 国那边传来的坏消息。而就在袁帅他们那边刚刚到包封的边防部队休整的时候，他们接到了军部的消息。

有一股接受过特种训练的恐怖分子很有可能在近日由 W 国进入中国境内协助中国境内的分裂组织，按照他们的速度应该会在一个月后到达中国边境。

袁帅一个人坐在边防部队低矮的屋顶上，手里拿着转业申请。本来他想执行完这次任务就转业，跟玉柔一起好好地过普通日子。那次去她家的时候，玉柔的父母就提出过，叫袁帅离开部队，跟着玉柔的父亲一起做生意也好，自己在地方做个警察也好。他们不想让自己的女儿跟着一个每天出去就可能回不来的人。

其实之前跟玉柔交往的时候他就一直在想——玉柔这样一个小女生到底是喜欢他的人还是喜欢他的军装，或者说是喜欢穿着军装的他？

那天玉柔没有说，但是从玉柔的眼睛里他可以看得出，玉柔是希望他转业的。他一直在挣扎着是应该留在自己热爱的部队，还是让自己心爱的人一直为他担惊受怕？看着自己的战友一个个倒在自己的身边，他不知道下一个会不会是自己，他要是哪一天也撒手而去了，那玉柔该怎么办？自己的母亲该怎么办？可是每当接到新任务的时候，他总是义无反顾地收起儿女情长的想法，披甲出征，每次都跟自己说这是最后一次，一定是最后一次。

就在袁帅发呆的时候，李南爬了上来。他默默地挨着袁帅的身边坐了下来，望着天空并不说话。

半晌，李南终于开口说话了："都说人死了会变成天上的星星，你说王远见会是哪一颗？"

袁帅咬了咬嘴唇，仰着头，看着清澈如洗的天空，问道："你的伤没事了？"

"没事了，皮外伤而已，医生说要住院观察，哼，笑话，要是这也要住院观察，我这一辈子都只能在医院度过了。我的身体，我自己知道，喝点酒，休息几天就好了。"

袁帅看着嘴唇苍白的李南反问道："天上会有战争吗？"

李南一怔，看着袁帅，他觉得好奇怪，一向标榜自己是为战争而生的袁帅怎么会忽然间说出这种话。

"如果天上也会有战争，你说王远见会喜欢天上吗？"袁帅看李南不说话继续问道。

李南还是没在意袁帅的反常，毕竟王远见的离去对他们每一个人都是非常大的打击，连军长接到王远见牺牲的电话后都伤心得两天粒米未进。他们是朝夕相处、生死与共、枪林弹雨里滚过来的胜过亲兄弟的战友，其悲痛心情是可想而知的。

"我想不会，王远见不会喜欢天上的。"李南答道。

“为什么？”

“因为他是一个狙击手，他少了一只眼睛，一只右眼，一只对狙击手来说最重要的眼睛。他当不了狙击手了，一个狙击手看不见了，他还能拿枪吗，当不了狙击手了他还能上战场吗？除了上战场他还能做什么？我们也一样，离开了部队，我们又能做什么？”

“玉柔希望我转业，你说怎么样？”袁帅说这话，着实把李南惊得不轻。他以为袁帅只是因为王远见的牺牲一时心里痛苦说说而已，没想到他真的有离开部队的想法。

“你不是说，你是为战争而生的吗？怎么现在打退堂鼓了？”李南假装不在乎地说道。

“我不想让玉柔再为我担惊受怕。”

“你考虑清楚，她到底是喜欢你，还是喜欢你这身军装。”

“我也想过这个问题，但是玉柔她也希望我可以离开部队。”

“那你就离开部队吧，王远见的仇由我和其他弟兄来报。”李南说完扔下袁帅一个人就下了屋顶。李南不是不想让袁帅离开，其实他也想自己的战友可以过得好一点儿，但是真正要面对战友离开时，他心里就有一种莫名的失落，就像整个心被掏空了一样。王远见的牺牲让他对这种感觉有了刻骨的记忆。他不知道，自己离开这些战友该怎么生活，他已经习惯了一起喝酒、一起训练、一起上阵杀敌的日子。李南无法想象一旦离开了他们，他的日子会是什么样子。所以他自私地希望袁帅他们不要离开部队，他甚至希望下一个牺牲的人是自己，这样的话他就不会再有痛苦。

在接到去剿灭从 W 国过来的恐怖分子的任务时，李南居然有一丝兴奋。在这种情况下或许只有战斗才可以治疗战斗遗留的伤痕。

拿起枪感受着拉动枪栓时的金属摩擦声，听着呼啸的子弹划过空气的声音，闻着炸弹炸开后空气中弥漫的火药的味道，会让人忘记一切的痛苦。

根据M国方面传来的消息，这批恐怖分子有70多人，接受过严格的特种训练，杀人不眨眼，手段异常残忍，其战斗力超过雇佣军。就连M国的“三角洲”部队都栽在他们的手里。现在估计这批恐怖分子已经进入中国境内。现在也仅仅是估计，因为他们的行动非常诡秘，M国的无人机也无法侦察到他们的踪迹。

第九章　风雪夜

"这次遇到对手了。"袁帅看着桌子上的资料声小得像是在自言自语。

M国的特种部队是在"爱尔纳·突击"上较量过的，上次较量的是"海豹"。就反恐这一点来说，"海豹"跟"三角洲"不是一个级别的。"海豹"的专业是在战争中渗透到敌后方，而"三角洲"则是纯粹为了反恐而建立的特种部队，所以如果连"三角洲"都栽在他们手上的话，其战斗能力的强悍程度用脚趾就可以想得到了。当然，袁帅不相信那些武装到头发的数字化部队会对付不了一群恐怖分子，他更相信这也是M军借用恐怖分子之手对中国军队战斗力的试探。有时候两个国家之间的战争根本就是无形的。

如果中国特种兵可以将他们挖出来并消灭的话，那么中国特种兵一战成名不说，还可以又一次在M军面前展示自己的实力，让他们知道中国特种兵可不是好惹的。

现代战争在很大程度上并不仅仅是一场小小的反恐战斗，也是一些国家在展示自己的军事实力。有了强悍的军事实力，在外交上掌握主动权的机会就大得多。"弱国无外交"中的"弱"其实就是指军事实力。

中国在晚清时代，就是军事上的“弱”，让清政府毫无外交可言，一直处在被动挨打的局面。

进入 21 世纪后，这种军事左右外交的局面较以往有过之而无不及。部队的作用实际上已经不再是为了防止战争，在有核国家之间发生战争的可能性微乎其微，几乎是不可能的。

那么各国军队之间展示自己的武装力量，最大的作用也不在威慑。像 M 国等国家展示自己的武装力量很大程度上就是推销自己的武器。当然最重要的是向世界宣示 M 国的武器还是世界上最先进的，只要依附 M 国，你就是安全的。

现在国与国之间的较量已经不再是大规模的常规战争，而是高精尖武器的较量，而高精尖武器较量的背后更是少不了各国特种兵之间的较量。

当年，埃及从苏联进口了先进的雷达，以为可以对付以色列的飞机，但是以色列却派特种部队盗取了重达数吨的雷达，清楚地了解了埃及雷达的探测性能后，采取了针对性地对付埃及雷达的作战方法。这就是典型的高科技武器为别国所用的经典战役。所以 M 国人即便是有了世界上最先进的数字化特种部队，在自己不了解的特种部队面前还是慎之又慎，所以他们三番五次地想试探中国特种兵的作战能力。那次事件以后，各军事大国对特种兵的建设都史无前例的重视，特种兵的作战能力实际上已经是衡量各国军事实力的风向标。

袁帅很清楚这其中的利害关系。多年的军旅生涯，特别是进入“闪电剑”以后，他更加了解战争与政治的关系，了解特种兵在军队中的分量。

高原寒风凛冽，袁帅等一行三十几名战士静静地潜伏着，八名“闪电剑”战士的忍耐能力袁帅是知道的，但是他没有想到还有九名狙击手和边境部队那十几名侦察连的兄弟居然也可以经受住如此严寒的环境，而如高原亘古不变的冰川一般岿然不动。袁帅有点感动，眼角刚刚渗出一丝液体马上就被冻成了冰碴子。

在零下 40 多度的环境中潜伏几天几夜不是一般人可以想象的，这对体能有着近乎残酷的要求。看来包封也是把自己最精锐的部队派出来了。

老天爷不合时宜地下起了鹅毛般的大雪，每一片雪在落地之前似乎都变成了锋利的雪刀。在寒风的肆虐下，每一片雪刀都变成锋利的刀片，刮到脸上，立马被割出一道道深深的口子。鲜血在渗出之后又马上被冻住，麻木的脸已经感觉不到疼痛。战士们低下头，头上的皮帽被无数蝗虫般的雪刀切得粉碎，但是战士们依然一动不动地等待着恐怖分子的出现。

狡猾的恐怖分子可能认为在这种环境下已经不可能有任何埋伏了，所以他们就在这个时候，开始行动了。

但是他们绝对没有想到，有一群带着满腔仇恨的中国士兵已经在这里守候他们很多天了。

张启鹏已经感觉到了动静，只见他嘴里含进一团雪，然后轻轻地说道："九点钟方向 500 米左右有人走动。"

袁帅也在嘴里含了一团雪命令道："大家准备行动。"

在冰天雪地里，人只要一张口就会有热气喷出，这热气就很有可能被训练有素的恐怖分子发现，从而暴露自己。在嘴里含一团雪，就是让热气在出口之前被冷却，这样别人就无法发现自己。

"300 米。"张启鹏继续汇报道。此时大家的手都已经冻僵，但是在听到张启鹏每一次报出一个数字的时候，大家都暗暗地用力，让全身的血液加速循环。

"200 米。"在张启鹏报出 200 米数字的时候，大家已经可以在鹅毛大雪之间隐隐看见恐怖分子的影子了。

“准备。”袁帅轻声命令道。大家听到袁帅的命令后，左手都轻轻地握住捂在胸口的步枪。

“100 米。”张启鹏报出这个数字的时候，大家已经基本上可以看清恐怖分子的身影了。一看到这群恐怖分子，大家都倒吸一口冷气，这群恐怖分子真的不是一般的恐怖分子。因为在这种环境下，他们依然保持着楔形战斗队形。

“狙击手，对付最前面那一个，一组，二组，在听到狙击手的枪声后，不管什么情况在最短的时间内把弹夹里的子弹打完。三组听我的命令行动。”

砰。

嗒嗒嗒……在狙击手的枪响之后枪声响成一片。所有的恐怖分子几乎在听见枪声的同时趴在了地上。袁帅之所以要命令一组二组在最短的时间内打完弹夹里所有的子弹，就是这个原因。这群恐怖分子是经过特殊训练的，只要听到枪声肯定会在第一时间卧倒。

雪地上留下了一团团的血迹，这是在枪响的瞬间被击毙的几个恐怖分子留下的血。接下来的战斗肯定会是他们想象不到的激烈。这一点所有的战士都有了心理准备。

“三组寻着热气打，我们只有几秒钟的时间。要不我们就找不到热气了。”袁帅命令道。三组有六个是“闪电剑”队员，郑程功和高译亮也在三组，袁帅对他们寻热气的能力是相信的。

几秒钟后，山冈又恢复了平静，只有几具恐怖分子的尸体和雪白的雪地上刺眼的红色在提醒大家，这里刚刚发生过一场简短的战斗。整个过程恐怖分子一枪未开，在几秒钟之内消失得无影无踪，动作之快让袁帅这个“闪电剑”的精英也瞠目结舌。

他们似乎没有要跟中国军队交手的想法，只是想尽快穿过这个地方。所以在遭到袁帅等人伏击时也没有还手，而是直接就消失在袁帅等人的视线中。

“张启鹏，听听他们往哪个方向跑了。”袁帅说道。

“六点方向，170米。”张启鹏早就听出了他们的位置，在袁帅一问到他的时候，他就报出了准确的方位和距离。

“妈的，一组二组掩护，三组跟我追。”袁帅说着第一个跳了出去，以一种极不规则的、每秒换一个方向的步伐向六点钟方向追去。三组其他几个队员也用这种步法以间隔两米的距离紧紧追去。

追出几米后，袁帅就听见身后响起了枪声，是美制M16的枪声。后面的高译亮应声倒地。好狡猾，恐怖分子算准了他们会追击，在半路上设下了埋伏。第一个埋伏点在袁帅过去以后向后面的战士开枪。袁帅马上卧倒，在卧倒的同时转身向后面开枪的恐怖分子射击。而袁帅的后面也响起了枪声。

这个动作袁帅是在本能的意识下完成的，如果他听到枪声后先转身再卧倒，现在倒下的可能就不是袁帅身后的恐怖分子而是他自己了。恐怖分子这一招运用得相当狡猾。首先是让袁帅先过自己的埋伏点而袭击袁帅身后的高译亮。当已经过了第一个埋伏点的袁帅听到身后的枪声，按照人的第一反应应该是马上回头。这时候第二埋伏点的恐怖分子马上就向袁帅射击。

这是一个在短时间内最巧妙的伏击，能在这么短的时间内有如此巧妙的伏击计划，完全可以肯定，这帮家伙是经过无数次类似的训练，互相之间高度配合默契，信任度也很高。

还好袁帅等人也是经过艰苦训练的中国最精锐特种部队“闪电剑”的成员。他的第一反应是卧倒，而且能在卧倒的同时在没有任何外力可以依靠的情况下，在不到一秒钟的时间里空中转身，开枪，并命中身后的恐怖分子。

高译亮腹部中枪，倒地后紧跟其后的江南啸和李南马上跪姿射击掩护高译亮。李南后面的两个队员马上拿出止血绷带和消炎药粉给高译亮处理伤口。高译亮为了不给战友造成心理负担，紧咬牙关，在这冰天雪地的环境下，豆大的汗珠不停地从他的额头上冒出来。

“高译亮，叫出来，不要忍了，大声叫出来。”张启鹏边给他包扎边跟他说道。因为强忍着不叫出来，会流太多的汗，等身体冷下来，汗水就会带走体内的热量，在这么冷的地方很有可能就会被活活冻死。

很快，恐怖分子的枪声又没有了，渐渐消失在整个冰冻的山谷里。袁帅他们还是第一次遇到如此强劲的对手。袁帅好胜的心又上来了，他是一个遇强则强的人，强劲的对手更能激发出他内在的潜能。他通过麦克风对张启鹏说道：“你们先把高译亮救下去。李南和江南啸掩护我。他们这一路埋伏的人不多，我去会会他们。”袁帅判断他们这一路不会埋伏太多的人，埋伏的恐怖分子主要就是想牵制他们，掩护大部分恐怖分子撤离。

袁帅说完就一跃而起，还是以反狙击步法向山谷中追去，速度快得就像一头正在追捕猎物的猎豹。忽然，在他前方十几米的地方有团白色的东西动了一下，袁帅第一反应就是埋伏的恐怖分子。果然动了一下后，就露出一个黑洞洞的枪口。说时迟那时快，袁帅腾空着身体端起枪就是一阵扫射。子弹在地上溅起阵阵雪花。几乎同时对方也射出一梭子子弹，袁帅只感到脑袋边呼啸着掠过一阵子弹，同时感到左肩膀上传来一阵剧烈的疼痛。恐怖分子还没来得及再次扣动扳机，袁帅的双腿已经呈跪姿直接朝恐怖分子的双肩跪去，谁知那恐怖分子也不是省油的灯，在这不到一秒钟的时间里，他将自己手中的 M16 横扫过来，挡在自己胸前。袁帅万万没想到面前的恐怖分子在这种情况下还能沉着应战，不躲不退反而用枪来格挡。如果袁帅继续进攻跪腿就只能硬生生地跪在他的枪上。按现在的力量下去，自己的双腿骨头必断无疑。但是自己的双腿腾空，要收腿显然已经不可能。就在这电光火石间，袁帅马上腰部发力，上半身前仰，呈跪姿的双腿用力往后一蹬，让自己本来略微后仰的身体立即转为前倾，双腿伸直，右手伸拳向恐怖分子的左太阳穴击去。那恐怖分子也没有料到，袁帅在这种情况下还能改变姿势，一时间毫无防备，生生地接了袁帅这一拳。袁帅这一拳虽然是空中发力，但也是聚全身之力，足有开碑碎石之力。两个人同时重重地摔倒在地上。袁帅心想自己这一拳过去那家伙就是不死，一时半会也站不起来了。哪承想自己刚忍着左肩膀的疼痛站起来，就感觉背后传来一阵疾劲的拳风。袁帅本能地向右躲闪，同时身体往前倾，左脚用尽全身之力一个后摆扫了出去，只感觉自己的腿踢在一堵墙上，被弹了回来。对方丝毫无损地站在自己面前。

“高手。”袁帅的第一感觉就认为对方是个高手，功夫绝对在自己之上，恐怕连李南也只能跟他打个平手。对方面色冰冷地看着自己，袁帅看着这个太阳穴突出、比自己足足高出一个头的家伙，又看看自己正在流血的左肩膀，心道：“不能跟这家伙纠缠下去，自己不是他的对手不说，自己流血的肩膀也撑不了多长时间。”

此时的袁帅表面看上去很平静，脑袋却飞快地转着。

忽然，袁帅微屈左腿，身体下沉，右手扶住自己的右脚，左腿自下而上，从左向右又是一个摆腿向对手扫去，不过这一腿袁帅并没有用多大的力气，只是虚晃一腿，他真正的目的就是要把自己的右腿暴露给对手，让对手袭击他的右腿。恐怖分子果然上当了，嘴角微微一动，一脚踢在袁帅的右腿上，袁帅只感到右腿被铁棍狠狠地击打了一棍似的，整个人被踢得腾空而起。但他顾不得右腿的疼痛，在对手踢中他右腿的同时，他从军靴中抽出匕首，在身体还在腾空的时候匕首脱手而出，飞向对方的喉咙。恐怖分子双手捂着正在喷血的喉咙发出几声咔咔的声音，重重地倒在了地上。

李南和江南啸赶到的时候，只看见恐怖分子喉咙中刀直挺挺地倒在地上，袁帅肩膀中弹，坐在恐怖分子的尸体旁大口地喘着气。

李南一看袁帅这副样子马上冲过来，问道：“你还好吧？”

袁帅一边喘着粗气一边摆摆手说道：“我没事，这群恐怖分子不简单，往后尽量不要跟他们肉搏，妈的，都跟机器人似的。”

“那现在怎么办？”江南啸问道。

“留一个队在原地埋伏，其他几个队继续追击，按地理位置看，我们原先埋伏的地方应该是他们进入中国的必经之地，不过这群人，什么事情都做得出来，不知道他们会不会冒险从悬崖上下去，他们的训练不比我们差。”袁帅说道。

这群恐怖分子的行动不可谓不神速，袁帅他们追击了半个多小时愣是没有追到他们。雪开始慢慢地停了下来。现在问题是敌人在暗他们在明。恐怖分子随时都有可能埋伏在某个地方，向他们展开袭击。

“袁帅，情况好像不对啊，这么厚的雪他们不可能没有脚印啊？可是我们现在走了这么长的路，连他们的脚印都没有找到，我们是不是追错方向了啊？”李南有点怀疑地说道。

“应该不会，刚才下这么大的雪，他们的脚印很有可能被大雪覆盖住了。这群恐怖分子接到的很有可能是死任务，所以他们刚才没有跟我们有任何纠缠。凭他们的作战能力和经验，从枪声就可以判断出我们的人手跟他们相差不会很大，如果跟我们交手，他们的胜算比我们要大，这一点他们比我们还清楚。这就可以证明他们是不会往回走的，唯一可以行走的出路又被我们封死了。东边是刀削一样的悬崖，可以说是九死一生，这边虽然也是悬崖，不过要比那一边的机会大得多。”袁帅分析道。

“可是袁帅，你还记得我们去参加‘爱尔纳·突击’前的最后一次演习吗？被几十倍于我们的假想敌包围的时候，我们是怎么突破这最后的防线的？”李南不愧是老兵，他的心思有时候比袁帅还要缜密。

袁帅听了李南说的话，忽然愣在原地。

“你是说——滑翔伞？”袁帅如梦方醒。

李南点点头说道：“我觉得很有可能。”

“先声东击西，引开我们，然后用滑翔的方式从悬崖上直接摆脱我们的追击，等我们回过头来，他们已经消失在中国境内。”袁帅听到这里忽然全身打了个冷战。

“要不然怎么可能连脚印的痕迹都没有？”李南疑惑地问道。

“郑程功，郑程功。”

“收到。”

“马上去东面看看有没有恐怖分子的脚印。”

“是。”

“为什么我们不直接追过去呢？等他们做好了滑翔伞不是都晚了吗？”郑程功疑惑地问道。

“现在还不确定他们是不是走东边，那毕竟是一个冒险的举动。”袁帅解释道。

“袁帅，东边有脚印的痕迹。”不一会儿，江南啸那边传来消息。

“郑程功，你们马上追击他们。”袁帅说完又冲着大家大叫了声，“走。”

恐怖分子的行动不可谓不快，郑程功他们全力追击了一个多小时才追到他们。已经有几个恐怖分子通过简易的滑翔伞到达悬崖下面，剩下的还在制作滑翔伞。他们把随身的背包和衣服撕开，用藤条做线，灌木做骨架，做成简易的滑翔伞。

看来袁帅估计得没错，他们接到的确实是死命令，用这种方式做成的滑翔伞安全系数相当低，但是他们还是义无反顾地往下跳。

“大家隐蔽好再开枪，这群恐怖分子不简单，大家要注意安全。”说完郑程功就躲在一个稍微有点突起的土包后面，向正在制作滑翔伞的恐怖分子开枪射击。在这种十万火急的情况下，郑程功也来不及请示袁帅了，能拖滞一会儿是一会儿。

几个恐怖分子因为措手不及中弹倒地，其他的恐怖分子立即放下手中正制作了一半的滑翔伞，向郑程功方向展开了还击。

袁帅他们显然也听到了郑程功那边传来的枪声。

“郑程功，你们已经跟恐怖分子交上火了吗？”袁帅问道。

“是的，他们已经有人滑下去了，我们暂时先拖住他们。他们的火力很猛，有重武器还有榴弹发射器。”

轰轰轰……

郑程功的话还没说完，袁帅就听到几声榴弹的爆炸声，紧接着江南啸那边就没有声音了。

“郑程功，郑程功，怎么回事？郑程功……”袁帅焦急地问道。可是那头已经听不到郑程功的声音了，只有激烈的枪声和榴弹的爆炸声。

“加快速度，加快速度……”

袁帅一时听不到江南啸的声音，心像被狠狠地揪了一下。

“我已经失去了王远见，不能再失去郑程功和江南啸了，我不能再失去任何一个战友了。”袁帅一边拼命地跑着，一边喃喃自语，眼泪控制不住地往下流。前方不断传来密集的子弹声和榴弹爆炸的声音。

所有的战士都气喘如牛，胸口传来剧烈的仿佛整个胸腔被抽干了的疼痛，在高原上剧烈的运动是很危险的，但是此时大家已经完全忽略了自己的安危，现在他们想的就是快一点儿再快一点儿，他们早到一秒钟，他们的战友就多一分生的希望。

“郑程功，等着我，你狗日要是再走在我前面，我就到阎王那里把你揪回来。”袁帅一边跑一边伸手擦着不断涌出的泪水。虽然郑程功还是第一次跟袁帅一起参加战斗，但是袁帅俨然已经把他当成自己的生死兄弟了。

他们在海拔3775米的高原上用了五分钟的时间跑完了将近1500米的路程。这几乎是一个奇迹。一般人在平原上能跑出这个成绩都已经很难得，而在氧气浓度不到平原一半的高原上跑出这个成绩可以说是一个难以想象的奇迹。

顾不得几乎窒息的危险，他们一赶到战场马上就投入了激烈的作战。袁帅疯了一般用自己208上的榴弹发射器将自己所有的五颗榴弹一股脑儿地全部射到了恐怖分子的阵地。几个恐怖分子马上被气浪掀得掉下了悬崖。

袁帅打完所有的榴弹后，端着208狠狠地朝着他们扫射，边扫射边大声地吼道："你们不是要走吗？我送你们一程。"

恐怖分子一时被他们的火力压得喘不过气来。袁帅趁着这个机会拉住一个边防军侦察连的战士问道："郑程功呢？郑程功在什么地方？"

那个侦察连战士向袁帅三点钟方向的一个弹坑说道："刚才在那个位置的。"还没等他说完，袁帅立马就扑到了那个弹坑里，朝着恐怖分子又射了一梭子子弹，一边趴到弹坑旁边大声地喊道："郑程功，郑程功。"一边四处地寻找着，双手不停地扒着泥堆。

忽然袁帅的肩膀被什么东西抓了一下。他猛地转过头，一看是被炸得满脸乌漆墨黑的郑程功。袁帅一把抱住他，又哭又笑地说道："郑程功，你还活着，你还活着，活着就好，活着就好。我还以为，还以为……"

郑程功抖抖身上的泥土，摸了摸自己的头发，说道："丫的，发型都被炸乱了。"郑程功的幽默的确是太像金锋了。

袁帅被郑程功这句话逗乐了，抽泣地笑着说："妈的，这么短的毛，还没鸟毛长呢，还发型。"

郑程功看着袁帅就像是发现新大陆似的，边擦拭着袁帅的眼泪边说道："哟，我们的铁汉子也会流眼泪啊？"

"扯淡，刚才跑急了流的汗。"袁帅边说边推开了郑程功的手。

“哦，狗是舌头流汗，你是眼睛流汗，你也算是古今第一人了。”郑程功忍着背部的疼痛跟袁帅调侃着。刚才榴弹爆炸的时候将他整个人掀起两米多高，摔下来的时候，他的后背摔到了一块石头上。他用玩笑安慰着袁帅，此时谁都可以乱，但袁帅不行，他是整个队伍的精神核心。他一乱，整场战斗就有可能前功尽弃。那么之前王远见的牺牲就白费了，最关键的是中国特种兵在国际上的声誉将一落千丈。这是作为一个特种兵所不能接受的，一个特种兵对自己的荣誉比对自己的生命还看重。

“没事就少跟我贫，起来跟我一起揍这群狗娘养的。”袁帅在郑程功胸口擂了一拳说道。

“你先去，我靠会儿，耳朵有点蒙，刚才被狗日的炸得嗡嗡响呢。”郑程功边说边指了指自己的耳朵。

“那行，你躲好点儿，我先去揍他娘的。”袁帅说着就重回了刚才的位置继续战斗。其实袁帅知道，郑程功肯定受伤了，他知道要按金锋的脾气就耳朵这点毛病才不会打退堂鼓呢，而郑程功的脾气跟金锋就是一个模子出来的。

郑程功摸了摸肿得跟面包似的后背，挪了挪位置，将没有受伤的一面靠在岩石上，咬着牙喘着粗气，坐了一会儿，然后一记重拳用力地打在伤口上。一阵剧烈的疼痛后，整个后背开始麻木，然后他抽出被泥土埋在地下的突击步枪，拉了下枪栓，发现步枪已经坏了。

“妈的。”他骂了一声从背后拿出了05式微冲。微冲的射击距离比较近，所以基本上只有在冲锋的时候或者在巷战的时候才会用到。不过在没有武器的时候，这也是无奈的选择。

所有的人都疯了，子弹像疾风骤雨一般向恐怖分子倾泻。恐怖分子在强大的火力面前调整了作战部署。他们抽调出六个人员组成敢死队，死守住袁帅等人的进攻，其他人继续躲在岩石后面制作滑翔伞，他们的意图很明白，就是能跑出一个算一个。

袁帅哪里会不明白他们的企图，大声地叫道：“弟兄们，恐怖分子已经撑不住了，给我狠狠地打。”但是六个恐怖分子组成的交叉火力网很难轻易地突破。这帮恐怖分子根本没有打算活着离开这个地方，他们的目的就是阻滞袁帅等人的进攻，给其他的同伙制作简易滑翔伞赢得时间。有两个恐怖分子已经身中数弹，但是他们好像机器人一样，微冲子弹打在他们的身上就像打在沙包上，把袁帅急得抓耳挠腮。

“妈的，机枪。”袁帅抓掉了头上的钢盔。

旁边的机枪手将机枪递到他手里，说道：“里面还有100发子弹。”袁帅拿着机枪收起支架，拿在手中狠狠地朝恐怖分子扫去。12.7毫米子弹的威力让人难以想象，可以射穿普通装甲车的装甲，任凭那几个恐怖分子是铁打的，也难以承受这摧枯拉朽般的威力。很快对方再也没有还手之力，六个恐怖分子的敢死队员瞬间被打得跟筛子一样。袁帅刚想命令大家冲锋，后面的四个恐怖分子又组成新的敢死队，继续阻滞他们的进攻。此时，机枪的子弹已经全部打完，步枪子弹也已经用得差不多了，仅靠微冲的火力很难短时间突破他们的人肉防线。

“妈的，手榴弹。”旁边几个战士马上就从身上拿出了仅有的七颗手榴弹递给了袁帅。袁帅将手榴弹推了回去，说道：“等一下，我跟张启鹏和李南冲上去，你们拿手榴弹掩护我们。”

“让我们去吧，我们也是特种兵，总不能风头都让你们‘闪电剑’的人出了吧。”说话的是一个戴着一杠三星的上尉，军衔要比袁帅高。

“少废话，你们的任务是掩护。”袁帅还没来得及叫上张启鹏和李南就要往前冲，却一把被那个上尉抓住了：“我的军衔比你高，在战场你得听我的。”

“在这里，你们团长都得听我的，这是军长的命令。”袁帅也知道上尉是为自己着想，但是现在不是谈感情说义气的时候。

“只要打完这场仗，喝鸡血都没问题，不过现在不是谈感情讲义气的时候，何况我们之间目前还没什么感情好谈。”袁帅一把甩开上尉的手。

上尉此时也明白，现在谁也说服不了他，再争下去，只会给恐怖分子逃跑赢得更多的时间，于是哽咽着大叫道：“跟我一起掩护他们。”说着拿出手榴弹向恐怖分子所在的方向扔去，手榴弹在距离恐怖分子四五十米的地方开了花。恐怖分子离他们的距离有将近一百米，要将手榴弹扔出一百米是不可能的。手榴弹扔出去的作用只是利用手榴弹炸起的泥柱阻挡他们的视线，好让袁帅他们接近恐怖分子。

就着泥柱的掩护，袁帅他们几个人迅速地一跃而出，在泥柱全部落地之前，袁帅等人已经前进了几十米并隐蔽好。上尉命人继续扔手榴弹，袁帅他们继续前进，终于到了冲锋枪的射程之内。三个人同时抬头向恐怖分子就是一阵扫射，四个敢死队员又被消灭了。此时恐怖分子只剩下十一个人了。但是他们依然腾出了三个人组成新一轮的敢死队，他们的意图很明显，哪怕是多跑出一个，对他们来说也是一种胜利。张启鹏在换子弹的时候，右胸被恐怖分子的 M-16 的 5.56 毫米子弹击中，一时昏迷了过去。

袁帅等人以二敌三，用冲锋枪对自动步枪对付这帮恐怖分子敢死队，已经明显落了下风，几乎被他们压制得头都抬不起来。

郑程功在后面看得是心急如焚，却是没有任何办法。眼看剩下的恐怖分子的简易滑翔伞就要完成了。郑程功眼睛一红，心想：“没办法了，再这样下去肯定要被恐怖分子逃脱了。”想到这里，郑程功心一横，大叫道：“大家跟我冲啊。”说完端着冲锋枪第一个冲了出去，后面的战士也同时跟他冲了出去，将冲锋枪端在胸口边冲锋边向恐怖分子开枪。

整个战场顿时变成了冲锋与反冲锋的阵地争夺战，其激烈程度是郑程功整个特种兵生涯中最为惨烈的战斗之一。当然说惨烈并不是说死亡的人数，就死亡人数来说，跟日后的大规模作战比简直就是小巫见大巫。惨烈是指在短短不到50米的冲锋距离内平均每两米多就有一个战友倒下。所有的可以呼吸到的空气里面都可以闻到硝烟的味道，溅起的血花如雨点般落在每个人身上。每一个人都已经忘记了生与死。29个人的冲锋在到达了袁帅他们所在位置的时候，只剩下九名战士。在12支冲锋枪组成的火力网下，恐怖分子很快就被打成了马蜂窝。

只有三个恐怖分子成功地带着滑翔伞跳下了悬崖。

“上尉，你带五个人清理战场，将兄弟们带回家。”袁帅指的带回家是带回部队，对于一个牺牲在战场上的兵来说，部队就是自己的家。

上尉喘着粗气说道：“我会安排受伤的战士打理战场，这一次我一定要亲自宰了这几个狗日的为兄弟们报仇，要不我无法面对死去的兄弟。”

袁帅一边继续赶制着恐怖分子即将完成的简易滑翔伞，一边低着头沉思，他实在是没有理由拒绝上尉。上尉一边命令着几个受伤的战士打理战场，一边拿起一个恐怖分子丢弃的简易滑翔伞，与袁帅双双朝悬崖跳了下去。

剩下的六个恐怖分子先后跳下了悬崖，袁帅只看见最后跳下去的一个恐怖分子还在云层上面，其他的恐怖分子可能已经穿过了云层。

在海拔3775米高的高山上，云不是在头顶而是在自己的脚下。四面都是高山，云在四面高山的包围下，形成云海，波涛翻滚，蔚为壮观。

袁帅发现还在云层上面的恐怖分子后，用力拉了一下滑翔伞的伞头，滑翔伞快速往下降落。

这里要说明一下，滑翔伞一般都是呈三角形。翼展一般在3.6米，长1.8米，呈等边三角形。受气流的影响很大，一般为了安全，伞头都会略微上翘30度。拉下伞头，滑翔伞受气流的影响小，伞就会急速下降，危险性比较大。袁帅拉下伞头的目的就是为了尽快赶上比他们提前下落的恐怖分子。在离恐怖分子只有几十米距离的时候，袁帅将身体往后稍微退了一下，目的是伞头往上翘，保持滑翔伞的平稳飞行。然后将自己的身体向右靠，腾出右手，将自己的重量全部压在左手上。这时候整个左手的手肘要承担起整个身体的重量，加上袁帅受伤的左肩，他的身体因为用力过度，全身有点微微发抖。

袁帅用腾出的右手从腰间掏出 92 式手枪，朝自己身下的恐怖分子连续开了五枪，直到看见恐怖分子脱离滑翔伞往下掉才收起手枪。旋即改为双手撑伞，继续拉低伞头往下冲去。

郑程功他们看见袁帅如离弦之箭一般往下冲去，也都扯了剩下的滑翔伞拉低伞头往下冲去。冲出云层之后，因为受到印度洋暖流的影响，风向变得不确定。滑翔伞就像是在空中随风乱舞的纸片一样，飘忽不定。他们不断地调整着滑翔伞，在这种环境下控制滑翔伞所要付出的体力是没有这种经历的人所无法想象的。

袁帅因为将伞头压得太低，被迎面吹来的风掀得往悬崖上急速撞去。幸亏他还能保持冷静的头脑，及时将自己的身体往后用力地压了下去，要不然按照这个速度撞过去，就跟高空坠物一样会被摔得粉身碎骨。

很快前面有两个恐怖分子也在他们的视线之内了，袁帅又像刚才对付前面的恐怖分子一样，将其中一个给结果了。但是他手枪的子弹也已经用光了。此时离地面已经不到 500 米了，但是江南啸等人离他的位置还有将近 300 米。

“怎么办？如果让恐怖分子先落地，那么恐怖分子就可以在地面上向他们实施打击，那时他们在空中就像活靶子一样。”袁帅边想着对策，边急速向剩下的那个恐怖分子的滑翔伞靠近。

“顾不了那么多了。”袁帅心想着。在离恐怖分子还有几十米的时候，袁帅做出了一个危险的决定。他要直接往下，用伞头撞击恐怖分子的滑翔伞的背面。

做出撞击恐怖分子的滑翔伞的决定不过是几秒钟的事情。只见袁帅的滑翔伞头朝下急速撞向恐怖分子的伞，就像是一只扑向猎物的雄鹰，伞头狠狠地撞在了恐怖分子的伞背上。恐怖分子的伞背生生地被撕开了一个口子，晃晃悠悠地一头朝地上栽下去。袁帅赶紧调整好伞头，在离地面还不到 100 米的距离时，终于又重新控制住了滑翔伞，但还是重重地摔在了地上，毕竟这只是一只粗糙得还不如一只风筝的滑翔伞。好在袁帅没有受什么重伤，只是左脚的脚踝处有一点点扭伤，走动的时候有一点儿痛，不过这点儿伤对他们来说简直就不值一提。袁帅用力地跺了几脚，左脚就开始麻木了。然后他向四周仔细地侦察起来，以保证江南啸他们安全降落。

不到两分钟，郑程功他们也降落到了地面上，他们循着足迹跟踪恐怖分子向右边通往 X 省的方向跟去，跟到市郊外的一个水库边，脚印却忽然消失了。

上尉一看这情况就想一头扎进水库里，却被袁帅一把抓住了。上尉用疑惑的眼神看着袁帅，好像在问为什么拉住我。

“不要冲动，这么冷的天，他们不一定就在水里。”袁帅说道。

“脚印在这里消失了，不在水里还能在哪里啊？”上尉反问道。

“他们要是在水里，随时都可以收拾他们。他们要是不在水里，按你的伤，你下去了还能完整地上来吗？”袁帅问道。

“那你说，他们现在在哪里？”

“这脚印很有可能是假的。”袁帅猜测道。

“这里只有一排脚印，他们这么做假，难道能做得一点儿痕迹都没有吗？”上尉问道。

袁帅将上尉拉回了几百米，指着地上的脚印说道：“你能看出这前后脚印的区别吗?”

上尉仔细看了看后，恍然大悟地说道:“哦，前面的脚印是后跟的印痕深，后面的脚印是脚掌和后跟的印痕都很深。这是什么缘故?”

袁帅想了想，脱下军靴，将军靴倒过来穿，然后在地上走了几步。

所有的人顿时恍然大悟。

“好狡猾的恐怖分子，他们先往前走几百米，然后再顺着走过的脚印往回走。

“妈的，这群家伙比狐狸还狡猾。”上尉说道。

“那他们就在附近。”江南啸问道。

“应该就在附近。”袁帅说道。

“这附近都是平原，而且脚印就在这里停止了，他们难道钻到地下去了?”上尉不明白地问道。

袁帅看了看四周，这是一块平地，远处的山脚下稀稀落落地坐落着几幢低矮的房屋。一条窄得只能算是山涧的小溪，一直顺流而下注入不远处的水库里。

“他们肯定就在这附近，挖地道本来就是他们的长项。”

“对，每次我们找到他们的巢穴，基本上都是在地下。”杨忠良补充道。

“大家仔细在四周找找看，不要放过一点儿蛛丝马迹，就是掘地三尺也要把这个入口给找出来。”上尉气愤地说道。

上尉还是第一次经历真正的反恐战斗，短短一天的时间，从紧张到热血，再由热血到愤怒，他现在只有一个目的，就是为兄弟们报仇。

但是大家找了半天，还是没有找到任何恐怖分子的痕迹。

“袁帅，你有没有感觉我们好像一直在被他们牵着鼻子走。”郑程功忽然说道。

“怎么说?”袁帅问道。大家听到郑程功这么说，都停下来，想听听他怎么说。

“从一开始，追击他们开始，我们就被他们往相反的方向引。现在我们一直认为他们的脚印就是我们追寻的目标，我在想，他们好像知道我们心里想什么似的。”郑程功蹙着眉头说道。

袁帅表情沉重地看着郑程功说道：“你是说，我们内部有奸细？”

“奸细倒是不可能，不过他们肯定是研究过我们的作战方式，从他们做简易滑翔伞开始，我就开始怀疑了。我们参加国际侦察兵比赛，到后来去B国反恐。他们肯定对我们的作战手法有着深入的了解和研究。而我们一直在按以前的思路想当然地思考问题，所以一直在被他们牵着鼻子走。”郑程功的思想一直有点跳跃。

“你的意思是——他们这个脚印是故意做出来给我们看的？”袁帅反问道。

“我认为很有可能。”郑程功回答。

“那——你认为他们应该在什么地方？”

郑程功想了想，鼓足勇气说道：“在这个刚下过雪的地方，想不留下脚印很难，但是仔细想想也很简单。”

“你就别卖关子了，说说你的想法。”上尉说着握紧了拳头。

“想要不留下脚印就只有一个办法，就是往水里走。”郑程功边说边看了看那条山上流下来的小溪。

“有道理。”大家异口同声。

“有道理。”袁帅和上尉都恍然大悟。

“如果这个想法成立的话，那么他们的躲藏之所就可能不在这水库里，也不在这周围，而是在小溪边的任何一个地方。他们先往下走，吸引我们的注意力，然后一直走到水库边。让我们以为他们在水库里，如果我们跳进水库就中了他们的计。如果被我们看出了其中的破绽，我们也会以为脚印的破绽处就一定是他们的隐藏之所，我们就在这个地方浪费时间，而他们就可以从容地溜之大吉。妈的，太狡猾了，这样的对手太可怕了。”袁帅想了想后继续说道，“我们沿着小溪往上游走。”

“郑程功，我知道你以后退役该做什么工作了，会推理，做刑警，这个适合你。”张启鹏半开玩笑地说道。

“不行，我的思维跳跃性太强，有几个歹徒能有这种犯罪思维，也只有这群变态的家伙想得出来。”郑程功说道。

“他们肯定是研究过无数的特种兵作战的战例，才会想得出这种变态的反推理思维。”袁帅分析道。

他们一直沿着小溪往上走，越往上走，水的温度越热。

细心的袁帅终于在小溪与悬崖的接头处发现了伪装得极为巧妙的脚印。

小溪的源头是从悬崖上流下来的一个小瀑布，常年的水流冲击硬是在坚硬的岩石上冲出了一个水潭。在小溪里走路是不会留下脚印的。

恐怖分子在上岸之前洗掉了脚底的泥沙，但是水的痕迹暴露出了恐怖分子的行踪。

袁帅快速地走上去，看了岩石上面薄薄的一层冰，又往瀑布的里面看了看，肯定地说道：“他们一定在里面。”

“为什么？”上尉有点怀疑地问道。

袁帅指着地上薄薄的脚印说道：“你们看，这里的水是有点温度的，而岩石上是没有水的，那么这个脚印是从哪里来的？”大家顺着袁帅指的地方低下身去仔细地观察着，终于发现两对脚印，这脚印是一层薄薄的鞋印状的冰。这冰脚印是鞋子踩上去后鞋子上的水留下来的，由于天气寒冷，水还没来得及蒸发就被冻成了冰，所以留下了这冰脚印。不仔细看很难发现。这冰痕一直延伸到瀑布前面，便消失了。

“把洞口开在瀑布里，果然是个好办法。这群家伙也算是用心良苦了。怪不得每次反恐的时候打着打着就找不到他们的踪影了。”上尉若有所悟地说道。

“那我们还等什么，进去灭掉这帮狗日的家伙。”另一个侦察连的战士说道。

“不用，我们就在这门口守着好了，他们总要出来的。到时候出来一个抓一个，出来两个抓一双。”上尉说道。

“那，要是他们从另一个出口跑了呢？”那个战士说道。

“出口应该只有这一个。”袁帅说道。

“你怎么知道？”那个战士虽然很佩服袁帅他们的判断，但还是很想知道为什么。

“你看看这周围就知道了，整个山脉绵延几十公里，要想从另一个出口出去，他们得完成多大的工程啊？”袁帅解释道。

那个战士朝四周看了看，不出声了。

“不过，也不是守住门口这么简单就可以的。”袁帅继续说道。

“那你说怎么办啊？”上尉着急地问道。

“现在我们也不知道里面的具体情况，不知道他们在里面储备了多少生存物资。如果要等上个半年三个月的，等他们养精蓄锐，那我们不是要牺牲更多的兄弟吗？”袁帅说道。

“你说得也有道理，那你有没有更好的办法呢？”上尉说道。

“通知包团长，让他派人来协助我们。我们也需要补充点儿弹药了，就我们这几支枪，子弹都没几颗了，冲进去那不是送死吗？”袁帅话音刚落，上尉就在联络包封了。

在包封往这里赶的这会儿时间，袁帅他们在瀑布周围寻找着进洞的机关。

江南啸在离瀑布不远的地方也在寻找着什么，但是很明显不是在找进洞的机关。李南疑惑地问道：“江南啸，你在找什么呢？”

“找草药。”江南啸回答道。

“找草药?”李南感觉有点奇怪，“找什么草药?”实际上李南有点火，大家都在想办法怎么进洞，江南啸却一个人跑一边去找草药。

“找治疗枪伤的草药。”

“你学过医吗?”李南继续问道。

“不是，我们以前在部队的时候，有一个老者教过我们拔子弹和治疗跌打损伤的方子。”

“哦，那你要找什么草药啊?”

“我以前有一次手骨断了，而且错位，他的药不仅可以接骨，还可以将错位的骨头自动接正。不过拔子弹的方子我没试过，我想可以试试。”江南啸说道。

“哦，那你慢慢找，不要走太远了。”李南还是有点半信半疑，他不相信真有这么好的方子，更不相信这么好的草药能在这种地方找到。

三叶青和滴水珠都属极寒的草药，而子弹钻进肉里面会引起发炎，属火性。所以要用三叶青和滴水珠的寒性来中和子弹的火性，同时达到清热解毒的效果。

一般瀑布边都属寒性地带，再加上高原常年冰冻，属极寒之地，生长在这个地方的三叶青和滴水珠肯定是药性最好的。

还好，江南啸很快就找到了三叶青和滴水珠，但在找辅助药力的飞虫的时候，江南啸遇到了难题，这个季节飞虫早就没有了。不过，他还是找到了飞虫过冬的巢穴，找出了这些飞虫的虫卵。

药找到后，江南啸将它们放进头盔里捣碎，又将捣碎的药平铺在止血绷带上。做完这一切，江南啸深呼吸了一口气，自言自语道:“现在就缺药引子了。”然后又深呼吸了一口气，抽出匕首在自己的手腕上割了一个口子，将自己的血滴在草药上，然后把草药敷在袁帅的伤口上。

李南还是忍不住地问道:“你干吗将自己的血滴在草药上啊?”

江南啸边帮袁帅包扎伤口边说道:“三叶青和滴水珠都是极寒之物，

它们需要用极阳之物来激发它们本身的药性。那老者给我的方子是要用公猪的生殖器经过腌制后作为药引子。那是因为猪的生殖器被腌制后就是极阳之物。我想用男人的血也是一样的，因为男人的血本来就是极阳之物，再加上我们是军人，就更加有阳刚之气了。所以我就用了自己的血，效果应该是一样的。”

袁帅在敷了江南啸调制的草药后，感觉一股说不出的清凉钻进火辣辣的伤口处，有一种说不出来的舒服，袭遍全身。

“我找到了。”就在大家都一筹莫展的时候，张启鹏找到了进洞的机关。

“在哪里？”听到张启鹏的叫声，大家都跑了过去。

“就在这里。”张启鹏指着离瀑布大概有一米多的灌木丛说道。

大家顺着张启鹏所指的方向看去，果然这里的灌木跟旁边的都不一样，颜色比较黄，而旁边的灌木比较青，说明这里的灌木所吸收的养分没有旁边的多。

袁帅伸手往灌木的根部摸去，感觉灌木根部的岩石比较粗糙，点点头道：“很有可能是这里，这里的岩石摸上去很粗糙，不像是天然的岩石，像是人工浇筑的。”说着袁帅拉住灌木用力一拉，整棵灌木被拉了起来，果然灌木的泥土连接的不是岩石，而是浇筑的很像是岩石的水泥。确定入口就在这里后，袁帅叫大家都休息一下，毕竟几天几夜都没有好好休息过了，而且还透支了大部分的体力，现在是该休息一下以保持良好的状态应对即将到来的战斗。

第十章　拆弹部队

包封带领的部队在三个小时后赶到了，他们也休息了将近一个小时，感觉体力充沛后才与袁帅等人一起制定了一个简单的作战方案。由袁帅、江南啸和李南等组成第一梯队在前面探路；上尉和张启鹏、郑程功组成第二梯队；包封带领他的部队跟在后面。作战计划很简单，因为在一个自己还不熟悉的地方，不可能制订出详细的计划来，如果计划出来那绝对是纸上谈兵。

李南和江南啸一起用力，水泥门和地面发出了一声沉闷的响声，一丝暖风迎面拂来。

“洞很深。”袁帅跟后面的人说道。

一般能从洞里吹出暖风就证明洞的面积很大，面积越大的山洞越是冬暖夏凉。

大约往里面走了50米后就变得一片漆黑。袁帅戴上夜视仪继续往前走，又走了一段路，前面出现了一个楼梯，袁帅刚要往楼梯下走的时候，跨了半步的脚忽然停了下来，后面看不见路的江南啸差点儿撞到袁帅身上。

“有炸弹。”袁帅边往后退边轻声地对江南啸说道。

江南啸伸出头去看了看，发现第一级台阶靠里面的位置有一束淡淡的紫红色光线。这是一个往下的楼梯，紫红色光线又是装在台阶靠里面的位置，稍不小心就发现不了。这是一个红外感应炸弹，制作者事先将一个改装的红外报警器设置好光线的射出距离，如果光线正常照射炸弹就不会爆炸，如果红外光线被隔断，报警器接收发出被入侵命令，电源自动接通引爆炸弹。如果刚才袁帅一脚踩下去，鞋子就阻断了红外光线，炸弹就会爆炸。

袁帅从背包里取出信号干扰器，将信号干扰器打开，然后慢慢地趴下身去，顺着光线的位置在靠右手边的墙面上发现了光线源，果然是一个改造过的红外线报警器。袁帅从军靴上抽出匕首，在墙上挖了一个小洞，用匕首的刀刃当成螺丝刀慢慢拧开了连接在墙壁上的螺丝。拧下螺丝后，再慢慢地提起，贴着墙壁的位置露出了两根电线。他将一根电线轻轻塞进刚才挖的小洞里面，小心翼翼地将匕首插进两根电线之间，将塞进小洞里面的电线一刀切断。做完这一切后，袁帅深吸一口气，继续前进，每走一步都是小心翼翼的。因为后面还跟着几乎一个营的兵力，一旦自己疏忽了，后面几百号人就有很大的危险。以前战斗不需要顾忌这么多，因为自己的战友都是经过特种训练的，但是这次不一样，这些战士里面还有很大一部分只是刚学会开枪的菜鸟。

走了17级台阶往下向左转弯后，前方右转弯口出现了一丝微弱的泛黄的灯光。凭着以往对付山洞恐怖分子的经验，有光亮的地方应该就会有岗哨了。袁帅他们三人背靠着墙壁，弯腰，弓背，端起枪将右脸紧紧地贴在枪托上，轻轻打开保险，左手的食指扣在步枪强光下的手电筒开关上。一旦被恐怖分子发现，他们会在开枪之前打开手电筒，用强光照射恐怖分子的眼睛，然后迅速开枪。当然这只是在万一被恐怖分子发现的情况下才被迫采用的方式，一般情况下都是要求先敌发现，然后在不发出任何声响的情况下杀死对手。

渐渐地，他们已经到了灯光的转弯处，袁帅慢慢将头贴着墙壁悄悄地伸出去，然后马上缩回来。就在伸出头去的那几秒，袁帅已经看清了恐怖分子岗哨所在的方位。他用手势跟江南啸和李南示意，对方岗哨的位置站得很巧妙，在灯的靠里那一边，所以他的影子也是朝里面的，外面有人进去的话，不容易看见他们的影子，也就不容易发现他们。而他们则是很方便地看见外面进去的人的影子。

“怎么办?”江南啸打了个手势问道。杨忠良紧锁着眉头，李南则伸出食指指了指洞顶，又指了指墙壁上的灯。洞顶离地面的位置大约有两米，而灯所在的位置大约是 1.8 米。如果他们直接进去一定会被敌人发现，就算他们可以在岗哨动手之前干掉他们，但是那枪声也一定会将自己暴露。李南的意思是他跟江南啸先爬上洞顶，在洞顶与壁灯之间的 20 厘米的距离内爬到岗哨上面，然后再干掉他们。袁帅等人可以紧随进来。但是贴顶爬四五米的距离也不是一件容易的事。说实话江南啸一点儿底也没有，他不知道自己是不是可以爬得过去，像这种科目他们是从来也没有训练过的。仔细观察了一下洞顶之后，他还是坚定地朝李南点了点头。李南朝他竖了下大拇指，然后打手势告诉他，自己走在前面，对付左边的岗哨，江南啸在后面对付右边的岗哨。江南啸点头同意。李南迅速收起枪斜挎在肩膀上，两手先在墙上支撑着，然后两脚轻轻一跃，一个“壁虎功”，头就已经贴着洞顶。这非常简单，一般的人都能做到，但是接下来的动作就没有想象的那么简单了。只见他头朝下，双手用力支撑在左右墙壁之间，形成一个支点。然后用尽全力将自己的下半身往洞顶伸去。这完全是靠手臂和腰力将整个人支撑起来。这对于二十几个小时滴水未进失血过多的李南来说，简直可以说是神话。一直以来对自己的功夫很自信，甚至是有点自负的江南啸，看到李南这个动作，对他的敬佩之心油然而生。脚伸到顶以后，看到李南跟壁虎一样悄悄地向岗哨爬去，江南啸也学着李南的姿势紧紧跟上，但是他看上去明显要比李南吃力，但他还是一样坚持着完成了刚才李南完成的动作，朝右边岗哨那边爬去。李南爬到岗哨前面的时候，低下头往后看了看江南啸，江南啸也正好在看他。两人相互点了点头后，几乎同时双手一松，双脚紧紧地支撑着整个身体的重量，一个倒挂金钩，李南对准左边的岗哨，江南啸对准右边的岗哨，然后双手用力一拧，可怜那两个岗哨还没明白怎么会有人从天而降就已经魂归西天了。李南、江南啸二人立马同时双脚松开，双手着地后就地一个翻滚，单膝跪地，双手马上从肩上解下枪，习惯性地做了个警戒的姿势，在确定没有被发现后，继续前进着，依然是一贯的“品”字队形。

前面的通道开始慢慢变亮，凭直觉他们知道匪徒的藏身之所应该就在前面了。果然，前面出现了一个急转弯。李南又停下了脚步，靠墙壁慢慢地朝转弯口悄悄探出头去，前面三米左右的地方还有两个岗哨。这一次是不可能再用前面的方法了。因为急转弯后的通道足足有两米多宽。李南将头缩了回来。袁帅、李南和杨忠良三人退后几步后开始商量起来。

李南的意思是强攻，理由是现在已经没有任何办法，只能采取强攻的方法。杨忠良反对，理由是他们不知道里面到底有多少匪徒，也不知道分布情况，甚至不知道里面的任何情况，如果贸然强攻对己方不利。

一直没吭声的江南啸表示赞同李南的想法，不过有一点儿小小的建议，就是绕回去把前面两个岗哨的衣服换上再去。如果没有被识破最好，如果被识破了再强攻。这是一个折中的办法，李南和杨忠良都表示同意。

江南啸和李南很快换上了匪徒的服装，杨忠良在转弯口持枪警戒。他们俩大摇大摆地转弯而去，那两个岗哨看见他们的时候先是愣了一下，随即举起枪拉动保险，问了一声“口令”。江南啸听懂了，但是不知道口令是什么，继续走了一步后停了下来。其实他们是故意走这最后一步的，一来是可以更加接近岗哨，二来是将全身的力量灌输于前脚。

“口令!”那家伙又说了一句，并抬起枪瞄准他们的头。江南啸朝李南使了个眼色，紧接着一脚踢中右边岗哨的咽喉处。那岗哨马上痛苦地倒在地上抽搐起来，李南则一脚踢在了左边岗哨的太阳穴上，那岗哨当场毙命。

从岗哨位置再往前走两步，右转弯是一个大约200平方米的大厅。往前两步，左边是一个房间，再往前又是一个房间，足有七间之多。袁帅想了一会儿，用手势说道：“郑程功、李南和杨忠良先对付第一个房间，然后由我、江南啸和王晨龙对付第二个房间，张启鹏、上尉和楼胜利进第三个房间，其他的狙击手和侦察连的兄弟则留在外面，狙杀其他发现状况跑出来支援的匪徒。”

根据袁帅的部署，大家马上展开了行动。

李南从门口探头望去，左边靠墙有几个电台，几个人正在那儿发报。一个中等个子留着满脸络腮胡，手里拿着教鞭，大声地吼叫着什么。正面整齐地摆放着十几支AK-47。右边看起来像是一个简易的医务室，摆着几张病床、一些氧气瓶和几个简易的医用架子。整个大厅里只有六个人在巡逻。杨忠良将头缩了回来，靠在墙上思考着。他心里盘算了一下，一共只有十五个人，只有先开枪干掉六个巡逻的。因为一般情况下，在这种大厅里，巡逻的才是真正受过武装训练的，而那些发报和医务人员专业性比较强，在武装战斗训练方面相对要弱一点儿。所以只要先搞掉巡逻的匪徒，其他人当不足为惧。李南和江南啸看上去很兴奋的样子。这几个匪徒对他们来说刚刚好，不多也不少，好对付。

几人简单地商量了一下，决定由杨忠良先打掉那个拿着教鞭的家伙，然后再打剩下的几个巡逻的匪徒。其他人直接打那几个巡逻的。干掉巡逻兵以后，江南啸和李南冲进去，杨忠良负责在外面警戒。商量好后，马上展开行动。

杨忠良开的第一枪，拿教鞭的家伙应声倒地。与此同时，李南和江南啸的枪也响起，那几个巡逻的匪徒还没打开枪的保险就被送上了西天。其他的匪徒听到枪声后，都慌乱起来。几个发报的家伙赶紧躲到了发报机的底下。李南和杨忠良迅速地冲了进去。李南对着左边躲在发报机底下的匪徒说道："把手举起来。"这几个发报的匪徒听得懂李南说的普通话，乖乖地把手举了起来。杨忠良往右，同样擒获了那几个医务人员。

这时突然门外一声枪响。杨忠良和李南敏捷地弯腰转身，却发现是郑程功开的枪。刚想发作，却发现在杨忠良背后一个拿着枪的匪徒应声倒地。杨忠良站起来，向郑程功竖了个大拇指。郑程功则神色严峻地向他歪了一下头，意思是后面还有人。杨忠良当然知道他的意思，马上向他歪头的方向闪。同时两声枪响，那个匪徒被郑程功爆头，郑程功则右肩膀中弹。

"小郑。"杨忠良愤怒了，虽然他们相识仅有短短的几天，但是俨然已经把他当成了自己的生死兄弟。

郑程功肩膀上的血不停地往外流，但是他还是努力地端起枪。因为现在只有他知道，医务室靠里边的位置还有一个通道，被他打死的那两个家伙就是从那里出来的。

杨忠良也发现了那里有一扇门，于是不顾一切地冲了过去，果然里面还有一扇门。此时的李南和郑程功知道里面很危险，但是对于失去理智的人来说，思考能力有时候是零。但是他们不可能看着杨忠良去送死啊，于是都飞快地冲过去，想要制止他，但是已经迟了，杨忠良已经冲了进去，郑程功和李南紧随其后。

里面别有洞天，靠门的右边有几个穿着白大褂戴着口罩的人，站在放满量杯等化学仪器和设备的旁边正在忙碌着。靠门的左边摆着几大瓶的工业氧气和乙炔，凭感觉他们是在造什么见不得人的东西。

门对面摆着一张桌子，上面坐着一个穿西装系领带的家伙。看样子他就是这个基地的头目。旁边站着十几个荷枪实弹的匪徒。杨忠良已经被他们抓住了，五六支黑洞洞的枪口正对着他。李南等人一进去，便有十几支枪对准了他们，旁边冲过来一个人把他们俩的枪都缴下了。

“我会见过很多客人，不过还是第一次用这种方式。看起来很不礼貌，不过这是为接待那些不客气的客人而定的……”那个穿西装的基地头目说道。

郑程功没有理会他，而是向左跨了一步，说道：“外面有一个团的人已经将你们包围了，你以后还会有更加不一样的接待客人的方式。”他之所以向左跨一步，就是为了让自己的手可以触摸到乙炔瓶的开关。

郑程功趁对方不注意，悄悄地拧开了乙炔瓶的开关。

“孩子，我已经不止十次被军队和警察围攻。其中包括 M 国、Y 国的特种部队，等等。但是你应该看得出来，我现在还是好好的。”基地头目得意地说道。

“我佩服你的处变不惊。”

“坦率地说，第一次的时候很害怕。但是你知道，什么事情只要习惯了就好。你说呢，我的朋友。”

“对，习惯了监狱也一样。”

“你说的话和你说话的语气真不讨人喜欢。”

“是的，我做的事情更不讨你喜欢。”

“这一点已经领教了，就像你也领教了我所做的事情一样，我想你也不喜欢我做的事情，包括我接待客人的方式。”

“是的，我做客人的方式你也不喜欢。比如未经你的允许，把你的乙炔的开关打开。”郑程功说这话的时候，那头目愣了一下，然后还是装作若无其事的样子说道：“你真的不是一个受欢迎的客人，因为你很没礼貌。”

“对此，我很抱歉。”“抱歉”两个字还没说完的时候，郑程功挥起拳头朝右边拿枪的家伙猛地就是一拳。

“别开枪。”那基地头目看见郑程功动手以后，马上就大声喊道。旁边的手下朝他看了看，有些不知所措。

那头目继续说道：“他打开了乙炔瓶子，一开枪都玩完。给我一拳一拳打死他。”

就在那头目正说着的时候，李南也反应过来了，右脚一记侧踹把右边的匪徒踢飞了出去，连着后面的几个匪徒也被一起踢翻在地。杨忠良的反应也不比李南慢，转身抓住右边匪徒的枪，然后一脚踢中他的小腹，再转身一个过肩摔将他摔在左边匪徒的身上，将左边的匪徒也压倒在地上。

郑程功的格斗功夫稍差一点儿，不过反应很快，因为在拧开乙炔瓶开关的时候，他已经有准备了。两把匕首拿在手里，招招索命，刀刀杀机。不过他毕竟身受重伤，右肩膀的伤口还在不停地往外流血。一阵剧烈运动后，血又加速往外流。流血过多，头便开始昏迷。一时没注意，头上被后面的匪徒打了一枪托，脑袋一阵眩晕，左手条件反射地往后一刀，那个拿枪托砸他的匪徒显然没想到他还会反击。刚想上去再给他致命一击的时候，肚子被他一刀刺中，划出这一刀后，郑程功又马上转过身，一刀朝他的心脏直接刺了过去。这一刀已经用尽了他所有的力气。刺出后，他自己也不知道有没有刺中，眼睛已经闭上了。疲劳，严重失血，再加上头部被重重击了一枪托。他再也撑不住了，一个人的体能一旦超出了极限，就算再顽强也是突破不了这个自然法则的。

郑程功的身体开始慢慢地朝那个匪徒倒去，手还是紧紧地握着匕首。这是他的武器，即便是死也不会松开。这是一个真正的军人最起码的素质。

那匪徒，见郑程功的匕首刺过来，轻轻地向后一退，他以为这点儿距离足可以躲开对方的匕首了。哪知道，这一刀刺出就没打算收回，也没力气收回，所以匕首还是刺进了他的胸口。要不是匪徒及时拿手挡一下，这一刀能要了他的命。

匪徒想夺下郑程功的匕首，因为匕首多少有点刺进了他的胸口。拔出匕首，血会流得更快，虽然军用匕首的放血速度很快，但是它毕竟不像三棱刺刀，匕首插在身体里的时候放血速度还是要慢很多。

但是郑程功哪里会放手，即便现在他已经失去了知觉。但是在他手里的武器，直到死也不可能会松开。匪徒见松不开他的手，就坐下来把他平放在地上，用手一个指头一个指头把他的手掰开。掰开后，又在郑程功的头上和腰上猛踢了几脚，还不解恨，又抽出刀在他的肚子上狠狠地刺了一刀。

那匪徒确定郑程功已经不动了，才又去对付李南。李南回头一看郑程功躺在地上，已经一动不动了，肚子还在流血。顿时怒从心起，抓住一个正拿着弯刀向他砍来的匪徒的手，在他太阳穴上猛击一拳，然后又用臂弯抱紧对方的头，满脸怒火地用力一拧。只听咔嚓一声，匪徒的脖子硬生生地被他拧断了。

这一次他真的愤怒了，像一头公牛一样咆哮着，直接朝郑程功的位置冲去，无人能挡，虽然身上还是被砍了几刀，血不断地往外流，但都没有砍到他的要害，一个愤怒到了极点的人是不怕痛的。现在他的心里只有一个信念，那就是要救出郑程功这个生死兄弟。这时又有几个匪徒从正面向他挥刀砍来，他左闪右挡，本来这几个匪徒他还不放在眼里，只是现在一心想着要救郑程功，不想与他们缠斗，于是大叫了一声："杨忠良，帮我。"

杨忠良此时正被五六个匪徒围着，一时也是分身乏术。但是听到李南的吼声后，也不顾身上被匪徒砸几枪踢几脚了。只见他矮下身一个扫堂腿，逼开身边的匪徒后，转身就朝李南这边跑来。背上被紧随而来的匪徒连砍了几刀，血立即洇红了他的衣服，此时的他也顾不得疼痛，一脚踢中了前面挡住他去路的匪徒的下巴，那个匪徒应声倒地。然后他又一个箭步足足冲出了三米多远，接着一个旋风腿将围在李南身边的匪徒逼退。李南看见杨忠良来了，马上闪身跳到了郑程功的身边，将他扶了起来。他没有呼唤郑程功的名字，只是眼角渗出了几颗泪，用衣服将他正在流血的伤口包扎了起来。李南刚帮郑程功包扎好伤口，正在用腰带将他跟自己绑在一起，他要背着郑程功作战，他不想让郑程功一个人躺在这里，因为他不能看着自己的兄弟一个人躺在这里，那样就算被人打死，他的眼睛可能也永远都睁不开了，人在将自己最大的潜能激发出来以后，一旦神经立马松懈，各器官都会停止工作，因为大脑缺氧而死，所以必须让自己的神经继续绷紧。

杨忠良看见一个匪徒想用刀刺向李南的腰部，但是已经来不及阻止。他纵身一跃，整个人横飞出去，用自己的身体挡住了李南，匪徒的刀刺进了杨忠良的肚子。杨忠良只感觉到一口甜甜的腥味涌上喉咙，接着喷在那个匪徒的脸上。

李南背好郑程功后，转过身轻声但有力地对郑程功说了句：“兄弟，我们共同作战。”

这种情感是没经历过这种生活的人所无法理解和体会的。有时候可能宁愿牺牲自己，也不想看见自己的战友死在自己面前。一条命的消逝可能只需要零点几秒，但是活着的人却一辈子都不能忘怀。这是经历了生与死考验出来的战友之情。

杨忠良中了匪徒一刀，使出最后的力气一脚将那个匪徒踹飞后，一时支撑不住，捂着正在喷血的肚子跪倒在地上。两个匪徒立马又挥刀砍来，李南用脚钩起一把枪，横着朝那两个匪徒踢去，挡开了那两个匪徒的进攻，紧接着又用脚从地上钩起一把刀，划出一个大圆弧，逼开了冲上来的几个匪徒。紧跟着伸出右手扶起了杨忠良，问了声：“还顶得住吗?”杨忠良吃力地站了起来，用衣服系住了正往外流出来的内脏，咬着牙，全身颤抖地说道：“没……没问题。”

“好，是条汉子，那就来吧，我们兄弟一起收拾这帮狗娘养的杂种。”

“来。”杨忠良用尽全力大声地吼了起来。

整群的匪徒向他们围攻过来，他们俩背靠背而战。这看上去是一个最简单实用的队形，其实却需要对自己同伴的绝对信任才能配合得好，这就是团队精神最简单的诠释。

匪徒向他们围攻过来，杨忠良抓住其中一个，朝他裆部猛踢一脚，然后稍稍转身左手握住匪徒拿刀的右手，右手一记直拳打在匪徒脸上的三角部位，收拳时顺势夺下了匪徒手里的刀。紧接着又重新转了回来，转身的同时右手拿刀从左到右一个横扫千军挡开了向他砍来的其他几个匪徒的刀。接住刚扫回来的刀，又从右到左、自上而下猛砍下来。一个匪徒的手腕被活生生地削了下来，伴随着一声惨叫，一股鲜血直接喷了出来。

李南在格斗中只受了点轻伤，加上刀法又好，已经有好几个匪徒成了他的刀下鬼。匪徒们看着这两个浑身都是血的家伙居然还能有如此强悍的战斗力，似乎一时被震住了，只团团围着却不敢继续攻击。

“李南，你怕吗?”杨忠良平静地说道，平静得让人怀疑这根本不是在进行一场生死厮杀，而像是在参加朋友的聚会。

“怕。”回答同样平静，“我怕郑程功撑不下去。”

“你就——你就不怕你自己会牺牲?”

“牺牲？我会死在这群杂种手里？你也太小看我了。”

“我知道你不会，因为还有一个秘密你不知道。”

“什么?”

“现在不是说话的时候，等回去了再告诉你。”

李南知道，杨忠良是想用这种手段支撑他活下去，于是转过身去说道："郑程功，听到没有，你狗日的可要撑下去啊，要不这个秘密你是没机会知道了。"

"给我上，把他们撕成肉片喂狗。"那基地头目狂哮道。

匪徒们听到他的命令，又围攻上来。杨忠良双手紧握弯刀。横砍，斜劈，直刺。他身上的血痕越来越多，在他面前的尸体也越来越多。

李南右手拿刀，大声地说道："郑程功，我帮你完成你的指标。"说完，刀舞飞花，寒光闪烁。

那基地头目一看势头不对，想偷偷地溜走。刚要出门的时候，李南眼疾手快，一刀飞在了门框上，把那头目给吓住了。

仅有的几个匪徒交给了杨忠良。杨忠良丝毫不放在眼里，但见他腾出一只手捂住肚子，另一只手持刀横砍竖劈，势不可当。

李南则一把抓住那头目往外拖去，一脚踢在他的膝关节处，咔嚓一声关节立刻碎裂，头目惨叫一声跪倒在地上，马上举起手求饶："别杀我，别杀我，我投降。"

"妈的，杂种，杀你，他妈的还脏了老子的手。"李南几乎是吼出来的。

"谢谢英雄，谢谢英雄。"

"不过，你得先给我兄弟磕几个响头。"

"是是是，我磕头，我磕头。"

杨忠良也已经收拾了里面的几个匪徒，跌跌撞撞地扶着墙出来了，看见那头目在给郑程功磕头。自己只好靠在墙上，双手捂着肚子，满身是血，和着汗水往地上滴，脸上带着疲惫的笑，虚弱地说道："喂，有烟不？"

李南看看他，骂道："你嘴里抽进去，肚子里直接出来了，还抽烟？"

这时外面传来了杂乱的脚步声。

"你小子等着吧，到时候告你一个抢劫香烟罪。"

“不许动，不许动。”袁帅他们已经搞定其他的恐怖分子赶到了。人还没到，声音已经传了进来。

“动不了，等着急救呢，快叫担架，要不叫导演。”李南大声地说道。

“叫什么？”

“导演啊。”

“这干他妈的导演球事啊？”

“妈的，你狗日的不看电视啊，导演总是能让一个快死的人完成不可能完成的任务，叫他把郑程功给导活了。”

“哈哈……哈……哈哈哈，你是看我肠子还连着想笑断它是吧？”

那边的战友已经在忙着制作简易担架，抓俘虏。

这边两个人正有一句没一句地开着自认为很好笑的笑话，其实是互相支撑着让自己的意识不停地运转，因为只有这样，才能争取获救的时间。

袁帅着急地在找什么东西，李南奇怪地问道：“袁帅，你在找什么呢？”

“少了一个人！”袁帅严肃地说道。

“啊？”李南惊讶地问道，“谁？”

“这里的人都是境内的恐怖分子，那个从悬崖上跳下来的家伙呢？”袁帅焦急地问道。

“他不在这里吗？”李南也着急了。

“找不到，洞里全部搜索了，没有。”袁帅说道。

“跑了？”

“妈的，他太狡猾了，绝不能让他跑了。李南，这里交给你了，我去追他们。”袁帅说完叫上江南啸和邱俊红就往洞口外面跑去。

此时，刚好包封的部队也到了，袁帅向包封要了辆车就向市区开去。

袁帅把车子开得装上俩翅膀就可以飞起来了。按他的话说，恨不得把油门踩到油箱里。车子所到之处一路扬尘。

车飞驰在公路上，两边绿的黄的景色如流动的油画，随着风声呼啸而过。

忽然，砰……嗒嗒嗒，传来几声枪响。

枪声沉闷而又刺耳，划破这美丽的油画。一群不知名的飞鸟从林子里惊吓得扑扇着翅膀飞向如洗的蓝天。

匪徒已经在这树林里设了埋伏。虽然车子的引擎和两边的风声掩盖掉了大部分的枪声，但是邱俊红还是听出来了，这是美制 QH-50H9.6 毫米半自动中型狙击步枪的枪声。这种枪是美国 20 世纪 90 年代初研制成功并投放特种部队的狙击枪，填弹十发，子弹是专用的。所以只有制造这枪的公司本身才有子弹，也就是说他们的手里绝对不会超过十发子弹。这枪是怎么来的暂且不管，可以肯定的是，他们手里的子弹不会超过十颗。看来这次他们是下了血本了。

子弹并没有伤着他们当中的任何一个人。车开得这么快，连邱俊红都没有把握一枪命中。但是敌人在暗，而他们在明，情势十分危急。

第十一章　钢铁侠

“小心前面。”

正当袁帅在寻找敌人位置的时候，前面一辆挖掘机从树林里隆隆地驶了出来。在前方不到三十米的位置横在了路边。袁帅连忙一脚刹车，然后向左打了半圈方向，再猛拉手刹，车子甩尾。车速明显放慢。

“跳。”袁帅大叫一声，同时跳下车，双脚屈膝着地后就地打滚以减缓着地的力度，防止受伤，右手从腰间掏出手枪，呈卧姿瞄准挖掘机的驾驶室。这是经过无数次训练的动作。邱俊红和江南啸听到袁帅的叫声后几乎同时从两边跳下车，也是右手持枪对准挖掘机的驾驶室。

而在他们跳车的时候，挖掘机驾驶室已经伸出两支黑洞洞的AK-47的枪口。在他们瞄准的同时子弹已经喷射而出，地上溅起点点的尘土。袁帅的大腿中弹，鲜血马上就洇红了他的迷彩裤。

江南啸看见袁帅身上挂彩了，忙问道：“队长，你没事吧？”

“没事，你自己小心，妈的，这该死的枪法太菜了，只打大腿。”袁帅说着，拖着受伤的腿向车头爬去，依靠车作为掩体，坐起来靠在车头上，撕下一块衣服将流血的伤口包扎了起来，咬紧牙关用力系紧，以减缓血流出的速度。扎好后，靠着车子的身体慢慢地向左边移动着，探出头去看匪徒所在的位置。看到匪徒的枪正朝着邱俊红和江南啸疯狂地扫射，袁帅背靠地，头上仰，双手握着枪，靠两只脚左右不断地在地上用力蹬着，身体跟蛇一样游动起来，匪徒一时无法瞄准他。

忽然听不到 AK-47 清脆的枪声了，直觉告诉袁帅，匪徒在换子弹，他抓住这个机会瞄准其中一个已经换好弹夹但是没来得及拉枪栓的家伙开枪射击，子弹穿过玻璃命中那家伙的右眼。那家伙立即向后倒去，血喷洒在挖掘机的挡风玻璃上。正当他想朝另外一个家伙开枪的时候，突然听到身后传来了隆隆的卡车声音。扭头一看，一辆重型卡车正飞驰着向他撞过来，离他仅仅只有几米远了。刚才由于激烈的枪声他没听到卡车的声音。闪，已经来不及了。轰的一声卡车撞在了吉普车上。邱俊红回头看袁帅没有跑出来，大声地叫着他的名字，但是又不能跑过来。多年的狙击手生涯早已经练成了他处变不惊的性格，他一旦跑动，非但救不了袁帅，自己也有可能搭上一条命。他只能不停地匍匐着变换位置，伺机钻到匪徒的射击死角躲避子弹寻找机会开枪。他很快钻到了挖掘机的履带前面。这是一个射击死角。但是凶残的匪徒开动了挖掘机，直接朝他碾去。邱俊红就地一滚躲开了履带，但是因为挖掘机开得太突然了，他的脚趾被挖掘机碾过去了，生生地被轧成了肉饼。他几乎听到了自己骨头碎裂的声音。挖掘机的履带有两米多长，他想抽出被轧着的脚，但是被轧断的脚趾还是牢牢地跟脚掌生长在一起，任他怎么忍住剧痛使劲地往外拉，还是动不了分毫。而匪徒冷笑着将罪恶的枪口瞄准了他。邱俊红还没发现瞄准他的枪口，只是使劲地往外拉他的脚趾。这时江南啸枪里的子弹已经用完，再重新上弹夹开枪已经来不及了。看着黑洞洞的枪口，他几乎想闭上眼睛，不忍看着战友死在自己的面前而无能为力。就在他痛苦地闭上眼睛的时候，忽然想到了什么，大声地叫了起来，几乎喊破了声带。

刚想开枪的匪徒突然听到他们组织的口号声，想着这里怎么会有组织的口号呢，于是朝着吼声的方向看了一眼。

这一声吼不光让正想开枪的匪徒大吃一惊，也吼醒了邱俊红。趁着匪徒朝江南啸看的那一瞬间，举枪，瞄准，扣动扳机，动作一气呵成。子弹直指匪徒的眉心，开出一朵漂亮的血花。狙击手就是狙击手，万分危急的时候，射出的子弹一样是弹无虚发。

看见自己的同伙被枪杀了，挖掘机里剩下的唯一一个匪徒发狂般地朝着邱俊红开枪。不过这时候江南啸已经换好弹夹，一连串地点射，将那家伙打得脑浆迸出，血花纷飞。

搞定了挖掘机上的匪徒后，邱俊红担心地朝刚才卡车的方向看去。此时的卡车已经倒完车，又朝他们撞去。邱俊红的脚还压在挖掘机的履带下面，根本躲不开，只好连续朝卡车司机开枪。无奈他所在的位置太低，而卡车又太高了，根本没有弹道。卡车还是快速地朝他撞来，情急之下他只好平躺在地上。砰的一声巨响，卡车与挖掘机的履带撞在了一起，而卡车在跟邱俊红的额头仅剩两厘米的距离时，终于停了下来。邱俊红在卡车下面大口地喘着气。可能是被刚才的场面吓出来的，也有可能是脚趾的血流得太多，加速了他的心脏跳动。他正大口地喘着气，却无意间看见了让他想大声笑出来的一幕：袁帅正紧紧地抓着卡车工具箱的支架努力地往上爬。

邱俊红会心地笑了出来，虽然脚趾传来的痛仍然让他窒息。

卡车没撞到邱俊红，匪徒马上倒车企图转弯用车轮碾他。这时江南啸飞身爬上挖掘机，子弹在挖掘机的门框上溅出火花。江南啸此时可没顾上自己的安全，连躲都没躲，左手拉起操纵杆往上拉，挖掘机的斗慢慢地向左边转过来。同时他将左边的操纵杆向左推，右手的操纵杆往下压。一面用挖掘机的斗挡住邱俊红，以挡住卡车上的火力，一面用挖掘机斗支撑起挖掘机左边的履带，让邱俊红可以爬出来。邱俊红当然会抓住这个唯一的机会，拖着已经被轧成肉泥的脚趾，咬紧牙齿，拳头握得咯咯响，豆大的汗珠直往下掉，但是嘴里没有哼一声。

那大卡车里的匪徒，见挖掘机挡住了他们，就从车窗里扔出了个手榴弹，直接朝江南啸的挖掘机玻璃上扔了进去。眼看手榴弹已经扔进了驾驶室，邱俊红眼睛都直了，心想："江南啸这下完了。"但是邱俊红太小看江南啸了，就在炸弹飞进驾驶室的刹那，江南啸双脚蹬地，在挖掘机狭窄的空间里，蜷缩着身体，拔地而起，当双脚跳到座椅高度的时候，双腿在座椅的靠背上用力一蹬，头朝挡风玻璃外，身体猛地一弹，借助腿的蹬力和蜷曲的身体弹直的惯性，身体朝挡风玻璃外弹射般腾空飞出。整个动作潇洒飘逸，完成时间不超过两秒钟。就在他弹出驾驶室的时候，炸弹爆炸的气流又将他整个人继续往外掀。

"这次是任由他有飞天的能力也逃不过这一劫了。"邱俊红这么想，但是他还是期望奇迹能够发生。

江南啸这次还是没让邱俊红失望，只见他在失重的情况下，身体马上就要撞到挖掘机的斗上时，他的左手在挖掘机的斗壁上用力一拍，整个身子朝右上方飞去，转了个身后，右脚直接朝卡车驾驶室的驾驶员踢去。

"狗日的，神了。"在这种情况下江南啸居然可以借助炸弹爆炸时气流的力量化险为夷，继续进攻。要不是亲眼所见，邱俊红是无论如何也不会相信的。哪怕自己是个特种兵也很难想象世界上会有如此头脑冷静、身手敏捷的人。要知道，整个动作只要有一丝一毫的偏差，一条命就算交代了。

那大卡车上的匪徒显然也是被这精彩的动作给震呆了，眼看着江南啸在空中转了个圈后双脚直朝他们踢过来，却忘记了开枪。当反应过来想要开枪的时候，江南啸的左脚已经踢在了他的喉咙上，一口鲜血喷在江南啸的左脚上。右边的匪徒刚想开枪，江南啸的右脚立马横扫过来，一脚扫在他的太阳穴上，他的脑袋重重地撞在驾驶室的后板上，脑浆四溅。副驾驶上的匪徒企图跳车逃跑，被刚好爬出来的袁帅拉住脑袋，脖子被车门狠狠地挤住，立马断气了。把人拉下车后，袁帅迅速地爬上车，江南啸发动卡车，绕过挖掘机，袁帅开着车门，侧身弯腰拉住邱俊红的手，猛地一提，邱俊红双脚脚跟蹬地，借助袁帅的力气飞身上车，动作也是行云流水，漂亮至极。不过跟刚才江南啸匪夷所思的动作比起来还是有天壤之别。邱俊红上车后，跟江南啸打了个照面，互相点了下头。江南啸从邱俊红的眼睛里看到了感激、信任还有佩服，一个团队是需要信任与合作的。

“江南啸，把油门踩进油箱里，我们刚才浪费了十分钟。”袁帅提醒道。

“明白。”江南啸说着一脚将油门踩到底，车子发出了野兽般的闷吼，一路尘土飞扬。

邱俊红从车上翻出了一些绷带和碘酒，将压得已经血肉模糊的脚趾包了起来。

“邱俊红，你还能撑得住吗?”袁帅关切地问道。

“你还是先管好你自己的伤吧，你的血飙得比这车子还快。”邱俊红“反击”道。

“我的伤好受，你的就不好受了，加点儿味精加点儿盐都可以包饺子了。”

“那你……就……去把……孙二娘的包子店改成饺子店吧，老子脚趾伤了还有脚后跟呢，照样能蹦，看你狗日的大腿中弹了能不能用脑袋蹦。”邱俊红咬着牙扎紧了他那摊肉泥。

“靠，用脑袋？妈的，这车子连个挡风玻璃都没有，把老子的发型都搞乱了。”

“小心，坐稳了。”江南啸叫道。

“怎么了?”

“后面有车。”

袁帅和邱俊红几乎同时转过头朝着驾驶室的后玻璃窗看去，果然后面有几辆军用卡车追着他们，速度很快。

“是不是包封派来支援我们的啊？”

“军车的牌照是蓝的吗？”

袁帅再回头仔细地看了看，果然是蓝牌照，而且驾驶室的人还扛着一枚火箭炮，不禁紧张地说道：“糟了，他们有火箭炮。”

“我知道，坐稳了。”江南啸一副运筹帷幄的样子。

袁帅他们都知道，这时候不管他有几分把握，都不能够再去打扰他了。袁帅在想，如果是自己开车的话，一定也会做出一些危险性的动作。此时他只能紧紧地握着拳头，他不怕在战场上遇见千军万马，因为对他来说那是可见性危险，可以躲避，可以先敌出击，可以随心所欲地控制自己的身体，可以有无数种化险为夷的方式。而在一辆大笨车里，要操控一辆车子来躲避重武器，恐怕就不是那么随心所欲了，虽然他们都有着一流的驾驶技术。

“轰。”火箭炮拖着长长的火舌向他们飞射过来。

“坐稳。”只看见江南啸猛松油门，右打方向再猛踩油门，换低挡，连离合器也不用踩。猛踩油门，再松油门，这时候变速箱的齿轮刚好暂时脱离发动机的牵引，就跟踩离合器是一样的，只不过省去了踩离合器的时间。

这时车已经转弯，而车速也已经慢了下来。虽然说踩刹车也可以降低速度，但是踩刹车转弯以后要再加速还是要换挡，那就耽误时间了。低挡位减速虽然对车的损耗比较大，但是在这种危难关头谁还会去顾车呢？

火箭炮没有射中他们，从驾驶室旁擦身而过。

邱俊红大呼了一口气，说道:“真是太险了，要是能把这个场面拍下来，那真是为中国的电影事业做贡献了，每次看了好莱坞的电影再看国产电影就是一肚子气。不过好莱坞的电影特技就是做得再好，也没这个好，这可是真实版的。”

后面的匪徒想不到他们会来这一手，就像刚看了一场火爆的好莱坞精彩动作片一样。匪徒想要再重新填装火箭弹已经来不及了，因为迎面而来的车已经快要撞到卡车的车厢了。

袁帅他们迅速地拿着武器从车上跳了下来，袁帅还好，腿上虽然中弹了，但是这点儿伤对他来说实在算不上什么。邱俊红就有点不好受了，就像袁帅说的加点儿味精加点儿盐就可以当水饺馅了。他落地的时候只能用脚后跟支撑，因为缓冲不够，不得已他还是用脚尖落地，痛得他直冒冷汗，只好半躺在地上，将受伤的腿平放在地上，端起枪就向匪徒开火。

那匪徒显然也是经过特殊训练的。看到他们跳车以后，也从车上直接跳了出来。后面跳车的匪徒在落地之前还向邱俊红扔了颗手榴弹。

邱俊红本来最擅长的就不是格斗，再加上他的脚受了重伤，再想躲避这颗手榴弹对他来说，已经几乎不可能了。他也干脆不躲避，朝着扔手榴弹的匪徒直接开枪。那匪徒没想到会有这么不要命的人，因此没有丝毫防备，脚刚着地就做了邱俊红的枪下鬼。

“妈的，想炸死老子，老子先让你垫底。”那一刻邱俊红真的没想其他的，他也来不及想。就在他等待着死亡的时候，袁帅从他身后飞起一脚将手榴弹踢飞了，手榴弹在离他们大概十几米的地方爆炸了。袁帅踢飞手榴弹的同时，江南啸拉着邱俊红的衣领往卡车后面躲去。袁帅又朝匪徒扫了一梭子子弹，也迅速闪到了卡车后面。

他们配合的默契程度让人目瞪口呆。中国特种兵真正的厉害之处并不单单是他们强悍的单兵作战能力，更多的是战友之间的配合。这一点跟西方的作战观念完全不同，西方国家主要讲究的是个人作战能力。他们在训练的时候是绝对不允许战友之间互相帮忙的。因为他们认为真正的战争中，战友不可能会替你去死。而他们忽略的是，战争中你的战友是不可能替你去死，但是可以帮着你活下去。

这也就是在“爱尔纳·突击”国际侦察兵比武的时候，中国特种兵强强配合，五个人“牺牲”自己力保一个战友突围而使其他军队震惊的原因，而那次比赛以后，很多西方国家的军队开始改变自己以往的作战理念。

将邱俊红拉到卡车后面后，没有任何话语，江南啸在右边，袁帅在左边，邱俊红在车底，没有任何指挥，大家各自就近选择作战掩体对匪徒展开攻击。

卡车的车厢里下来一大群人，疯狂地向他们冲来，全然不顾自己的性命。

子弹，只在一瞬间就用完了。记得一位将军说过一句话：任何的高精尖武器在战争后期都会消耗殆尽，而唯有必胜的信念和顽强的意志才是赢得战争的真正利器。现在虽然谈不上什么高精尖，但是三个人有两个重伤员，面对着一群如狼似虎、嗜血如命的匪徒没有超强的胆识和意志是肯定撑不住的。

几十个匪徒扔掉已经打完子弹的枪，拔出弯刀，张牙舞爪地冲了上来。袁帅一个“旱地拔葱”身子腾空而起，左脚踩在第二个匪徒的肩膀上，右脚狠狠地劈在第三排匪徒的天灵盖上。这一脚如泰山压顶，只听见咔嚓一声，那家伙脑后的脊椎骨断裂，跟一堆烂泥一样瘫倒在地。

“好功夫！”江南啸暗暗叫道。那匪徒扔掉手中的刀双手捂着咽喉痛苦地发出呜呜的声音。袁帅毫不犹豫地继续一脚踹在他的腰部，将他踢飞了起来。这时右边的匪徒一刀直接捅了过来，同时左边的匪徒也一脚踢了过来。袁帅闪身躲开刀，背朝拿刀捅他的匪徒，左脚退步，右手钳住刀背用力一拉再往前一送，刀就捅进了另一个匪徒的肚子。拿刀的匪徒还没反应过来，袁帅往左闪头，右脚“朝天一炷香”，直接一脚踢在他的额头上。袁帅紧接着一个过肩摔，将他摔出三米多远，直接砸在了卡车上，一命呜呼。

邱俊红可没他们这么好的身手，更何况他脚伤得站立都有困难。他玩得最好的是枪，虽然AK-47里的子弹打完了，可他还留着手枪哪。看看袁帅和江南啸哪个危险了，就放个冷枪。

袁帅闪躲腾挪，指东打西，步伐轻盈，动作快如灵猴，猛如蛟龙。不一会儿，这些匪徒就被他们收拾了。

“看看，那家伙在不在?”袁帅说道。

“我早就看见了。”邱俊红说道。

“在哪里?”袁帅问道。

邱俊红朝第二辆军车指了指，说道:“已经被我爆头了。”

袁帅过去看了看，点了点头说道:“这下，我放心了。”然后转过身说道，“走了，直接去医院。”

“妈的，这一会儿都换第三辆车了，搞得跟试驾会一样。”邱俊红因为脚痛爬上爬下爬得他有点郁闷。

“你要不愿意换，你跑步前进好了，我没意见的。”江南啸说道。

邱俊红白了他一眼，努力地想找一个舒服的地方把脚搁一下。

手术室门口，双眼布满血丝一脸疲惫的包封不停地来回踱着步，时而抬头看看三个手术室上方亮着的灯。已经四个小时过去了，手术室的灯依然是刺眼的红色。他的心被紧紧地揪着。

忽然叮的一声，中间手术室的灯变成了绿色。接着，李南被推出了手术室。

“医生，怎么样?”包封几乎是跳到推车边上的。

医生摘下口罩说道："手术很成功，病人身上一共有 27 处刀伤和一处枪伤，幸好都没有伤到要害。只是病人的身体很虚弱，需要好好调养。"

六个小时后，杨忠良也被推出了手术室。他的情况比较严重，虽然已经脱离了生命危险，但是身体各器官开始衰竭，需要重症护理。

七个小时后，郑程功也被推出了手术室，他的情况跟杨忠良一样，需要重症护理。

一听到暂时脱离危险，所有人都长呼一口气，瘫软地倒在地上。

这是到目前为止他们打得最为艰苦的一场战斗了，也是牺牲战友最多的一次。他们这才真正了解到战争的残酷，越是了解战争的残酷就越是害怕战争，越是害怕战争就越要准备战争，只有准备好战争才能制止战争发生在自己身上。

有些职业一旦选择了，就离不开了，离开自己都觉得是耻辱，除非有一天你离开了这个世界。比如军人这个职业，因为了解了战争的残酷而离开军队，实际上就是一种懦弱；因为惧怕战争而逃离，让别人去承受战争的残酷，就是一种自私……

这些话是袁帅写给玉柔的，因为袁帅知道他已经离不开部队了，但是他又不想让自己心爱的女人为自己担惊受怕。战争的残酷不是一个女人可以想象得到的。

战争请女人离开。

全数消灭"基地"最精锐恐怖分子的消息不胫而走。这个在神出鬼没，连三角洲特种部队都为之头疼的精锐恐怖分子在中国被全数歼灭。一时间全世界特种部队都对中国"闪电剑"特种大队刮目相看。

M 国反恐司令部，少将司令威尔·琼斯在得到消息的第三天访问中国，并强烈要求看望歼灭这伙恐怖分子的队员。

军部给袁帅他们颁发了荣誉勋章，而袁帅、王晨龙、张启鹏和江南啸等人只是淡然地喝着酒，他们将军功章挂在了王远见的墓碑上，大口喝酒，放声痛哭。

一个月后，李南和杨忠良伤愈归队休养。这一次他们再也不像以前一样放肆地、没心没肺地喝酒了。王远见的离去犹如一把锋利的刀在他们的心里划下了深深的印痕，每次吃饭的时候，看着旁边本应该属于王远见的座位空荡荡的，睡觉时看着叠得整整齐齐的被子，心里有一种被掏空的感觉，是一种被人捂着嘴巴在心里狠狠地捅了一刀，连喊都喊不出声的感觉。

“和平就是当别人拿枪指着你的脑袋的时候，你也拿刀架着他的脖子。我们曾经被无数人拿枪指着我们的脑袋，可是我们只是给人家下跪，换来的却是更多的人拿枪指着我们。后来我们有刀了，那就是我们的血肉长城。现在我们也有刀，那就是我们的铁血军魂。你们就是旗帜，只要旗帜还飘扬着，我们就可以无往而不利……”军长在全队官兵面前激情地夸奖着“闪电剑”。

而袁帅他们都是一脸的平静，就像一位将军说过的——我这一生打过无数次仗，不敢妄谈胜利，只求每次自己的部下都可以活着回来。袁帅虽然没有打过无数次仗，也没有将军军衔，但是他一样是一个有血有肉的男人，他也一样希望自己的部下每次去执行任务后都能活着回来。

袁帅的想法恰恰跟军长在大会上的表扬相反，军长认为这次虽然消灭了恐怖分子，对M国军队也起到了威慑作用，但是这一次他们依然是对付一群装备不如自己的匪徒，这一次的战斗对于对付数字化部队几乎没有任何作用，如果非要说有收获的话，那就是那些新加入的队员有了战场经验，他们这次的表现非常出色，也间接证明了袁帅的训练方式是有效果的。

司令员对他们这次的行动给予了高度评价。两天后，司令员在袁帅的带领下亲自来到集团军医院看望受伤的杨忠良和郑程功。

军长照例设宴为袁帅他们16名队员庆功，并将袁帅拉到一边，神秘地说道："小伙子，我私下了解了你的一些情况，该考虑考虑自己的个人问题了。听说……"

军长的样子根本不像是一个少将，倒像是一个老顽童的父亲对儿子的表情。

袁帅黯然地说道："谢谢首长，我们已经分手了。"

军长大吃一惊："分手了？为什么？"

袁帅没有吭声，心里隐隐作痛。他是多么爱玉柔，但是有时候越是爱一个人越是怕她受伤。

袁帅很清楚自己的职业，随时都面临着死亡。他是一个理性多于感性的人，所以他不希望自己自私的爱给玉柔带来永远的痛。

"玉柔这姑娘不错，你不觉得分手很可惜吗？"军长见袁帅一声不吭，继续说道。

"首长，我是一个军人。"袁帅低下头，不停地眨着眼睛说道。

"扯淡，军人就不需要爱情吗？军人难道是冷血的？"

"我随时都要面临死亡。"袁帅回答道。

军长长叹了一口气，说道："我知道在这个相对和平的年代，这对你们是不公平的。"

"不，首长，想要和平总要有部分人牺牲自己，不是我们就是别人。而现在，我们穿着这身军装，就首先要对得起它。"袁帅说道。

"听我一句劝，袁帅，把玉柔去哄回来，她是个不错的姑娘，我很喜欢她，我还想认她做我的干女儿呢。"军长语重心长地说道。

"嗯？！"袁帅愣在那里不知道说什么是好。

"如果你觉得不好意思，我出面把她劝回来，怎么样？"军长睁大眼睛看着袁帅。

"军长什么时候也这么婆婆妈妈了呢？"袁帅心里好笑，却又觉得美滋滋的。

“好了，你先去训练吧，这件事情就交给我了。”军长慈祥地说道。

第十二章　如果爱

所谓老将出马一个顶俩，或者是玉柔压根就思念着袁帅。吃晚饭之前，军长把袁帅叫到了队部食堂。玉柔早已经在食堂等着他了，看见袁帅，泪水马上夺眶而出。她是深深地爱着袁帅的，而袁帅当然也是深深地爱着玉柔的，两人就这样对望着，一句话也说不出来。

军长一看见这个场面，马上就把秦波和队部其他几个人赶了出去，自己走在最后，轻轻地把食堂的大门关上了。

“你明明爱我的，为什么要写那封信给我？”玉柔早已哭得泣不成声。

看着玉柔哭得梨花带雨的样子，袁帅心疼地说道：“对不起……我怕，我怕我会……给不了你幸福。”他最终也没有说出“牺牲”这两个字。

玉柔一头扑进了袁帅的怀里。

袁帅一把抱住了玉柔，不停地说着：“对不起，对不起……”说着轻轻地推开玉柔，吻干了她脸上的泪水。

“袁帅，告诉我，你爱我！”

“嗯。”袁帅边说边点点头。

“不，我要你说，我要你说出来。”玉柔撒娇地说道。

袁帅想起了自己的双脚被大石头压住的时候，最后的遗憾就是没有亲口跟玉柔说一声："我爱你！"

"我——爱——你！"

玉柔喜极而泣，鼻涕眼泪一起下来，嘴里说道："太好了，太好了，我们要永远在一起不分开，好吗？"

袁帅重重地点了点头。

啪啪啪……外面响起了一阵热烈的掌声。军长跟个小孩子一样一脚踹开食堂的大门，高声地说道："好。"

玉柔的脸羞得通红通红。袁帅马上松开了玉柔的手，双手无意识地在裤缝线上搓着。

"哎呀，我这个媒人哪，做得不容易啊。"军长开玩笑地说道。

"谢谢首长。"玉柔不好意思地说道。

"还叫我首长啊？"

"哦，谢谢干爹。"

"好，看着你们两个郎才女貌的，我这个当爸的心里也高兴啊！"军长哈哈大笑道，"晚上，蓝宝石酒店，我请客。"

"首长，那可是五星级啊，消费不低哦。"秦波露出得意的笑。

"玉柔可是我认的干女儿，做父亲的破费一次不应该吗？"

"是是是，那倒是，应该，应该。"秦波心里想着，"还就没开过洋荤呢，正好借此机会。"

一群人穿着没带军衔的迷彩服，再加上他们晒得乌漆墨黑的脸和大嗓门，以至于蓝宝石大酒店的服务员看着他们都是带着鄙夷的眼神。

邱俊红还不合时宜地"哇"了一声，这下连酒店大堂经理都认定他们不是来消费的，而是来闹事的。

在袁帅和秦波点着鲍鱼、龙虾的时候，大堂经理马上打断了他们："不好意思，各位，我们酒店是先买单后上菜的。"袁帅和秦波还是第一次来这么高档的酒店吃饭。虽然他们也看出了经理鄙夷的眼神，但是他们也不知道，是不是应该先付钱。

周云老爸是办企业的，高档酒店也去得多，他盯着经理说道："你们饭店是本·拉登开的啊？"经理被周云的眼神盯着全身发毛，但是硬着头皮说道："这是我们酒店的规矩。"

周云刚想继续跟他理论，李南忽然制止周云说道："算了，算了，反正都是要给钱的，等下给，现在给都一样。"

"但是军长没来，我们身上都没这么多钱啊。"袁帅附在李南的耳朵旁说道。周云从钱包里拿出一张卡递给经理说道："刷卡。"

"我还是第一次听说到酒店吃饭还要先付钱后上菜的。"周云气呼呼地说道。

李南一脸坏笑地看着周云说道："放心吧，这钱，他得吐出来。"

"嗯？"袁帅和周云都一脸疑惑地看着李南。

看着大家疑惑的眼神，李南朝头上指了指。袁帅和周云不解地抬头看了看，然后朝李南摇了摇头。

李南招了招手，意思是叫他们附耳过来。袁帅和周云不知道他葫芦里到底卖的什么药，但还是探过头去，想听听他到底想干什么。

李南轻轻地说道："你们没看见吗？这里有苍蝇。"

"有苍蝇怎么了，你抓一只苍蝇放碗里，那手段也太下流了。"袁帅鄙夷地看着李南说道。

"肯定不下流，你等着看好戏吧。"

军长赶到后，就开始上菜了。菜做得还不错，酒过三巡，菜过五味，李南开始实施他的"霸王餐"计划了。

李南咬着牙签大声地叫道："经理，经理。"

"来了，什么事啊？"经理就在不远处，听到叫声马上就过来了。

"我说，你们这么高档的酒店怎么有苍蝇啊？"

经理眼珠一转，知道找事的来了，马上皮笑肉不笑地说道："这不可能，我们酒店是有卫生许可证的，而且卫生工作做得特别好。"

"是吗？好，你看着，看仔细了，省得一会儿你说我们耍无赖。"李南说着，一抬头看准一只正朝他飞过来的苍蝇，以迅雷不及掩耳的速度活生生抓住一只正在飞的苍蝇，然后摊开手放在经理面前，说道："这不是苍蝇，难道是你养的宠物?"

经理眼睁睁地看着李南将一只正在飞的苍蝇捉住，他不是傻子，一个能有此本事的人，肯定是来者不善了。他马上后悔当初不应该狗眼看人低，但是现在事情已经发生了，只能想办法弥补了。于是马上赔笑道："各位，各位，这是误会，这是误会。"

"误会？那这也是误会?"李南说着又顺手抓了一只苍蝇说道。

经理看着李南哭丧着脸，无奈地摇头说道："各位老大，这桌菜小弟请了，有什么得罪的地方，还请多多见谅。"

军长看着李南呵斥道："李南，注意你的身份。"

"首长，是他先狗眼看人低的。"李南有点激动了。

袁帅一看这个情况，马上低声对军长把刚才的事情说了一遍。

军长语气稍微缓和了一点儿，继续说道："那也不行，跟经理道歉。"

"我不！要我向他道歉，办不到!"李南咬着牙关说道。

经理一看情形不对，似乎明白了些什么。马上腰杆又挺直了，冷笑着看着李南，一副挑衅的样子。

"这是命令。"

李南看着军长，全身颤抖着，一副死不甘心的表情。

大家也求情地说道："首长，李南也只是开开玩笑而已……"

"道歉，道完歉回去关禁闭。"

李南抿着嘴，使劲地眨着眼睛，将已经到眼眶的泪又挤了回去，哽咽着说道："首长，枪林弹雨，出生入死，我李南从来没有皱过一下眉头，不过我现在很不明白，我们的付出到底是为了什么？你能不能告诉我？”

“李南，怎么能这么跟首长说话？”袁帅跑过来推了推李南，又向军长求情道，“首长，李南喝醉了，他是胡说呢。”

“我喝醉了？谁说我喝醉了？我从来没有像现在这么清醒过……”

袁帅朝周云使了个眼色说道：“先扶他走，他喝多了。”周云和张启鹏马上跑来强行拉走了李南。

袁帅马上回过头对经理说道：“不好意思，我朋友喝醉了，我代他向你赔不是。”然后含着泪大声地说道，“走。”

所有人都眼眶湿润地离开了酒店。

李南当晚就“自觉”地将自己关进了禁闭室，任凭袁帅他们在外面怎么叫门也不开。袁帅知道李南的脾气，他要是脑子转不过弯来，就是十头牛也拉不回来。现在最好的办法还是让他好好地将自己的思路捋捋顺。

实际上想不通的不光是李南一个人，所有的人都想不通。周云呆呆地躺在床上翻来覆去睡不着，最后还是忍不住地问道：“队长，到底为什么？李南所说的，我们出生入死到底是为了什么？为和平，为公平，为让百姓安居乐业？可是，有的人……”

“不，周云，正因为有些人病了，所以我们的责任才更重。”

“我没这么伟大。”周云几乎是吼出来的，这一吼把本就没心思睡觉的其他战友也给吼醒了。

“如果这事发生在老百姓身上，一点儿都没错，这叫以其人之道还治其人之身。可是我们是军人。”袁帅说道，其实他心里也窝着火。

“军人不是人吗？”

“是人，但，首先是军人其后才是人。”

“我没这么高的觉悟，我理解不了。我去陪李南关禁闭。”周云说着穿好衣服出去了。

“我也要去好好反省反省。”

“我也是。”一会儿工夫，寝室就只剩下袁帅一个人了。

他们来到禁闭室后才发现，禁闭室已经“人满为患”。所有的人除了袁帅都去禁闭室“自我反省”了。

军长似乎算准了他们会有这样的举动，一大早就来到了“闪电剑”，径直向禁闭室走去。袁帅正在禁闭室门口“开导”他们，看见军长走过来，马上站起来汇报：“首长同志……”

按照部队的规定，凡看见领导过来，必须要站起来对当前所做的事情进行汇报，如果正在训练就要说：“首长同志，‘闪电剑’正在训练，请指示！”

但是现在他不知道该说什么好，总不能说“闪电剑”正在关禁闭吧。

军长看着袁帅一脸无奈的样子，朝禁闭室瞄了瞄轻声地问道：“都在里面？”

袁帅点点头。

军长就在禁闭室门口坐了下来，向袁帅挥挥手，示意他也坐下来。袁帅边蹲下身子边问军长：“首长，昨天的事真的有这么严重吗？”

军长沉默了一会儿说道：“我知道昨天的做法对李南是不公平的，事情的本身并没有多么严重，但却是一个信号。我们自认为上过战场，就开始居功自傲，这是很危险的信号。很多人就是自认为上过战场，为老百姓卖过命，做出很多脱离群众的事，以至于一向支持我们的老百姓开始抱怨，部队脱离了老百姓就好像鱼儿离开了水，我们一向强调人民战争，人民战争离开了人民那还叫人民战争吗？解放战争的时候，国民党军无论是人数、装备都比我们强，但却输给了咱们，为什么？就是因为有人民这个强大的后盾，可见老百姓对于战争的胜利有着举足轻重的作用。我记得1998年抗洪抢险的时候，有些地方的商贩将几毛钱的白菜卖到五块钱一颗，冬瓜卖到十块钱一个。战士们一面要消耗巨大的体力抗洪，一面却只能以咸菜下饭，甚至去市场捡烂菜叶，但是我们的部队有去动过老百姓一针一线吗？因为我们的部队能做到对老百姓秋毫无犯，所以老百姓在危急关头的时候第一个想到的就是解放军，为什么？因为我们是人民军队。这种荣誉是世界上任何一支军队都享受不到的。但是现在部队有些人开始脱离群众，做出一些伤害老百姓感情的事情，这是很危险的。对此我有切身的体会，所以我不希望这种事情发生在我们的部队里。”

听完军长说的话，袁帅的心情渐渐地平静了下来，身体慢慢地向禁闭室的门靠去。袁帅刚靠到门上就有人从里面把门打开了，袁帅一头栽在了地上。

李南低着头走了出来，愧疚地说道：“首长，您刚才说的我都听到了，对不起，是我没有领悟您的良苦用心。您处分我吧！”

“是啊，军长，您处分我们吧。”大家都挂着一副熊猫眼内疚地说道。

“同志们，你们并没有错，你们出生入死，回来受到这样的待遇对你们是不公平的。但是我们是军人，是人民的军队，我们的肩膀上写着四个字——责任、信任。”军长意味深长地说道。

“责任、信任。”大家重复地念着这四个字。

“我们懂了，首长。”李南说道。

军长看着他们灰头土脸的样子，笑着说道：“看你们的德行，快去洗个澡休息一下吧。”

“是，首长。”说完都向浴室冲去。

“哎，你们不拿换洗衣服啊？”袁帅在后面叫道。

“你，帮我们拿一下。”李南边跑边叫道。

“靠。”

跑到走廊尽头的时候，李南忽然停了下来说道：“注意形象，排成两列。”

大家都自觉地排成两列，听着李南的口号向浴室走去。

“大家注意了，唱首歌，革命军人个个要牢记，预备——唱。”

“革命军人个个要老婆，你要我要哪来这么多……”

“真是一群长不大的孩子。”军长听他们唱着改得面目全非的《三大纪律八项注意》嘀咕道。

“嘿，怎么只拿了内裤啊，衣服呢?”李南看着袁帅只拿了内裤给他们，不满地说道。

“哟嗬，怎么突然开始注意形象了？你们不是经常光着屁股跑回寝室的吗?”

“以前是以前，以前都是大老爷们当然没关系了，现在不是多了一个武器专家吗？咱要注意素质。大家说是不是啊?”

“是。”

袁帅无奈地回头帮他们去拿衣服。

“哎，你们说武器专家跟玉柔谁漂亮啊?”李南靠在热水池上，双手摊开，露出一脸的坏笑。

“问这个干什么？你是不是看上人家武器专家了?”周云大笑着说道。

“扯淡，我可不喜欢姐弟恋。”

“你就忽悠吧，人家能不能看上你才是问题呢。再说了，你怎么知道她比你大啊？你了解过吗?”

“哈哈哈。”李南自信地笑了起来，然后肯定地说道，“没有，不过她要是追我的话，我一定给她一次机会。”

“妈的，见过不要脸的，没见过连皮也不要的。”张启鹏冷不丁儿地冒出一句来。张启鹏不怎么爱说话，但是每次都语出惊人。

李南“愤怒”地看着他，然后学着李小龙的样子，伸出食指指着张启鹏说道：“你，可以侮辱我，但是不可以侮辱我的脸皮。”

“谁不要脸皮啊？”袁帅放下衣服，连衣服都没脱就向浴池跑去，边跑边脱衣服加入到讨论的队伍中。

浴池是他们最喜欢的地方之一，按金锋的话说——澡堂子才是最坦诚相待的地方。

“没谁不要脸，我们在说你呢。”李南说道。

“我有什么好谈的，谁的女朋友来照片了？”袁帅快速脱光衣服冲进水池里。

“你当然没什么好谈的了，我们可没这么重的口味。”李南笑嘻嘻地说道。

“就是，我对男人也不感兴趣。”江南啸说道。

“那你们说谈论我，吓我一跳。”袁帅捂着胸口搞怪地说道。

“我们在谈论玉柔跟武器专家哪个漂亮。”李南说道。

“哦，那有结果了吗？”袁帅饶有兴致地问道。

李南说道：“有啊。”

“谁啊？”

“肯定是武器专家啊！”

“你们这群人，眉毛下长俩窟窿都是出气用的啊？”袁帅很不满这个结果。

“废话，玉柔就好比是吃不到的葡萄，吃不到的葡萄都是酸的。”张启鹏又冒出一句。

“对于大部分男人来说，当然是玉柔好一点儿，玉柔基本上具备了女人该拥有的所有‘装备’——温柔，漂亮，善解人意。只是我有点替玉柔不值啊。”李南摇着头故作惋惜状。

袁帅郁闷地看着李南问道：“什么不值啊？”

“一朵鲜花插在牛粪上。”大家异口同声道。

“张启鹏说得对，吃不到的葡萄永远是酸的。哎，金锋在就好了，他的评价比较客观。”袁帅无奈地说道。

“金锋现在说不定已经是抱着老婆热炕头呢。”李南说道。

“我觉得不像，金锋退役的时候军长都没怎么挽留。说不定金锋去了什么秘密部队呢?”张启鹏说道。

“你这么一说，还真的有可能。我也是这么认为。”李南摸着后脑勺说道。

“我个人认为，金锋还会回来的，他的退役可能跟他拿枪指着威廉有关。”袁帅认真地说道。

“靠，他要是不拿枪指着威廉，老子们就没命了，他M国佬的命是命，我们的命就他妈不是命了？啊？ M国佬不是民主吗？不是讲人权吗？拿我们的命不当命，这是他妈的哪门子狗屁人权啊？我要是金锋我就直接一枪毙了他狗日的。”李南气愤地吼道。

“哎，你那江湖脾气又上来了。”

“不好，我得找司令员去。”突然，袁帅从水池里一跃而起就朝门外冲去。

“哎，衣服，你还没穿衣服呢。”后面的人大叫道。但是袁帅似乎没听见李南的喊叫，飞似的跑了出去。

李南眼疾手快，赶紧穿好衣服顺手抓起袁帅的衣服追了出去。边跑边说道：“你就等着挨批吧，叫你穿衣服……”但是为时已晚，就在袁帅冲出去的时候，武器专家赵青柳刚好从这里路过，看到一丝不挂的袁帅马上捂着脸大声尖叫起来，而袁帅还全然不知地向寝室跑去。

赵青柳害臊得蹲在地上哭了起来。李南看见她蹲在地上哭，马上过去扶着她安慰道：“没事，没事，那家伙小时候青霉素打多了，有时候神经搅在一块儿，说发作就发作。没什么，就当是看了一场裸奔秀。”听李南这么一说，赵青柳扑哧一声，破涕为笑了。

里面的人听见女孩子的尖叫声也马上赶了出来，却看见李南正扶着赵青柳说话呢。江南啸感慨地说道："这个故事告诉我们，练好短跑是多么的重要。"

大家摇着头转身回到了浴室。

赵青柳慢慢地站了起来，说道："没想到，你们这些大老爷们还挺幽默的，颇有绅士风度嘛。"被她这么一夸，李南反而有点不好意思了，客气地说道："哪里，哪里，我战友吓到你了，这样吧，为了表示对你的歉意，晚上你请我吃饭吧！"

李南看上去一脸严肃的样子，让人有点忍俊不禁。

"什么？是我听错了还是你说错了啊。你向我表示歉意，要我请你吃饭？这个逻辑有点新鲜啊！"她强忍住内心的笑说道。

"呃，是这样的，我觉得我向你道歉，然后再请你吃饭的话，不是太没有创意了吗？几乎所有的言情故事情节都是这样的，太老套。还有，我今天没带钱。假如我们去吃饭了，到时候我没钱还是要你请，那样就很尴尬，你对我的印象就会很差。退一万步说，我们都是战友，请我吃一顿饭也没关系嘛。最关键的是，这样的话我就欠你一顿饭，下次我就可以请你了嘛。"

"哈哈哈。"赵青柳抿着嘴笑弯了腰。

"你太狡猾了。"

"呵呵，博您一笑是在下的责任嘛。"

"那好吧，我就给你一个下次请我吃饭的理由。"

得到赵青柳的肯定，李南迅速将袁帅的衣服扔回了浴室。

他们来到了一家叫清波轩的餐馆，看起来还比较有情调。赵青柳点了很多菜，不过被李南制止了。她笑了笑，露出了一对甜甜的酒窝，说："看不出来你还是个绿色消费主义者啊。"

李南笑着说："哪里哪里，你过奖了。我这么做并不完全是什么绿色消费。只是……你知道的，我不是说过吗？你今天请了我，我不就欠你一顿饭嘛。今天你点这么多菜，下次我……”

“看来你不光是狡猾，还吝啬。”赵青柳俏皮地说道。

李南还想说点什么，这时候服务员开始上菜了。首先是一道杭州名菜——西湖醋鱼。西湖醋鱼本是杭州楼外楼的名菜，一般的餐馆能不能做得好吃让他有些怀疑，他夹了块鱼肉送进嘴里，感觉甜中裹酸，酸中带甜，鱼肉细滑爽嫩，入口即化。他连忙又夹了块鱼脸给赵青柳。

赵青柳先是一愣，继而会心一笑。

李南又说道：“西湖醋鱼可是杭州的名菜，第一选料，必须是一斤半左右的西湖鲤鱼，而且一定要现杀现做。第二是讲究火候，多一分则老，少一分不熟。第三是刀功，整条鱼四刀。最后还有勾芡等，看似一盘简单的菜，但是对厨师的功夫可算得上是一种考验啊。所以我先尝尝看，好吃了才能给你夹啊。而且我自己吃的是鱼身上的肉，可是给你夹的是鱼脸，这可是鱼身上最好吃的肉呢。不是有个伟人说过吗，看一个男人是不是有绅士风度，就要看他吃鱼的时候有没有夹鱼脸给女孩子吃。”

赵青柳眨巴着眼睛，看着李南不解地问道：“哪个伟人说的？我怎么不知道啊？”

李南一本正经地回答道：“李南。”

赵青柳一副又好笑又好气的样子。

吃完饭出来的时候天已经黑了，月光透过树叶洒在地上。他们踩着月光漫步在水塘边，一阵风吹过，一股淡淡的香味飘过来。

“荷花，是荷花的香味。”赵青柳掩饰不住对荷花的喜爱，快步跑到荷花池边。果然有荷花，不过已经快凋落了。

李南跟着她走到荷花池边，看着绽放的荷花轻轻地说道：“世人只知道荷花的美丽，却不知道荷花为什么会如此美丽。”

看着李南忧郁的眼神，赵青柳故意俏皮地问道：“那你说说看，荷花为什么美丽？”

“荷花之所以美丽是因为淤泥，淤泥用自己的眼泪，滋润着荷花美丽地绽放。而世人只知道荷花美而不知道荷花因何而美。”

“这是你的淤泥哲学吗？”赵青柳柔声问道。

“嗯。”

“那我也有我的荷花哲学。”

“哦，说说看。”

“嗯。”她想了想后说道，“淤泥用自己的眼泪滋润着莲藕空的心，莲藕慢慢地被感动了，它想让世人都知道，淤泥有多爱它，于是它极力地绽放自己。而世人只知道荷花美而不知道荷花因何而美。这只能怪世人庸俗，不是荷花的错。你说呢？”

“或许你是对的，世人都是错的。”

“对啊，这叫世人皆醉我独醒。”赵青柳学着古人念书的样子摇头晃脑的，让李南忍不住笑了起来。

“为什么，我总感觉你有些忧郁呢？你是一个有故事的人？”赵青柳问道。

“故事有很多啊，不过仅限于战斗故事。”李南说道。

“我的意思是，我本以为像你们这种经历过生离死别、枪林弹雨的人都会……会比较闷，比较沉稳，比较……”

“你就是想说比较变态，是吧？”李南看她支支吾吾的，就帮她把想说的话说了出来。

“我不是这个意思，我是说……”她还想解释点儿什么，但是李南打断了她的话：“我给你讲一个故事吧！”

“好啊。”

“在春秋时期，有一个小国叫宋国，有一次楚国派了两千军队来偷袭宋国，因为正是农忙时节，那时候的军队农忙时收割庄稼，闲时练兵。所以宋国一时无法集齐足够的军队，于是宋国大王就派了八百勇士去对抗楚国的两千军队。当时有很多老百姓跑到城楼上观看两国军队交战。一开始宋国的将士节节败退，于是宋国老百姓在城楼大骂宋国将士无能。后来看着身边的战友一个个倒在自己身边，宋军将士明白了，在这个时候不是你死就是我活，于是宋军将士奋力还击，将两千楚军全部砍杀于城楼外。但是当他们踏着敌人的尸体凯旋时，宋国的老百姓却不让他们回来，理由是——他们的杀戮太重，回城会激怒神明，神明会降罪于所有的宋国百姓。宋军将士虽然取得了胜利，但是却依然失去了家园。”

“为什么？这不公平。”赵青柳气愤地说道。

李南嘴角挤出一丝勉强的笑容说道：“呵呵，公平？当大部分人认为公平的时候，就是公平的。所以有时候我在想，所谓少数服从多数，有时候根本就是赤裸裸的强盗逻辑。”

“你是说，你们就是那八百宋军将士？”

“不，我们比那八百宋军要幸运，至少我们没有被拒之城外。我有一个战友叫金锋，有一次记者问他，像你们这种经历过面对面肉搏的人心理是不是多少有点变态。说实话，记者说这话的时候我很想狠狠地揍他。但是我的战友金锋，还是很客气地回答他说，如果下次有机会遇见恐怖分子的时候，我找你去说服他。在他的刀砍到你的脖子以前，在子弹射中你的胸膛之前，你都有时间说服他。还有，你现在安稳的生活也是由千千万万变态的人抛头颅洒热血换来的。那天那个记者还想继续采访我，我跟他说你再问我这种话，我杀你的心都有。这么多的战友死在我身边，居然说他们是变态。我也不知道那天是怎么忍住的，按平常的脾气不揍他就怪了，在我心里，侮辱我可以，但是侮辱我那些牺牲的战友，绝对不可以。那以后我一直想再见见那个记者，但是一直都没有机会。你说那个记者是不是很像站在城楼上的宋国百姓呢？”李南想起那段血雨纷飞的过去，眼眶有点隐隐发红。

赵青柳看着李南发红的眼眶说道：“对不起。”

李南嘴角挤出一丝笑，说道：“没什么。”

“想不到，英雄流血流泪的故事就在我的身边，不过我相信在大部分有良知的中国人眼里，你们是绝对的英雄。”赵青柳的目光中透着肯定。

“英雄？”李南冷笑了一声说道，“这个世界上根本就没有英雄，要么都是英雄。”

赵青柳看着有点伤感的李南做了个鬼脸说道：“就像那些荷花一样，荷花给我们带来美的享受，但是污泥也是，因为荷花的美要靠污泥的默默奉献。”

看着赵青柳俏皮的样子，李南笑了笑说道：“是的。”

“只不过世人在对待荷花和污泥的思想上，对于污泥是不公平的，这种也是不合理的。但是不管世人怎么看，荷花永远无法抹杀污泥的美。”赵青柳说道。

李南笑着点点头，似有所悟。

“对了，你老是说金锋说什么，金锋教你什么，金锋到底是谁啊？看来他是个人物呢。”赵青柳好奇地问道。

李南看着赵青柳说道：“他的确是一个人物，只是就连我们也不知道他现在在哪儿。”

第十三章　蜘蛛侠

袁帅跑回寝室后才发觉，原来自己还没有穿衣服，只是在腰际围了条浴巾。更要命的是，他隐隐想起自己从过道跑过的时候，有女人的尖叫声。不过现在他顾不上了，他匆忙穿好衣服跑到秦波的办公室，抓起电话就拨了起来。

秦波看着袁帅火急火燎地冲了进来，连报告也不打，就知道袁帅肯定有急事，不过还是故意大叫道："哎，哎，你小子吃火药了？"

袁帅右手拿着电话，伸出左手朝秦波挥了挥。

电话嘀了两声后，终于有人接了电话。袁帅焦急地问道："喂，首长吗？我是小袁啊。"

"哦，你等一下。"过了十几秒钟，那边传来了司令员的声音。

"喂，首长，我是小袁啊，我知道了，我知道了。"袁帅激动地说道。

"哦，小袁啊，你好，你知道什么了？慢点说。"

"我想到了，M 军会用什么借口，我们之前的判断可能有问题。"

"好好好，先不说，电话不好说，我等一下过去，咱们面谈。"

"好，首长，再见。"

袁帅刚挂电话，秦波就着急地说道："你想到什么了？跟被火烧了屁股似的。”

“队长，我想到 M 军会用什么借口了。”

“想到什么了？快说。”秦波话还没说完，司令员就带着一个中校参谋赶到了。

“他们会这样做……”袁帅将自己的想法和盘托出。

“小袁，你的想法很有道理，这可能是一个最完美的借口了。”司令听完袁帅的叙述后肯定地说道。

“嗯，不过，新的问题也就跟着来了。我们先前估计的可能就都不成立了，既然新的假设是这样的，那么您所说的，他们会告诉我们地址、时间，这些都不存在了。”

司令员站起身，点了一支烟，深深地吸了一口，来回地踱着步说道：“是啊，如果事情真如我们预料的那样，那我们所面临的形势就非常严峻了。”

“首长，这不只是我们的猜测嘛，不见得一定会发生啊！”参谋看到司令员的眉头蹙成一根线，宽慰地说道。

司令看了看参谋，语重心长地说道：“作为一个军人，必须要有防患于未然的忧患意识，事情不发生当然好，但是我们要做好战争明天就要来临的准备，只有做好随时准备与强敌开战的思想，我们才有机会打赢下一场战争啊。”

“如果他们用这种借口的话，他们会用什么方式、什么地点进入中国呢？”袁帅像是在问司令员，又像是在自言自语。

司令员愣了一下，马上说道：“走，我们去作战室。”说完带头大踏步地向作战室走去。袁帅等人也紧跟了过去。

司令员走进作战室径直来到地图边，看着地图，不一会儿转过身朝袁帅挥挥手道：“小袁，你过来。”

“你看，WH 走廊有我国的重兵把守，所以他们还是只有一条路可以走，就是天山山脉——以前‘基地’分子走的路线。那里环境恶劣，我们只有巡逻队驻守。他们从这里进来的可能性相当大。但是……这个地方环境太恶劣了，我们又不知道他们会在什么时间进来。我们不可能长时间在那里设伏。”司令员不无担忧地说道。

“首长，虽然我们不能在那里长时间设伏，但是我们可以到离那里最近的边防部队驻扎。一有情况就可以马上行动，而且这样他们也会误认为我们就是普通的边防部队，如果一个普通的边防部队的作战能力就这么强的话，对M军来说也可以构成一个反威慑。”袁帅说道。

司令员低着头考虑了一下说道：“你说的也是一个办法，不过这件事情事关重大，我得回去召开会议，征求大家的意见，同时也要把这件事汇报给上级领导。你们现在最重要的任务就是加强训练。”

“是，首长。”袁帅严肃地给司令员敬了个礼，司令员大步流星地向司令部赶去。

“袁帅，你小子行啊，军长果然没有看错你啊，想当初我差点儿就错失了你这个良将啊。”秦波笑着说道。

袁帅惋惜地说道：“要是金锋没有退役就好了，他的思维比较跳跃，可能他能想到一些比较有建设性的办法来。”

秦波看着袁帅嘴巴动了动，但最终还是没有说出来。其实袁帅他们的感觉是对的，金锋没有真的退役，他被军长安排去了J国维和部队，参加中国驻J国的维和部队。为什么要派金锋去J国，军长当然是有他的用意。自从上次跟M国的联合作战回来后，军长就意识到学习M国先进的作战理念已经是我军刻不容缓的事了，于是军长派了学习能力最强、接受能力最快的金锋去J国参加维和行动。

“这关我们什么事啊？反恐不都是M国人的事吗？我们只负责自己国家的事，再说了，反正M国人每年都要拯救一下地球的，就让他们去好了呀。”金锋满不在乎地说道。

“问题是J国的广播电视大楼被当地反政府武装占领了，里面的人质中有两个是我们中国人，他们是中国派往J国的工程师。”说话的叫江尚，是中国派往非洲的维和部队的少校组长。此人身高一米八，皮肤黝黑，剑眉倒竖，两眼炯炯有神，给人一种不怒自威的感觉。他们虽然是中国派往非洲J国的维和部队，但是主要的工作是修桥铺路、医治伤员等。所以出国的时候，除了每人配备一把手枪用以防身外，没有其他任何武器。

“刚得到领导指示，要不惜一切代价营救两名中国工程师。你跟我去现场看看。”江尚说道。

“哦，哪位领导下的命令啊?”金锋边上车边问道。

“还不就是你们的肖军长咯。”江尚说道。

“哦，那有袁帅他们的消息吗?”金锋急切地问道。离开袁帅他们已经有几个月了，金锋挺想他们的，但是自从自己被调到J国来做维和后，军长就下了死命令，不能跟任何人提及自己目前的状况。所以他挺讨厌做维和的，每天在M军的手下做些接天线、修理无线电之类的工作，撑死了就是捉个小偷抓个强盗之类的。当然，军长调他来J国也是有目的的。第一，是江尚死皮赖脸地要求军长给他一个有战斗力的、技术全面的助手，金锋虽然不是“闪电剑”里最强的，但确实是最全面的，也是遇事最冷静、最顾全大局的；第二，金锋的接受能力是他们几个队员里面最快的一个，让他跟M军一起参加维和任务就是让他学习M军的先进作战理念，以为我所用。这也是军长为什么一定要金锋跟着M国人学习互联网、无线电技术，而不是跟绝大多数中国维和人员一样整天修桥铺路接管道。

车子飞驰着向J国广播大楼开去。

广播大楼有十二层高，信息发射中心在七楼。整座大楼被两米多高的围墙围着，围墙的四周是一条两米多宽的人工河。大楼的左边是一座大约两百多米的小山，右边是一个公园，后面是一条公路。

广播大楼门口已经停满了警车，一个拿着高音喇叭的胖警察正对着里面的劫匪大声地喊道："里面的人听着，你们已经被包围了，反抗是没有出路的，投降是你们唯一的出路。"

"啊。"随着一声惨叫，一名人质从七楼被扔了下来，血花四溅，脑浆喷出。

所有人都被眼前的一幕惊呆了，包括正在喊话的胖警察。

紧接着一个匪徒冲着下面的警察叽里呱啦地大声喊叫着。金锋听不懂J国的地方语言，只好叫江尚翻译。

江尚说道："他们要政府释放所有被羁押的反政府武装，否则每三十分钟杀一个人质。"

"太嚣张了，简直没有把我们警察放在眼里。"胖警察气愤地骂道，于是马上开始组织警察要强攻。

这时候一个大鼻子的老外阻止胖警察道："里面是一群毫无人性、受过正规军事化训练的反政府武装，如果强攻，就是送死，还会惹恼匪徒杀害人质。M国海豹突击队马上就到了，应该让他们来营救人质。"

在大庭广众之下被一个外国人大喊大叫，胖警察显然觉得自己的面子挂不住，更加大声地吼道："这是在J国，不是M国，不需要你来指挥我怎么做。"说完就命令警察开始强攻。

但是不到十分钟，只有两名身上挂满鲜血的警察退了出来，朝着胖警察大声地说着什么。他们说的是J国话，金锋急得直挠头，就拍了拍江尚问道："他们在说什么？"

"他们说，五十多名警察就剩他们两个活了下来，其他人都死了。"江尚翻译道。

“这个结果用脚趾头想想也想到了。”

“为什么?”

“你想嘛，里面有多少匪徒，有什么武器，匪徒的分布情况，等等，什么都不知道就往里冲，不是去送死，是什么?”

“对哦，不愧是特种兵之王啊。”江尚由衷地说道。

“是才思敏捷、身手灵活的特种兵之王。”金锋边说边用食指在眉毛上划了个弧度，动作极其夸张。

“你上次还说是玉树临风的特种兵之王啊。”江尚这段时间跟金锋相处下来，也被金锋传染上了一些无厘头。

“要与时俱进嘛。”

说话间进来一群身穿城市作战服，戴着口罩，背着 M4 卡宾枪，军靴上别着匕首，戴着 LVGR 头盔的特种兵，在大鼻子面前集合。大鼻子对着其中一个特种兵耳语了几句。

金锋看着这些全副武装的海豹队员，心里却想着刚才J国警察的行动。“这些警察确实没什么战斗力，不过，在这个战乱的国家，警察也不可能在不到十分钟的时间就全军覆没啊，十分钟时间还没跑到七楼呢。”金锋一边想，一边眼睛像鹰一样四处搜索，忽然他推了推江尚。

“怎么了?”

“你看，那个女的我好像在哪里看见过，但是忘了在什么地方了。”金锋指着一个女的说道。

“在哪里见过?”

“我一时间记不起来了，我想想。”金锋抓着头发说道。

江尚紧张地看着金锋。

“哦，我记起来了，是像《终结者 3》里的女主角，不过鼻子没有《变形金刚》里的女主角性感。”

江尚深呼吸一口气，紧咬着牙关说道：“我说金锋，现在是什么时候了，你还嘻嘻哈哈没个正形。”说着向警戒线的位置走去，警戒的警察看了看江尚的证件就放他进去了。金锋级别不够，所以只好在外面等着江尚。

没有江尚的约束，金锋更是肆无忌惮了。他大摇大摆地走到那女的身边说道：“告诉你一个好消息——我是中国人。”

那女的理都没理他，继续用右手遮挡着太阳镜，一眨不眨地盯着电视大楼。

金锋见那女的没理他，也学着她的样子用左手做出了挡太阳的动作。美女见金锋挡住了自己的视线，往旁边让了两步，继续刚才的姿势看着大楼。金锋看她往旁边让了两步，也继续跟过去挡着她的视线。那女的白了他一眼，继续往旁边挪了两步，金锋依然上前挡住她的视线。那女的终于发火了：“你到底要干什么？”

“我想告诉你一个好消息。”

“精神病。”

金锋一把握住她遮太阳的右手，继续说道：“我想告诉你一个好消息——我是中国人。”

“我不认为这是个好消息，你这个疯子。”

“你马上就会感觉这是一个好消息的。”金锋继续说道，“面对这么高一座楼，但是你的头只仰视 45 度，说明你是在看七楼以下的位置。在你站的位置不要说 45 度角，就是 60 度角也不需要用手遮挡太阳。如果我没猜错的话，你手上戴着的应该是 GRVV 的无线针孔摄像头。”金锋说完掀开她如瀑的长发，取下一个耳蜗式无线通话麦克风，说道，“我极其怀疑，五十多名警察还没到七楼就全军覆没，如果外面没有一个人传送信息，这根本就不可能。”

那女的一愣，马上说道：“那你想怎么样？别忘了里面也有中国的人质。”

“我早跟你说过了，我想告诉你一个好消息，我是个中国人，只要你们放了里面的中国人质，我就当没见过你。”金锋语气平淡，但却又掷地有声地说道。

“你们跟政府都是一伙的，我凭什么相信你?”那女的转过头，用一双蓝莹莹的眼睛看着金锋。

“现在你必须相信我。”金锋边说边盯着她，眼睛里射出鹰一般的光芒，似乎在说:“你根本没的选择，如果不释放中国人质后果会很严重。”

那女的想了想说道:“好，我答应你。”

就在特种部队要采取行动的时候，恐怖分子忽然释放了中国人质，并大声地说着什么。两名中国人质被放出来以后，马上就被大使馆的人接走了。

江尚听说恐怖分子莫名其妙地释放了中国人质，马上跑了出来，问金锋是怎么回事。

金锋把整个过程跟江尚做了简单的描述，江尚像得了甲亢一样，瞪着眼睛看着金锋，半晌才结结巴巴地说道:“你你你，你怎么知道她——她是是……”

“我怎么知道她跟里面的劫匪是一伙的，是吧?”

江尚看着金锋点了点头。

“早跟你说过了，我是玉树临风的特种兵之王嘛。”

江尚指了指大鼻子他们说道:“那你怎么不把这个事情跟他们说呢?”

“我为什么要跟他们说?我是一个军人，不是救世主，我只忠诚于我的国家和我的团队。”

“他们是一群杀人不眨眼的反政府武装。”江尚说道。

江尚还想说点什么，被金锋打断了:“快看，特种部队开始行动了，这比电影精彩多了。”

特种部队的行动就专业多了，不像那些警察一窝蜂地往大门里冲。他们先是将所有在场人员赶到警戒线两百米以外，这样像刚才那个女的那样的无线摄像头就发挥不了作用。然后分成几组，呈不规则三角队形，像是飞机编队那样，一人在前，后面两人左边的队员在前，右边的队员在后。剩下四组沿着墙角往上爬。

在这种大楼里，这也是唯一的办法了，因为所有的高科技侦察设备都无法发挥作用。卫星、无人机就不说了，就连热成像也无法发挥功效。因为匪徒所在的楼层正是信号发射中心，里面有无数高速运转的计算机。平常这些计算机都是靠空调降温的。反政府武装在占领了这个地方后，马上关闭了空调，房间的温度比人体的温度都高。这说明这些反政府武装是非常专业的，他们对 M 军的侦察手段相当了解，他们在对付 M 军的高科技装备方面，经验已经相当丰富了，也就是说他们肯定是一支不止一次跟 M 军交过手的武装分子。

不到五分钟，沿着墙角攀爬的特种兵队员已经爬到了七楼，开始往里面投掷催泪弹。金锋他们就像在看现场直播一样看着楼上精彩的行动。

“很精彩啊，果然是专业的反恐部队啊！”江尚感叹道。

“像是专业的演习。”金锋不冷不热地说道。

“嗯？”江尚再一次将眼睛睁得跟得了甲亢似的。

“专业的前期侦察，专业的部署，专业的行动。但是一切都太教条化了，没有根据实际情况制订作战计划。这不应该是世界上最专业的反恐部队的行动啊！”金锋叹着气说道。

“此话怎讲？”江尚问道。对于金锋的战场判断能力、预测能力，以及变态般的第六感，江尚是毫不怀疑的。

“像这种大楼，里面肯定布满了监控，反政府武装人员对里面的情况了如指掌，也就是说，他们一定会重点对付外面的部队。那个女的虽然不能在外面输送图像，但是通话还是可以的。她只需将特种部队的大致行动通报给里面的匪徒，里面的匪徒只需要重点对付外面的特种部队就可以了。而从大门进入的特种部队，一举一动都在他们的视线之内。”

“哈哈，这一次才思敏捷、身手灵活的特种兵之王失算了吧，监控室不在七楼，而是在一楼。”江尚得意地说道。

“一个懂得 GR VV 的匪徒会不懂得信号切换吗？只要将 SXT 的端口接入信号发射机的终端处理器，就可以截取 SVU 所有的闭路数据。你以为他们以电视大楼作为目标是因为电视大楼人多吗？”

听了金锋的分析，江尚的眼珠差点儿爆出来，心想：“这小子文化程度不高，怎么忽然间懂得这么多高科技的术语，学习能力果然不一般啊。”不过他现在顾不上考虑这些问题，听完金锋的分析便着急地问道：“那你怎么不跟他们说啊？”

“我说了他们信吗？我是谁啊？一个修无线电的跟班，他们会信我？”金锋不屑地说道。

“也是，那他们信谁呢？”江尚问道。

“我不稀罕，除非他们来求我。”金锋说道。

事情果然不出金锋所料，不到二十分钟，海豹突击队的进攻宣告失败。二十几名队员受伤七名，死亡三名。

“接下来他们会用什么手段呢？”金锋一个箭步跃上了两米多高的围墙，安静地坐了下来。他决定看看 M 军所谓先进的作战理念到底先进在哪里，反政府武装又会用什么办法来破解 M 军的高科技装备？

这时七楼又传来了一声惨叫，又有一名人质从七楼被扔了下来，摔得血肉模糊。然后一名反政府武装分子对着下面的警察叽里呱啦地叫了一通。根据惯例应该是——我们的忍耐是有限的……

大鼻子还在跟海豹突击队的队长商量着什么，这时江尚又神色匆忙地出来了，看见金锋就急切地说道：“里面还有三名中国台湾人质。”

“啊？中国台湾人质？他们跑来这里干什么？”金锋吃惊地问道。金锋的惊讶不是没有道理的，J国现在是个非常乱的国家，也不是什么旅游的好去处。

“哎，我也不知道他们是来干什么的，你把他们救出来以后自己问吧。”江尚说道。

“那女的已经走了，刚才已经被驱赶到两百米以外了，她的无线针孔摄像起不了作用，当然走了。”金锋无奈地说道。

“那怎么办啊？”江尚焦急地说道。

“我们的责任是参加建设，我们没有军事行动的权力，所以只能看他们了。”金锋指着大鼻子说道。

“也只能靠他们了。”江尚无奈地说道。

不一会儿，大鼻子调来了更多的特种部队，估计一共有40余人。

“我靠，他们不是要强攻吧？那对人质也太不负责了。反政府武装可是一群杀人不眨眼的家伙，这么一来人质真的是有危险了。”金锋担忧地说道。

“先看看吧，可能他们有什么办法呢！我们着急也没用，你不是说了吗，我们没有权力。”江尚反倒冷静了。

“我来J国之前军长跟我说过，我们代表着国家，不管在什么情况下，我们都是军人。我在军旗下宣过誓，无论在任何情况下，始终要把人民的生命财产放在第一位，现在我们的台湾同胞正在恐怖分子的手中，而我却无能为力。”金锋说话的时候有些哽咽。

江尚看着金锋，这个平时没心没肺的家伙此时却眼眶通红。他知道金锋是在为自己作为一个军人而看着自己人在反政府武装手里束手无策而自责。他在金锋肩上拍了拍说道：“我去试试看，看能不能让你参加他们的营救行动。”

“谢谢首长。”金锋说道，他还是第一次叫江尚为首长。

过了几分钟江尚回来笑着说道："他们同意你跟在后面行动。"

第二次行动开始了，那个胖警察还是拿着高音喇叭分散反政府武装的注意力，而这次的M军特种部队不像上次一样立即展开进攻了。他们先是在连接监控器的电线上插了两根针头大小的GSTI有线视频干扰器，这样就可以让视频永远停留在现阶段的工作状态。看来M军特种部队也已经发现了这个问题。

接下来就是强攻了，还是跟刚才的战术一样，一部分人沿着墙角往七楼爬，一部分由楼梯向上攻。金锋拿着M军给他的一把M16突击步枪，跟在他们后面。

当然金锋也乐得跟在后面，因为跟在他们后面是最安全的。像这样一群有着丰富作战经验的反政府武装，他们肯定会在七楼以下安装一些炸弹或者反步兵地雷。

果然不出金锋的所料，行进到二楼的时候，上面就传来了一声清脆的爆炸声。

"7.62毫米的子弹雷。"金锋轻声嘀咕道。

子弹雷在现在的反恐战争中已经很难寻觅它们的踪影了，它的发明者是越南人，美国人在跟越南人的战争中吃尽了这种价格低廉、制作简单的子弹雷的苦。所谓的子弹雷实际上就是将一颗子弹安装在一个类似于老鼠夹子的装置上面，当人踩到它的触发装置的时候，离触发装置几厘米的地方时子弹就被击发，子弹一般都会从下往上射进踩中者的裆部。这种子弹雷最缺德的地方就是踩中这种地雷的人，即便不被打死，基本上下半辈子也跟太监差不多了。所以在越南战场上，这种子弹雷对美军的心理震慑很大。不过这种子弹雷一般被越南人用在原始森林茂密的枯叶底下，在城市作战中很少被使用。所以金锋也不敢肯定。

"你在说什么?"走在金锋前面、长得有点像苏27的M军士兵转身问道。

“哦，我是说刚才爆炸的声音有点像7.62毫米的子弹雷。”

“你懂这个吗?”那个士兵的口气有点轻蔑。

“我以前学过一点儿，略知一二，不过从来没见过在城市中使用这种子弹雷的，所以不敢保证。”

“那就闭上你的嘴，好好跟在我的屁股后面，要不然你会被炸成肉酱的。”那家伙傲慢地说道。

金锋耸耸肩心想:“为什么人们总喜欢说外国人有绅士风度，而我见到的都是跟传言相反的呢?”

“我说你怕了吗？怕了就回去，我可不想因为你分神。”“苏27”厉声说道。

金锋没理他，冷笑了一声，跟了上去。两个M军士兵正在给那个踩中子弹雷的士兵止血，看着那家伙的裤裆不断往外流血，大叫着:“Fuck，天杀的，我要杀了他们，把他们全部杀光……”

金锋这才断定那就是子弹雷。

子弹雷被埋在了刚才爆炸的废墟里。

“大家都小心脚下的废墟。”金锋叫道。

“你这是在教我们怎么做吗？你这个中国矮子。”“苏27”边吼边向一堆废墟踩上去。

“小心。”金锋一把将“苏27”拉了回来。

“你要干什么?”“苏27”显然有点恼怒了。

金锋朝“苏27”摆摆手，再指指他刚要踩上去的那堆废墟，小心地探下身去，轻轻扒开废墟上面的破鞋子和一些建筑垃圾，慢慢地，废墟下面露出一个金灿灿的子弹头。金锋慢慢拿起一个用老鼠夹改装的子弹雷架子说道:“你差点就不能泡马子了。”

“苏27”看着金锋手里的子弹雷心有余悸地说道:“哦，上帝啊，你救了我，你这个小矮子救了我，真不敢想象，我后半辈子的幸福差点儿就毁在了这个小东西上。谢谢你，中国小矮子。”

金锋摇了摇头。

“苏27”接着又说：“我想我还是跟在你的后面会更安全些。”

金锋还想说点什么，但是楼上传来了一阵激烈的枪声，金锋马上背靠墙壁面朝楼梯扶手加快了上楼的速度。枪声就在三楼。可能是刚才子弹雷爆炸的声音被反政府武装的人听到了。他们开始在楼梯上阻止营救部队的进攻。

金锋泄气地靠在墙上心想：“完了，他们已经发觉了，这次的营救又要失败了。”

“嗨，怎么了，矮个子，灰心了吗？”“苏27”问道。

金锋失望地说道：“他们已经发现我们了，如果强攻他们一定会毫不留情地杀掉人质的。”

“别怕，朋友，我们上面还有一组队员。他们都跟我一样出色。他们一定会安全地将人质营救出来的。”

“跟你一样厉害？”金锋瞪着眼睛看着他问道。

“我在你的眼神里看到了怀疑。”“苏27”不满地说道。

“我该寄希望于上帝的。”金锋轻声地说道。

果然不出金锋所料，指挥员下达了撤退的命令。

“又要有一个人质被扔下来了。”金锋心道。

江尚看见金锋垂头丧气的样子就知道行动失败了，他安慰道：“别灰心，还有他们呢。”江尚指着已经爬到七楼的特种队员说道。

金锋看着他们，神情严峻地说道：“他们已经知道我们强攻了，成功的机会很小。”

很快外围的特战队员也退了下来。

金锋呆呆地凝望着整栋大楼，十几分钟后，他忽然眼前一亮，跑到“苏27”身边说道：“你想不想跟布兰妮跳西班牙舞？”

"苏 27"略带鄙夷地看着金锋说道："难道你不想吗？是个男人都想。"

金锋无奈地说道："想，但是她会看上你，不会看上我的。"

"为什么？"

"因为你人高马大，长得比我帅。"

"哦，那倒也是，不过你这么夸我，肯定有求于我，是吗？"

"不，我有办法救出人质。"金锋解释道。

"什么？你在开玩笑吗？我们几十名海豹陆战队队员都无能为力，你一个小矮子竟然说有办法。你在说笑话吗？"苏 27"怀疑地说道。

"你听我说，好吗？我们可以从垃圾通道上去，然后通过排气管道侦察反政府武装的分布位置再展开行动。"金锋说道。

"你是在说好莱坞电影的情节吗？"

"对，但是这一次你是主角。"

"不，我们现在不是演电影，你当我是傻瓜吗？"

"听我说好吗？我们可以试试，如果成功了你会成为英雄的。"

"我做不了主，我得请示我的长官。"

"好，我跟你一起去。"

他们一起来到大鼻子面前，金锋把自己的想法告诉了大鼻子。大鼻子想了一会儿问道："你有几分把握？"

"不知道，我从来没试过。但是现在还有更好的办法吗？"金锋反问道。

"但是你要知道，我不会让我的部下跟你去做无谓的牺牲的。"大鼻子说道。

"我一个人就可以，只要你给我行动的权力就可以。"金锋请求道。

大鼻子听说只要他一个人，不可思议地看着金锋说道："你疯了吗？要知道这事跟你一点儿关系都没有。"

“不，里面有我们的人。”金锋说道。

“中国工程师不是已经被释放了吗？”大鼻子怀疑地看着金锋说道。

“但是里面还有三个台湾人，我想您知道，台湾人也是中国人。”金锋目光犀利地看着大鼻子说道。

“好吧，我可以给你参加营救人质的权力。”

“十分感谢。”金锋说着往一楼的大厅跑去。

“等等，矮个子，我想我可以帮你。”

“你疯了，麦克。”大鼻子呵斥道。

“长官，他刚才救了我一命，我信得过他。”麦克带着肯定的眼神看着大鼻子。

大鼻子想了一会儿，点了一支烟，狠狠地吸了一口说道：“带上这个。”边说边从身边的一位特种队员身上拿过来一个小型低音炮音箱似的东西。

麦克激动地看着大鼻子大声地说道：“谢谢长官。”然后转身跟着金锋一起向一楼的大厅里跑去。

“这是什么？”金锋不解地看着刚才大鼻子给麦克的东西。

“你不懂，这是高科技的东西。”麦克略带自豪地说道。

“是什么？”金锋再一次问道。

“这是，热能生命探测仪。”麦克回答道。

“热能生命探测仪？就是热成像吗？”金锋继续问道。

“可以这么理解，但是它比热成像更先进。”

他们很快找到了垃圾通道，金锋原以为麦克爬垃圾通道会比较困难，但是没想到他比想象中要快很多，他们很快顺着垃圾通道顺利地爬到了七楼。金锋先将垃圾口轻轻地推开一条缝，眼睛通过缝隙往里面看了看，没有发现反政府武装的岗哨，于是推开倒垃圾的铁门，慢慢地钻了出来。

这个垃圾口在整栋大楼的最右边也就是西边。金锋顺着拐角处望去，走廊大约有三十米长，大楼的设计跟一般大楼没什么区别。大楼的中间是一条走廊，走廊两边都是各科室的办公室。走廊上有两名反政府武装的人员端着山寨版的AK-47来回地巡逻。

麦克也将头从拐角处伸了出来，金锋赶紧缩回去，同时将麦克也拉了回去，轻轻地说道："有两名岗哨。"麦克马上从腰间拔出M9无声手枪准备射击。

金锋制止住他说道："等一下，你瞄准左边的岗哨，右边的交给我。"

麦克反对道："不，你没有无声手枪，你开枪会被发觉的。"

金锋说道："我不用枪，你开枪时岗哨也会开枪的，那样会惊动他们。"

麦克笑了笑说道："不会，我会瞄准他们的三角部位打的。我们应该在他们转身的时候从背后打，那样的胜算会大很多。"

金锋还是反对："我知道你的枪法很好，但是他们有两个人，你肯定你能同时打中两个人的头吗？"

麦克想了想说道："那你有把握吗？"

金锋自信地点了点头。

"那你要我怎么做？"

"我数一二三，你向左边的岗哨开枪，右边的我来对付。"金锋说道。

"好吧，我听你的。"

当岗哨走到这边的走廊转身的时候，金锋轻轻地数着："一、二、三。"

数到"三"的时候，金锋飞一般地冲了出去，右手从后面环住右边岗哨的脖子，手掌捂住他的嘴，双脚往前腾空跃起，身体借着惯性继续往前。在金锋冲出去的同时，麦克从转弯角转身向左边的岗哨开枪射击，中枪的岗哨一头往前栽去。金锋在左边的岗哨落地之前左脚伸进他的胸前。金锋跟右边的岗哨同时落地，落地的同时金锋整个身体往后靠，右手用力往后一拧，只听咔嚓一声，右边岗哨的脖子就被拧断了。

麦克看着金锋一气呵成完成这一系列动作，嘴巴张得老大，半天没回过神来。直到金锋向他招手他才反应过来，好奇地问道："矮个子，为什么你落地时候没有声音呢？"

"因为，我借用了他的力量。"金锋指了指被自己拧断脖子的家伙说道。

"哦，太神奇了，是中国功夫吗？"

"对。"金锋不想跟他多费口舌，而是拉着其中一个反政府武装分子的尸体向垃圾口走去，麦克也拉起另一个。

"接下来，我们该怎么做？"麦克已经完全被金锋的能力折服了，以至于他开始听命于金锋的调遣。

"找到人质所在的位置。"金锋说道。

"这个简单，看我的。"麦克说着找出了热能生命探测仪，开始操作。金锋瞪大眼睛，一眨不眨地看着他操作。在这个时候金锋也没忘记自己的使命——学习。

只见麦克熟练地插好 GTS 和 GTV 红蓝两根探测线，接着按顺序拨开标有英文字母的开关，接下来……所有的操作顺序金锋都一一记住了。

不到一分钟，麦克就安装好了探测仪，一会儿，屏幕上就开始显示热源。屏幕下方有一串数字在慢慢地跳动着，最后数字停止在"7234"就不再跳动了。

"检测到了吗？"金锋故意问道，因为他知道数字停止跳动了就说明方位已经确定了，但是他不知道这个数字是什么意思。

"是的，距离 7.2 米，方位 34 度，就在前面右手的房间里。"麦克有点得意地说道，"你有中国功夫，我有科技。"

自从来到J国后，金锋已经见识到M军的各种高科技武器，有些武器的先进程度让他叹为观止，也让他深深地意识到，中国军队与M军的装备差距太大了。他也更加体会军长为什么要他来学习M军先进的作战理念。虽然我们没有这类武器，在短时间内也很难造出这么先进的武器，但是至少可以了解到拥有先进武器的M军在高科技下的作战模式，从而最大限度地制定出针对高科技武器的作战方式。

“能找出反政府武装和人质的方位吗?”金锋问道。

“哦，不，这只是探测热源的仪器，好人跟坏人的温度都是一样的。”麦克说道。

“我看看。”说着金锋仔细地看着屏幕上的人影。他发现屏幕右角的人影比较集中，而中间和左边的人影比较分散且在移动。于是他指着屏幕上的人影说道:“右角边是人质，中间以及左边是恐怖分子。”

“你怎么知道?”麦克不可思议地看着金锋问道。

“人质能在里面走来走去吗?”金锋反问道。

麦克看着屏幕恍然大悟地说道:“你真聪明，小矮子。”

金锋指着屏幕上的人影说道:“里面至少有十四名反政府武装成员。”

“是的，这么多人，我们两个根本对付不了，我们应该马上通知洛克少校。”

“洛克少校。”金锋疑惑地看着他。

“就是我的长官，指挥我们的长官。”

金锋想了想说道:“我们可以通知洛克少校，让他们分散反政府武装人员的注意力，我们趁机攻进去，用自动步枪将他们全部干掉。”

麦克怀疑地看着金锋说道:“我们能做到吗?”

金锋重重地点了点头。

“好吧，我相信你。”

“谢谢。”

麦克将里面的情况全部汇报给了洛克少校，并提出了金锋的计划。

二十分钟后，洛克少校回复，表示同意他们的计划。

又过了四十七分钟，下面响起了高音喇叭的声音：“上面的人听着，我们已经按你们的要求，释放了你们的同伙，你们马上释放人质。”

通过探测仪可以看见，听到高音喇叭的声音后，反政府武装的人都向窗口跑去。

“行动。”金锋说道。

他们俩迅速向门口冲去，朝着窗口的反政府武装就是一顿猛烈的扫射。瞬间枪声、哀叫声、尖叫声不绝于耳。

不过仅仅几十秒的时间，一切都结束了。人质们还惊魂未定，一部分人质还闭着眼睛大叫着，当他们被成功地救下楼，才知道，那伙杀人不眨眼的反政府武装分子已经被悉数消灭。

记者们开始采访M国特种部队，麦克在记者们面前添油加醋大谈这次行动的凶险，而金锋将在记者面前发言的机会让给了江尚，因为江尚才是中国维和部队的发言人，而他自己则默默地离开了广播大楼，他不想让别人知道自己是中国特种兵。但是有一个人却永远地记住了他的样子，那个长得像《终结者3》里的女主角的那个女人，她正咬牙切齿地寻找机会干掉金锋。

而对于现在的金锋来说，反政府武装想要报仇是一件再简单不过的事。金锋跟随着M国的维和人员学习和维修无线电之类的东西，根本没有部队保护，他们的自卫武器也仅限于手枪。

几个星期后，J国反政府武装就找到了金锋，金锋正跟着M国的工作人员爬在电线杆上作业。不远处响起了激烈的枪声，金锋还没明白怎么回事，就感觉胸口一阵剧烈的灼痛，一头栽了下去。等他醒过来的时候，微微张开眼睛就看见一张漂亮却因为仇恨而有些扭曲的脸蛋正盯着他。他睁大眼睛，原来就是上次广播大楼下的那个女人。

看见金锋张开眼睛，她得意地说道：“我们又见面了。”

金锋想了想不知道说什么好，就随口说道：“你不是想劫色吧?”

她挥手对着金锋的左脸就是一拳，说道：“找死。”

金锋伸手摸了摸火辣辣的脸，吐出一口血说道：“那你请我来干什么?”

“因为你不诚实。”说着她气急败坏地拿着AK-47在金锋的脸上狠狠地就是一枪托，金锋的嘴角马上就流出了血。

金锋抬起头，盯着她，眼睛里射出一股野狼般冰冷的光芒。她看着金锋的眼神，感觉有点头皮发麻，全身起鸡皮疙瘩。她不明白这个人的眼神怎么会跟狼一样，于是大声叫着：“来人，来人，把他的眼睛给我蒙上。”

眼睛被蒙上后，她走到金锋身边用力一拳打在金锋的脸上，边打边说道：“叫你吓唬我，叫你吓唬我……”打完龇着牙甩甩打痛了的手。金锋只是从喉咙里发出几声沉闷的“嗯嗯”声。

“他妈的，我倒要看看是你的骨头硬还是我的手段硬，该死的。”说着她又绕到桌子的另一头，拿起榔头在金锋的右手手背上狠狠的一击。

“啊……”金锋大声地叫了出来，紧皱眉头，牙关紧咬，痛得全身打颤。

“你害死我十几个兄弟，我不会让你死得这么舒服的，我要慢慢地折磨你，让你知道我的手段。”她恶狠狠地说道。

“果然是最毒妇人心。”金锋咬着牙齿一字一顿地说道。

“该死的，还嘴硬。”

砰，又是一榔头。这一次金锋没有叫出声来，只是全身战栗了一下。

“骨头还挺硬。”她说着从旁边拿起一根足有十厘米长的铁钉，对准金锋的手背一榔头，将铁钉从金锋的手背上钉了下去。

“啊……”剧烈的疼痛让金锋忍不住大声叫了出来。

“哈哈，我要让你知道什么叫生不如死。”她似乎有点得意。

“我是来问候你老妈的。”

“找死。”她气急败坏地连续在钉子上砸了几榔头，金锋一下子晕了过去。

第十四章　生死线

等金锋醒过来，才发现自己被关在了一个碉楼上。他微微睁开眼睛，将整个碉楼大致扫视了一遍。碉楼不大，大约有二十平方米。整个碉楼有四个机枪眼，用一张梯子通往楼下。碉楼将近十米高，碉楼的四周都是大树，如果要从碉楼上往下跳的话，可以抓住树枝作为缓冲，这样的话，安全落地是没有问题的。但是选择一条合适的逃跑路线是很重要的。这个碉楼应该有二十名左右的反政府武装士兵。因为这里的最高军衔就是那个女的，是个少尉，那么应该是一个排左右的兵力。离这个碉楼最近的碉楼赶到这里支援的最短时间不用十分钟。楼上有六个人，有两个负责看守他，还有四个机枪手。如果要在这里选择逃跑，他必须在一分钟之内干掉上面的六个人。然后把碉楼的南面作为逃跑路线。因为南面的树林比较茂盛，比较容易隐藏。

想好了整个逃跑的计划和路线后，他在想着应该怎样解开被反绑着的双手，这是最关键的也是最难的，因为那个女的是用电线绑的他。如果是绳子的话，就好办多了，他只要用军靴鞋底的刀片就可以割断绳子。现在要用比刮胡刀还小的刀片割断电线确实有一定的难度。

说起军靴鞋底的刀片，还是袁帅想出来的办法。那一次在 B 国被恐怖分子抓住扔进枯井里逃出来后，他就一直在想一个不会被敌人发现又切实有用的藏刀地方。后来在大家的努力下想到了鞋底。这可能也是全世界特种兵里唯一的一种方法了，没想到现在在自己身上又派上用场了。

“如果这次逃出去的话，一定建议军长将藏在鞋底的刀片改成多用型的，一边是刃口，一边是锯齿型。这样下次敌人用电线绑也可以快速地将其割断了。”金锋将自己的左脚屈起往后伸。

“你干什么?”一个守卫看到金锋屈起腿往后伸，大声呵斥道。

金锋马上将双腿的膝盖并拢，说道:“我想上厕所。”守卫一看他膝盖并拢，以为他膝盖里藏了什么东西，命令金锋将膝盖分开。金锋见这招声东击西取得了效果，故意装得被尿憋得很难受的样子。

“少废话，把膝盖分开。”守卫边说着边拿枪对着他。

“好好好，别开枪。”金锋故意装得很难受的样子慢慢分开膝盖。

守卫一看没什么东西，就说了声:“要尿，就尿在裤子上。”

“那多臭啊!”金锋故意一边跟他说话引开他的注意力，一边又悄悄地将左脚慢慢往后伸。左手神不知鬼不觉地从鞋跟上取出刀片，然后用食指和中指夹住刀片，慢慢地割着电线，他的眼睛则盯着两个守卫，因为他要用守卫手中的山寨版 AK-47 步枪去干掉那四个机枪手。割断了电线的皮后，金锋又往里割了一会儿，又用大拇指和食指在割过的两边拗了起来。金属丝只要有一点点口子，就比较容易拗断了。拗了几下后，金锋感觉到电线轻轻地一弹。他知道，电线已经断了。但是他没有马上挣开电线，他在寻找时机，等守卫走到身边的时候再挣脱也不晚。

当守卫走到面前，背对着他的时候，他暗暗地运足力气，然后“啊”地叫了一声。守卫听到他的叫声后转过身刚想开口，金锋运足力气的双脚已朝守卫的膝盖用力踢了过去。

咔嚓，一声骨头断裂的声音。

守卫面朝金锋倒了下来，金锋在他还没有倒地的时候，伸出左手迎了上去，用刀片划过守卫脖子上的大动脉。然后转身右手忍着痛接过守卫的枪，继续向后转去，等第二个守卫反应过来，金锋的枪已经响了，另一个守卫应声倒地。然后金锋的身体向后倒去，四面的机枪手同时听到枪声。但是因为机枪比较重，转身延时。金锋在身体往后倒的同时向身后的机枪手扫去。后面的机枪手应声倒地。这时候前面和左面的机枪手已经拿起机枪朝金锋射过来。金锋的身体再继续往后倒，子弹几乎贴着他的脸飞过去，鼻子边留下一股浓浓的子弹划破空气时的特殊味道。

金锋在身体倒地的同时，又将枪头调过来，对准前面的机枪手一阵扫射。前面的机枪手被打得全身抖动了几下便躺在地上抽搐起来。他又转过身想对左边的机枪手开枪，此时枪里只剩下最后一颗子弹，射出后，只是打在左边那个机枪手的右肩膀上。

所谓有利就有弊，AK-47 近距离步枪拥有很多优势，但是山寨版AK-47 的子弹在射出枪管以后，子弹不是翻滚的而是旋转的，所以杀伤力并不大。

那机枪手在中了一枪后居然还可以拿着枪继续朝金锋射击，不过明显是抓不住枪了，子弹像无头苍蝇一样地到处乱飞。这时候金锋已经顾不得危险了。因为时间已经超过一分钟了，底下的反政府武装士兵正在往上赶。他抓紧空当一个“抢背”飞快地向机枪手扑去，一掌砍在机枪手的喉咙上。机枪手倒在地上抽搐，金锋一把抓起机枪就往机枪口扔出去，接着随手抓了一把匕首和一些手榴弹装进袋子里，然后爬上机枪口，缩着身子，双脚蹬住机枪口的檐口用力一蹬，左手向机枪口外面的一棵树抓去。他必须依靠树枝的弹性来缓解落地时的冲击，要不然十几米的高度会给他带来不可预知的危险。

平稳落地后，金锋背起刚才扔下来的 M249 机枪就往南边的密林跑去。

M249 机枪是比利时 FN 公司生产的一款班用机枪，全长 908 毫米，加满一百发子弹的重量是 7.5 公斤。所以拿着还是比较轻松的。这点儿分量对于世界上任何一个特种兵来说都不算什么。跑了不到两百米，后面就有追兵叽里呱啦地叫着追了上来。南边是一个上坡，所以地形对金锋来说是有利的，这也是金锋选择往南跑的原因之一。

后面不断传来子弹的呼啸声和军犬的狂吠声，金锋很清楚这些反政府武装的兵肯定是跑不过他的。所以头也不回地往前跑去。他担心的是，过不了多久，反政府武装肯定会派出更多的部队前来追击他。

厚厚的枯叶，极大地阻碍了金锋行动的速度。不过他喜欢这厚厚的枯叶，因为一旦夜晚到来，一旦所有的军犬都被他消灭，这厚厚的枯叶将是他潜伏隐蔽的最佳伙伴。在森林里，他最需要的就是枯叶。

森林的西面射进来千万缕丝带般金黄色的残阳。奔跑了将近两个小时，军犬声还是在他不远的身后传来。金锋看了看西边就要下山的太阳，感觉是时候动手消灭这些军犬了。在夜晚来临之前消灭这些军犬，他才可以肆无忌惮地潜伏、猎杀。

金锋用匕首在自己刚才经过的路上挖了两个小坑，每个间隔两米，然后将自己从碉楼里拿来的 M67A1 防守型手榴弹埋进去，将有握柄的一面朝上，然后找了两根枯树枝，拉掉手榴弹拉环后，用枯树枝压在握柄上。

做完这一切后，金锋在枯树上面撒了泡尿，跑了一百多米后，他背西面东隐藏了起来，只等着那些反政府武装带着军犬出现在他的视线里。这一次他先要对付的是那些军犬。只有在天黑之前杀光那些军犬，他才有机会在黑夜里，慢慢地对付那些反政府武装分子。

军犬行动的速度并不快，因为它们要一边嗅闻一边行进。而且个头又比雪狼大得多，所以对付这几个畜生，金锋还是很有把握的。六条军犬，分左右两边，鼻子几乎贴着地往前行进。

渐渐地，前面两头军犬似乎开始兴奋起来。

通过夕阳的照射，金锋可以清楚地看到一百米外的军犬和反政府武装的行动。

“慢，它好像闻到什么了。”一个拉着军犬的二等兵说道。

金锋嘴角露出了一丝阴笑。那军犬正朝着他撒尿的位置闻去，然后用嘴咬住枯树枝用力一扯。

轰，军犬兴奋地拉扯开枯树枝的时候，被压着的手榴弹握把松开，手榴弹爆炸。M67A1 防守型手榴弹爆炸的气浪掀开了两米外的另一颗手榴弹的枯树枝，接着又是轰的一声。十米之内的人畜基本上都难以逃出 M67A1 手榴弹的巨大威力，有些被炸弹的气浪抛到半空，然后又被狠狠地摔在地上，半空中立时下起一场血雨。

枪声、呻吟声、叫喊声、骂声响成一片。这个刚才还宁静得只有鸟儿在欢叫的森林里，现在犹如人间地狱。

金锋皱着眉头，看着那些哀号的反政府武装分子，紧握着枪的手开始松动。他不是一个杀人机器，他是有血有肉的人。看着那些被炸断了手脚，还有被拦腰炸断的反政府武装分子在那哀号着，他怎么能不动容呢？毕竟他们都是人，都是生命，来到这个世界都不容易，而现在他们就死在自己的手里。他们也有家人，也有妻儿老小，他们的家人也会为他们悲痛欲绝。但是如果不杀他们，自己就没法跑出这个地方，就会被他们抓住，被抓住的后果是什么？就是死。对于一个军人来说，他只能忠诚于自己的国家、自己的团队。这就是军人的宿命。谁也改变不了。只要有人类，只要有欲望，就一定会有战争，就一定会有杀戮。想到这里金锋继续握紧枪把，扣动扳机。子弹疯狂地向手足无措的反政府武装倾泻出去。不过几秒钟的时间，弹夹中的子弹就全部打完了。不是他不节约子弹，而是一种发泄。他需要发泄他内心的压抑。

被炸断手脚的反政府武装士兵在大叫着“救救我，救救我”。没有受伤的士兵努力地在帮他们止血，包扎。

突然，那个女少尉出现了，只听她大叫道：“别救了，就是活着也是废了，给我追。”

金锋听得清清楚楚，心想：“置战友和手下不顾的人，该死。”

夜幕悄悄降临，金锋悄无声息地隐藏在枯叶堆里，等待着反政府武装进入他的伏击范围。对他来说，在黑夜里，不带消声器的枪是没有用的。

因为一旦枪响就暴露了自己，而敌人也会感受到自己的存在，危险也就成了有形的危险。对一名军人来说有形的物体哪怕再危险，那也是以一个有形的物体出现在自己的身边，是摸得到看得着的，这种危险也就显得不那么恐怖。

这时候最好的武器就是匕首和飞刀，因为匕首和飞刀是没有声音的，杀人于无形，悄无声息。让人感觉不到对手的存在，而危险和死亡却像幽灵一样时刻伴随着自己。这种无形的危险才是最让人恐惧的。什么也没看到，什么也没摸到，刹那间，自己的战友就倒在自己的身边，下一个就有可能是自己，而自己却不知道敌人会在什么时间、什么地点，用什么方式让死亡降临到自己身上。这种强大的压力很容易让人精神崩溃。

金锋就喜欢用这种方式，他左手紧紧地握着从机枪手身上摸来的俄制高加索匕首。这种匕首刀刃非常薄，锋利无比，说它可以用来刮胡子一点儿都不夸张。这种匕首也有一个缺点，就是不适合砍坚硬的东西，不过用来割断喉管是再好不过的了。

金锋闭上眼睛，静静地用耳朵辨别着反政府武装反扑过来的方位，他虽然不像张启鹏那样可以贴地闻声，但是大致上还是可以辨别敌人的方向的，特别是近距离的时候。

近了，近了，金锋已经听到了一个士兵踩着枯叶的沙沙声了。

忽然金锋像一条扑向猎物的眼镜蛇，嗖的一声一跃而起，右手的手腕紧紧捂住那个反政府武装士兵的嘴，左手的匕首在那士兵的喉管上轻轻一抹，一股鲜血哧的一声喷射出去。金锋一闪身一个“抢背”消失在十几米之外的灌木丛中。当其他反政府武装士兵反应过来时早就不见了金锋的身影。女少尉跑到那个士兵身边看了一下那士兵的刀口，叫道：“特种兵的杀人手法，那家伙就在附近，大家注意搜索，三人一组。”

女少尉说完，反政府武装士兵都自觉形成三人一组，小心翼翼地搜索着。

金锋本不想出手的，他不想杀那些小兵，他只想杀了那个女少尉，吓唬吓唬那些小兵，让他们知难而退。他这次不是来执行任务的，完全是因为意外，他只是做了一个军人应该做的事情，解救自己的人民。他现在最想做的是离开这个鬼地方。而那个女少尉因为做得有点过分，再说他要是不杀掉那个女少尉，女少尉肯定会死死地跟着他的。

又有三个士兵向金锋潜藏的地方走来，金锋趴在枯叶丛中，暗暗运气于丹田。就在三人组合中的其中一个士兵要踩到他身上的时候，金锋双手在地上一拍，身体在空中迅速转身，双手抓住那个士兵，向后面两个士兵扔去。那两个士兵还没看清楚就慌乱地开枪，将那个被金锋扔出的士兵打得跟马蜂窝一样。

“他不是我杀的。”金锋在心里默默地说道，然后又消失在一棵大树的后面。听到响声的女少尉又一次赶了过来，这一次金锋看准时机，幽灵般地在众多反政府武装士兵的眼皮底下，一把抓住女少尉的衣领迅速将她拖到森林深处，同时扔下了一颗手榴弹。反政府武装士兵刚想追，但是一看到手榴弹马上都卧倒，等手榴弹爆炸以后，哪里还看得到女少尉和金锋的影子。

金锋将女少尉拖到一边后，轻轻地对女少尉说道：“你这辈子恐怕没机会扭断我的脖子了，因为我现在要扭断你的脖子。”说完咔嚓一声，毫不犹豫地将女少尉的脖子扭断了。

接着他又用同样的手段将一名反政府武装的小头目拖进了树林里，右手捂着他的嘴巴，轻轻地说道：“不要再逼我杀人了，你应该知道，我要杀你们就像杀一群羔羊那么简单。马上退回去，把你们受伤的战友带回去。”说完取走了他身上的手榴弹，然后又在那人的大腿上刺了一刀。金锋说完，扔下小头目，迅速消失在黑暗中。

小头目对着手下的士兵喊道：“头儿已经牺牲了，还有很多负伤的战友，我们应该先回去将情况汇报给阿卜杜拉。”士兵们也怕死，他们也不想打仗，更何况跟一个幽灵般的死神对峙，简直就是有来无回。听到长官这么说无不欢呼雀跃，纷纷叫道：“找阿卜杜拉来对付他吧，找阿卜杜拉来对付他吧……”

阿卜杜拉是谁？金锋不知道，但是看见他们已经撤退，金锋在不远处大呼了一口气。

轻装长途急行军对于金锋来说还不是什么大问题，经过一夜的跋涉，直到东方破晓，金锋的肚子开始闹“革命”了。幸好这时候也是小动物出来活动的时候，金锋很轻易地就用飞刀捕捉了一只木鼠，切成小块生吞了下去。

他不能够生火，要不很快就会被反政府武装发现自己的位置，被发现麻烦就大了。吃完东西他靠着树干休息了一会儿。忽然，前面的鸟被惊动得飞了起来。金锋警觉地爬到树上观察，不由得惊出了一身冷汗，有一群穿着类似于 M 国特种部队的武装分子向他这边围了过来。

金锋靠在树枝上仔细地观察着。

“不对啊，怎么绿色贝雷帽还用 AK-47 呢？妈的，绝对是山寨。”不过可以肯定，这些人一定是反政府武装最出色的部队了，从他们的装备上就可以看得出来，除了 AK-47 以外，还有九毫米勃朗宁手枪。特别是几名狙击手，装备的竟然是黑科勒－科赫 MSG90 半自动狙击步枪。

“妈的，反政府武装还真有钱，装备的都是高档货啊？不会又是山寨的吧？”一连串的问题瞬间从金锋的脑海里掠过。

反政府武装的行动也是悄无声息的，要不是惊动了林子里的鸟，说不定到了身边自己还没有发觉。跟昨天部队的最大不同之处在于，他们行动时始终保持着严谨的队形。“难道这就是反政府武装所说的阿卜杜拉？原来阿卜杜拉是一支部队的名称，妈的，还以为是他们的领导呢，这下麻烦大了。”金锋心想。

“凭他们的能力肯定是可以找到自己的，昨天晚上自己留下的痕迹，一个三流特种部队都可以找得到。怎么办？”金锋在心里问自己。想了一会儿，金锋脑子里冒出五个字——先下手为强。决定后，金锋从腰间掏出四颗手榴弹，左右手各拿两颗。在反政府武装经过树下的时候，金锋将四颗手榴弹全部送给了他们。

“轰轰轰……”四颗钢管手榴弹在他身下连番爆炸。C4 炸药强大的爆炸气浪将几个阿卜杜拉队员炸得飞起几米高，金锋在将近十米高的树上都感觉到了强大的热浪。

“太棒了！”金锋看着这威力惊人的山寨手榴弹，惊讶得半天合不拢嘴。他惊讶的不光是手榴弹的威力，更多的是这些反政府武装的人从哪里弄来的 C4 炸药。

在阿卜杜拉还没有完全反应过来的时候，金锋已经悄悄地下了树，在枯叶中隐藏起来。不过阿卜杜拉毕竟是反政府武装中的“特种部队”，不过十几秒的时间，他们就完全反应过来了。刚刚卧倒的阿卜杜拉队员立即重新摆好了战斗队形。狙击手朝着刚才金锋待过的树上搜索。其他人向四周扩散、搜索。整个队形展开得有条不紊。

一看就知道是训练有素的部队。

金锋还是先下手为强，因为手上没有枪，他必须要先弄到一把枪。

现在藏身的地方，糊弄那些没有经过特种训练的普通兵还可以，但是绝对躲不过这些训练有素的阿卜杜拉的队员。有一个小组已经在向他这边走过来了。金锋悄悄地拿出仅剩的四颗手榴弹，然后一跃而起，向分散在四面的阿卜杜拉扔去。在卧倒的同时，左手抓住离他最近的一个阿卜杜拉队员的脖子，右手迅速拔出匕首向他胸口狠狠地刺去。接着两个人同时倒地。

轰轰轰轰，四颗手榴弹将枯叶掀得如仙女散花，漫天飞舞。

那个被金锋刺中一刀的阿卜杜拉队员没有任何挣扎，而是直接反手一枪托朝金锋的脑袋砸来。金锋想不到他会做出这种令人匪夷所思的动作，要知道这是超出人本能反应的动作。金锋放开握着匕首的右手格挡。幸好，那家伙在挨了金锋一刀后，枪托砸过来的力量已经不是很大了。要不然，金锋的手臂肯定被他砸断了。金锋拔出匕首，夺下他手中的 AK-47，一个随地翻滚，躲到了一边的树后面。

阿卜杜拉队员开始慢慢地向他包围过来，狙击手死死地盯着他的位置，只要他露出脑袋就有可能被狙击手一枪爆头。

“怎么办？怎么办？”一向冷静的金锋此时心里也紧张了起来。忽然灵光一闪，身体靠着树慢慢往下蹲，然后抽出匕首，伸直手，将匕首向右稍稍斜过来。光亮的匕首反射出一双正在向他走来的腿。“五点位置。”他默默在心里念着，收起匕首，拿出枪，以迅雷不及掩耳的速度转身，瞄准，扣动扳机，然后再转身隐蔽到大树后面。金峰的动作一气呵成，右边的一个阿卜杜拉队员应声倒地。

他继续如法炮制，匕首反射显示，右边已经没有阿卜杜拉队员了。他深呼吸了一口气，向右一个抢扑，然后再向后一个抢背。在他经过的地方，枯叶被子弹溅得阵阵飞舞。

金锋躲在树背后，胸口剧烈地起伏着。稳定了一下自己的情绪后，他试探性地将匕首向右边伸出去。

嗒嗒嗒，一阵子弹将他的匕首打飞了出去，不过，让金锋感到安慰的是，他听到了九毫米勃朗宁手枪的声音，这说明对方的子弹快用完了。现在最重要的就是要干掉狙击手，要不然根本就没有生还的可能。但是他连狙击手的位置都不知道，要干掉狙击手简直就是天方夜谭。

他得先弄清楚狙击手所在的位置，才有机会脱身。但是匕首已经被他们打飞了，离自己的位置最起码有十几米远。

时间容不得他再多考虑了。金锋转过身面朝大树，左手紧紧握着AK-47，将右手伸出去。

砰一声枪响，他的手掌被子弹穿透。金锋顾不上剧痛的手掌，迅速地缩回手，仔细地判断着。

“声音尖锐，回声长，是黑科勒－科赫 MSG90 半自动狙击步枪的声音。子弹横右 70 度角穿过手掌，狙击手方位七点钟位置。”金锋用很短的时间判断出对方狙击手所在的位置，然后双脚蹬地，身体横向弹出，左手单手握枪，瞄准七点钟方向狠狠地射出一梭子子弹。因为黑科勒－科赫 MSG90 半自动狙击步枪打完一枪后，重新拉动枪栓至少需要一秒钟的时间，金锋完成整个动作的时间还不到一秒。狙击手在拉完枪栓准备再次扣动扳机的时候，全身被金锋射进三颗子弹。AK-47 高速翻滚的子弹在狙击手身上留下了三个拳头般大小的弹孔。

“看来这 AK-47 不是山寨版的。”金锋心道。

“干掉狙击手。”金锋的右手手掌在地上使劲地摩擦了一阵，一是可以用地上的泥土止血，二是利用摩擦暂时止痛。

这种用手掌引诱狙击手开枪，测算出狙击手位置的方法，金锋也是在紧急关头出于无奈才想出来的。用一只手的代价，换回一条命，这也是无奈之举。

在金锋横向弹出击毙狙击手的同时，也有几支枪对准金锋扫射过来。听声音就能辨别，对方的自动步枪已经差不多没有子弹了，都开始改用手枪射击。而此时金锋的步枪里还有七颗子弹。

对方的狙击手被干掉后，整个队伍失去了指挥。

金锋休息了一阵后，借助树木的掩护，飞快地向阿卜杜拉相反的方向狂奔。手枪的射击精度很难打中高速运动的物体，也包括在飞速奔跑的金锋。他们在开了一阵枪后，也飞快地追赶起来，一边追，一边开枪。后面传来了轰轰的爆炸声，是阿卜杜拉的队员在向金锋扔手榴弹。

“浑蛋，这个时候扔手榴弹！”金锋边跑边骂道。

突然，金锋感觉自己整个人被抛了起来，灼热的气浪，让他感觉自己的后背好像在燃烧。

“妈的，是榴弹。”金锋被掀到半空后第一反应就是对方使用了榴弹。他已经跑了超过100米的距离了，但还是被气浪掀起老高，最后重重地摔在地上。一根荆棘在气流的冲击下，刺进了他的大腿。金锋喉咙一阵甜甜的腥味，一口鲜血吐了出来，五脏六腑都被摔碎了一般，感觉有千万只蚂蚁在他的体内啮咬。他痛得全身战栗，这是他第一次尝到生不如死的滋味。不过幸好，意识还是清醒的，听到后面急促的脚步声，他的第一反应就是站起来继续跑，但是大腿被如箭般的荆棘穿透，稍稍动一下就会传来钻心般的痛。

“不许动，放下枪。”一个阿卜杜拉队员已经拿枪指着他。

金锋放下枪，慢慢地站了起来。在站起来的同时他从脚底下取出刀片，抓在手里，双手抱着后脑。那个阿卜杜拉队员看见金锋扔掉了枪，双手抱头站起来，他有点放松警惕，慢慢地靠近金锋。金锋为了麻痹他，故意将头低下，但是眼珠子却死死地盯住他。就在那个阿卜杜拉队员转头想向后面队员喊话的时候，金锋迅速将刀片飞出，刺进了那个阿卜杜拉队员的脖子。然后转身拾起地上的枪，继续一瘸一拐地向前跑去。

金锋跑了几步后躲到一棵大树后面，瞄准了跑在最前面的一个阿卜杜拉队员，一枪干掉了他。后面的阿卜杜拉队员马上卧倒，拿着手枪朝他射击。金锋现在很想弄清楚对方的榴弹是怎么发射的，他必须要搞掉发射榴弹的家伙，否则再让他这样轰一下，不死也残废了。

枪声响了一阵后，那群家伙又开始追了上来。金锋还是朝最前面的家伙开枪，撂倒了冲在最前面的，他只剩下五颗子弹。后面至少还有十几个阿卜杜拉队员，最要命的是他们还有榴弹发射器。所以金锋现在最紧要的是先让阿卜杜拉的人打光手枪里的子弹。

一般特种兵会携带三个步枪弹夹，但他只携带一个手枪弹夹。所以等对方将枪里的子弹射完后就弹尽粮绝了。到时候大家都没子弹，事情就好办多了。一旦进入肉搏状态，就算是榴弹发射器也起不了作用。

不知道谁叫了一声："他没子弹了，我们追上去，活捉他。"

"嘿，没子弹了？让你看看我有没有子弹。"金锋说着转身向着喊话的家伙就是一枪。他必须要证明自己还有子弹，要不他们一起冲上来，自己的子弹就真不够用了。没想到这一次是金锋中计了，就在金锋开枪的同时，他的左肩膀上也中了一枪。

此时的金锋，他的神经几乎麻痹了，全身没有一个地方不是刀割般的疼。肩膀中一枪后，也没有感觉到有多疼痛。

不过金锋明白了，因为他们快没子弹了，所以故意用这种手段，想引诱金锋出来，利用有限的几颗子弹打死金锋。如果金锋真的没有子弹了，他们就会冲上来跟金锋肉搏。

双方开始进入了僵持阶段，大家都不敢轻举妄动。战斗到了这个时候，每一颗子弹都变得无比珍贵。

金锋利用这宝贵的僵持时间，将衣服撕成几条，用其中一条紧紧绑住穿过大腿的荆棘上面，将一头折断，往嘴里塞进一截树枝，右手用力地将荆棘拔了出来。

"嗯！"虽然嘴巴紧紧地咬着树枝，但是喉咙里还是发出了一阵野兽般的闷吼。荆棘上的倒刺将大腿上的肉刮得血肉模糊。虽然之前已经用布条扎住伤口上面的动脉血管，但血还是像喷泉一样疾涌而出。金锋顾不得疼痛，立马用撕成条状的衣服，在伤口上紧紧地缠绕起来，要不他会因为失血过多而产生幻觉的。

做完这一切后，金锋闭着眼睛靠在树上休息了一会儿，他知道阿卜杜拉的人不会也不敢这么快就向他发起进攻。因为那些人已经领教了金锋的枪法。金锋现在就是要好好地休息，哪怕只休息一分钟，他就有力气继续往前跑。只有往前跑，往树林密集的地方跑，才会最大限度地消耗掉敌人仅剩的几颗子弹，才能躲避榴弹的攻击。在感觉自己已经没有可能消灭榴弹发射器的时候，金锋只能退而求其次。因为他不能长时间待在这个地方，这可不是自己的国家，时间拖得越久，敌人就会越多，自己生还的希望也就越渺茫。

在休息了一阵后，金锋继续向前跑去，因为拖着一条受伤的大腿，一瘸一拐的，毫无规律可言，甚至有点滑稽，但却让那些阿卜杜拉的队员们费了老大的劲，射光了所有的子弹，硬是连金锋的皮都没伤到，榴弹也没有发挥任何的作用。

阿卜杜拉的队员们怎么也搞不懂这个拖着一条受伤的腿，看上去动作缓慢的家伙是怎样灵活地躲开他们的子弹的。他们开始快速地追赶金锋，不过还是保持着原先的战斗队形。金锋看着最前面的阿卜杜拉队员离他近了，就停下来开一枪。然后阿卜杜拉的人又卧倒，看着金锋跑了，他们又追，金锋又开枪，直到金锋的子弹全部打完。阿卜杜拉也剩下不到十个人了。

阿卜杜拉队员感觉金锋已经没有子弹了，这下开始肆无忌惮地追赶金锋，连队形也忘了，都想追上来立头功。

金锋感觉自己肯定跑不过他们了，毕竟自己的腿受伤了，只好停下来躲在一棵大树后面以逸待劳，等着他们冲过来再见机行事了。

“妈的，这个鬼地方，连块石头都找不到。”金锋心想着，有块石头，还能砸伤个把人呢，可是这儿除了树叶什么也没有。他有点后悔当时有匕首的时候怎么不多做点飞镖在身上呢？如果有飞镖在身，现在也不用这么狼狈了。

正想着，一个阿卜杜拉队员已经冲了过来，金锋抡圆了 AK-47 一枪托就向那个冲在最前面家伙的膝盖砸去。那个家伙也是有备而来，看见金锋一枪托砸过来，就地一个凌空翻滚躲过金锋攻击的同时，在身体没落地之前，左脚一脚向金锋的太阳穴横扫过来。金锋反手朝着他踢过来的脚又是一枪托。金锋格斗从来没有套路，也没有讲究，只要有用就行，有点袁帅的做派。不像李南，李南是讲究江湖规矩的，每招每式也都是有名堂的。

阿卜杜拉队员的格斗多少也是受到海豹突击队的影响，因为他们在 J 国接触最多的特种部队就是海豹，所以反政府武装在建立自己的阿卜杜拉的时候，基本上就参考 M 军的海豹了，每招每式都讲究一招必杀，但是缺乏灵活性。M 国人用还好一点儿，因为 M 国的海豹陆战队队员都是身体强壮、个头高大。所以他被你打几拳没事，你只要被他砸到一拳就承受不了了。但是反政府武装人也学 M 国人的格斗方法就有点不伦不类了，块头没有 M 国人大，但是学的招式却又是仿 M 国佬的，所以反应速度就没有那么快了。

金锋反手砸过来那一枪托，重重地砸在了那个阿卜杜拉队员的脚踝上，立刻传来一声清脆的声音——咔嚓，AK-47 的木质枪托被砸断了。那家伙倒在地上痛苦地呻吟着。金锋刚想抡起已经断了枪托的 AK-47 继续往他的脑袋上砸去，突然感到一阵疾风从背后袭来。

金锋马上停止了对地上那个阿卜杜拉队员的攻击，迅速转身将枪横扫过去。不过已经来不及了，后面赶上来的阿卜杜拉队员一脚踢在了金锋的胸口，金锋被踢出去足足两米多远，重重地撞在后面的树上。

金锋捂着发闷的胸口咳嗽了几声，吐出一口血，感觉呼吸顺畅多了。那家伙看一脚得逞，马上又是一脚飞腿，直指他的胸口，金锋背靠大树，退是退不了了。他的右脚受伤，只好本能地往左边躲闪。

那个阿卜杜拉队员也不是省油的灯，他似乎料定金锋会往左边躲闪，所以在一脚踢在大树上的时候，马上转身后一脚向金锋的太阳穴横扫过来。金锋伸左手小臂格挡，右脚跨步向前的同时向左转身，左手格挡住那一脚后，立马擒拿手抱住他的后脚。右手手肘向那个阿卜杜拉队员的后腿膝盖上狠狠地砸去。随着一声惨叫，那个阿卜杜拉的膝盖骨完全断裂，躺在地上痛苦地呻吟起来。但此时后面的阿卜杜拉队员也全部赶到，团团将金锋包围了起来。

金锋抬起仍在流血的右脚，向正前方一名阿卜杜拉队员的裆部踢去，那名队员退步躲开金锋的这一脚。后面两个阿卜杜拉队员马上冲过来，一人一手紧紧抓住金锋的双手，正前方的阿卜杜拉队员朝着金锋的肚子上狠狠踹了一脚。

“啊。”金锋忍不住叫出了声。正前方的那个阿卜杜拉队员又是一脚。金锋忍住痛，双脚用力一蹬，左右脚分开，身体由下至上一个倒翻，分别踢中两个抓住他手的阿卜杜拉队员的鼻子。两个阿卜杜拉队员和金锋一起重重摔倒在地上，剩下的四个阿卜杜拉队员一起向金锋扑过来。金锋坐起身从左边的阿卜杜拉队员的军靴上抽出一把高加索匕首，从右到左划出一个半圆形，刚刚冲上来的几个阿卜杜拉队员马上向四周躲开，纷纷从自己的军靴上拔下匕首，又向金锋冲了过来。金锋一看这阵势，也立马转身抓起躺在地上的一个阿卜杜拉队员去格挡向他刺过来的匕首。那些人马上退开，他们可不想用自己的匕首去刺自己的队友。金锋趁势将手中的阿卜杜拉队员身扔了过去，后退的四个阿卜杜拉队员纷纷伸手来接自己的队友。金锋趁此时机一刀向左边的阿卜杜拉队员飞去，然后迅速地向被他飞中的家伙扑去，拔出匕首，之后又夺过那人身上的匕首。双手各执一把匕首，左右开弓。

那几个阿卜杜拉队员接住自己的队员后，举着匕首恶狠狠地向金锋冲上来。金锋双手齐发，两把匕首向冲在最前面的两个阿卜杜拉队员飞去。同时他忍住右脚的剧痛向被他射中的两个阿卜杜拉队员跑去。在两个被他射中的阿卜杜拉队员还没倒地之前扑到了他们身上，双手各抓住一把匕首用力拔出，然后两手分开，向两边的两个阿卜杜拉队员砍去。两边的两个家伙看上去有点慌神了。短短几分钟的时间已经有三个人被眼前这个人杀死了，还有三个倒在地上呻吟。他们马上后退了几步。

三个人就这样对峙着。

金锋冷笑一声，眼睛里露出一股幽幽的杀气。剩下的两个阿卜杜拉队员看到金锋充满杀气的眼神，不由得后退了一步。金锋双手同时发力，两把匕首脱手而出，最后两个阿卜杜拉队员应声倒地。金锋上前拔出匕首将几个躺在地上呻吟的阿卜杜拉队员的动脉血管割断，从其中一个的身上找出一张地图。此时的金锋已经精疲力竭了，但是他知道，不能在这个地方待下去，反政府武装的追兵随时都有可能追上来。他不知道自己还可以坚持多久，如果真有追兵赶来，他是不是还能突出重围？他不敢想，只能拖着满身的伤继续向北走去。

走了一个多小时，金锋走出了森林，前方豁然出现一大片草地。草原的路要比森林好走多了，不过也更危险，就连个藏身之处也难找。

金锋步履蹒跚地向前走着，突然脚下一空，身体往下沉去。

“不好，沼泽。”金锋的第一反应就是自己陷入了沼泽。对于沼泽的危险他是知道的，一个人掉进沼泽，没得救。

“这一次真是死定了。”金锋一动不动地任由自己的身体慢慢往下陷。战友不在身边，整个草原空无一人。金锋将自己的手高高举着，泥浆已经将他的腹部吞没了，接着就是胸口，然后整个人都将陷入这该死的沼泽之中。这个地方最终将成为他的坟墓。

如果自己面对的是猛虎、狼群、蛇群，或者是反政府武装军队，他也有活下去的信念。但是面对着这个犹如血盆大口的沼泽，他却有心无力。越是挣扎越往下陷，他毫无办法，只有默默地等着死神将他带走。

其实死并不可怕，可怕的是，活生生一步步感受自己死亡的过程，感受着死神一点儿一点儿地将自己慢慢吞噬掉。

身体继续往下陷，淤泥渐渐没过了他的胸口，他已经明显感觉到自己的呼吸开始困难，脸色发紫。想着自己这几年大风大浪都过来了，却在这阴沟里翻了船。

就在金锋完全绝望的时候，忽然感觉周边的地在动，而且震动得越来越强烈。

“地震了？”金锋脑子里闪出一个想法。

“不对，是装甲车，是装甲车的声音，是反政府武装装甲车的声音。”不管是什么声音，对于此时的金锋来说都无疑是一个天大的好消息。他宁愿被反政府武装的人抓了，也不愿意就这样葬身在这个鬼地方。被反政府武装抓了，还有逃跑的机会，他甚至举起双手向反政府武装求援。

近了，越来越近了，金锋像是抓到了救命稻草，全身的血往上涌。但是装甲车似乎不是来抓他的，那些人仅仅是路过，压根就没有发现不远处的金锋。

装甲车还是隆隆地朝金锋的方向驶过来，但并没有停下来抓金锋这个俘虏的意思。

金锋极度郁闷，为什么这么多装甲车都没有发现一个陷在沼泽里的人呢？

让金锋欣慰的是，空中又响起了直升机的轰鸣声，他想直升机居高临下，应该可以发现自己的。他努力地挥动着自己的双臂，不过所能挥动的幅度也越来越小了。他现在要努力地仰着头，才可以看见空中由远及近的直升机。

直到装甲车隆隆地从他身边开过时，他才反应过来，自己完全可以借助履带脱离困境。但是很不幸的是，当他真的拼了九牛二虎之力，拉着履带从沼泽里出来的时候，一支九毫米勃朗宁手枪已经抵住了他的脑袋。

只听一个声音传来："你好啊，你已经被地球人逮捕了。"

金锋刚跟死神擦肩而过，看着一个反政府武装士兵拿枪对着他，反而感觉相当亲切，也幽默地回敬了他一句："谢谢，你让我知道了我还在地球上。不过，实际上，我们是老乡，我也来自地球。"

"那么老乡先生，我想请你去我们的军营看一看，你不会介意吧?"反政府武装士兵说道。

"非常感谢你的好客。"金锋说道。

金锋站起来跟着他爬上了装甲车，装甲车的舱门里还站着一个士兵，他将半个头露在外面，同样拿着枪欢迎他。就在金锋刚爬上装甲车的时候，他做出了一件很不友好的事情。他用力地将装甲车的舱门狠狠地关上，舱门里那个还露着半个身子的士兵，被这突如其来的装甲车舱门砸晕了。枪被丢到了一边，顺着流线型的装甲车滑到了草地上。后面那个刚才说话的士兵，马上开枪朝金锋射击，但是金锋已经跳到了装甲车下面，捡起了地上的手枪，转手就是一枪，那个士兵胸口立刻被鲜血染红了。金锋跳上车子，打开装甲车车舱，拖出了被装甲车舱盖砸昏的士兵，然后自己跳了进去。

装甲车也是反政府武装东拼西凑研制成功的山寨版本，跟反政府武装的阿卜杜拉特种部队一样，有点不伦不类，完全是一个拼凑出来的怪物。反政府武装集团还一直宣传它的性能如何如何优良，价格如何如何便宜，但事实是不是如此，只有天知道了。

装甲车不管参数怎么变，至少有一点还是相同的，前进和后退永远是由操纵杆控制的。只要先把装甲车开动起来，其他慢慢再说吧。

金锋在开动装甲车以后，马上就两根控制杆一前一后操纵，装甲车就开始原地掉头。

装甲车一掉头，就与原来在后面的反政府武装的装甲车形成了对峙的局面。只是，对方还没有反应过来，只是一个劲地用车载无线电呼叫道：“230，230，为什么调头，为什么调头，继续向前。”

“不好意思，这辆装甲车我暂时借用一下。”金锋边驾驶着装甲车，边寻找着其他的开关。

“你是谁，你是谁，你怎么会在这里？”那边传来了紧张的声音。

“一个老乡。”金锋说道。此时的金锋已经将装甲车开到最大速度，以每小时 60 公里的速度向与其他装甲车相反的方向行驶着。

“哦，原来发射按钮在这里，妈的一点儿都不方便。”金锋终于在他靠右边的副驾驶位置上找到了发射按钮。

“不错啊，反政府武装专场训练还带实弹啊，不错，有危机感，比国内很多部队强多了。”金锋心道。

反政府武装的反应速度很快，知道情况不妙，便组织其他装甲车追击金锋，并在后面开炮发起攻击。直升机也开始在金锋驾驶的装甲车上空盘旋。金锋当然不会傻到以一辆装甲车去对付后面几十辆装甲车。更何况他也不是专业的装甲兵，更不是专业的炮手。他只是想尽快离开这个鬼地方，回到政府控制区，回到自己的部队。

轰隆隆的爆炸声不断地在他后面和两边响起。

金锋也尝试开炮，却没有瞄准任何目标。他纯粹是想把炮弹打掉，减轻一点儿分量，让装甲车跑得更快一点儿，灵活性更好一点儿。

后面的装甲车因为要边跑边开炮，所以离他的装甲车越来越远。不过直升机却一直在他的上空盘旋着。

金锋加大马力向前冲去。后面的装甲车反而不开炮了，慢悠悠地跟在后面。

“嗯？这是什么意思？”反政府武装的举动让金锋心生一丝怀疑。直升机在大约一公里外，悬停在空中。

“咦？这直升机怎么停得比地平线还低啊？”金锋不由得仔细看了一下，忽然大叫一声：“不好，悬崖。”

此时，装甲车距离直升机还有不到五百米的距离，金锋马上将装甲车设为自动驾驶。自己则开始往外爬，装甲车急速向悬崖冲去。

“230，我不管你是什么人，反政府武装优待俘虏。”车载电话响起了喊话。

金锋才不会相信这一套呢，拿着钉子往手掌上钉，还算是优待俘虏，扯淡。

装甲车奔驰着向悬崖冲去，金锋掀开舱门，站在装甲车上面。

呼的一声，装甲车拖着发动机长音向悬崖下冲去，金锋在装甲车冲下悬崖的一瞬间起跳，身体猛地向悬停在悬崖边的直升机跳去。当时直升机离悬崖足有十几米远，金锋顺着装甲车的惯性，双手极力张开，双脚使尽力气在装甲车掉下悬崖之前用力一蹬，整个人腾空而起，大叫着，双手向直升机起落架抓去。

金锋的这个举动让后面慢悠悠跟着的反政府武装大吃一惊，包括直升机上的反政府武装也是看得目瞪口呆。

过了几十秒后，等金锋牢牢抓住直升机起落架的时候，直升机上的反政府武装才想起来开枪。但是金锋所处的位置令他们很难瞄准。因为起落架在直升机机腹下，要瞄准的话必须整个人爬出直升机外面才可以。下面的人就更不敢开枪了，因为由MD-500轻型民用直升机改装的武装直升机起落架离机身太近，一不小心就可能将直升机给击毁了。

后面原本缓慢行进的装甲车此时才开始加速向直升机这边驶来。

金锋已经完全忘记了右手的痛，拼尽全力向直升机座舱爬去。他双手拼命地拉住直升机的起落架，然后一齐用力将整个身体往上拉。手肘夹住起落架，接着右脚爬上起落架。然后双脚站立在起落架上，右手抓住直升机座舱的边缘，左手迅速抓住开枪者的枪头。

嗞……左手握在滚烫的枪管上，马上传出一阵煎牛排的声音。金锋忍不住大叫了出来，但是手还是牢牢地抓住枪管，用力往下一拉。

“啊——”那个拿枪的反政府武装被金锋拉下了飞机。金锋的左手手掌整张皮被撕了下来。不过此时的他已经顾不得疼了，迅速向机舱里爬去。机舱的另一个反政府武装分子已经在等着他了，在金锋只爬进半个身子的时候，他就一脚朝金锋的头部踢来。金锋松开左手，右手的手肘支撑住整个身体，紧紧抓住座舱边缘，身体向左闪去。

右手本身已经受了几乎残废般的伤，金锋几乎只能依靠信念支撑下去。

那个反政府武装分子见一脚踢空，马上又踢出一脚。金锋伸出刚才松开的左手，一把抓住他踢过来的脚。那家伙毫不犹豫抬起另一只脚踩向金锋抓住他脚的右手。

“呀！”金锋喉咙里发出一阵野兽般的吼声，但手还是紧紧如铁钳般抓住他的脚。那个反政府武装分子见金锋死死抓住自己的脚不放，蹲下身子从军靴上抽出匕首，向金锋左手臂上狠狠地扎去。

“啊。”金锋忍不住大声叫了出来，右手抓住了反政府武装拿着匕首的手臂，用力一拉。那个反政府武装分子猝不及防，被拉出机舱掉了下去。金锋双脚钩住直升机起落架，但是那个反政府武装分子在掉下去的时候，顺手抓住了金锋的右脚。金锋的双脚承受着两个人的分量，绑着右脚的布条被绷断了，血顺着裤子往下流。金锋伸出左手使劲掰开那个反政府武装分子的手，随着“啊”的一声，那家伙向山谷下掉去。金锋大口地喘着气，再次艰难地爬上了机舱。但是驾驶员已经拿着手枪对着他的脑袋说道：“不许动。”

金锋举起双手，驾驶员毫不留情地扣动扳机，子弹打中金锋的左肩膀。

金锋向后倒下去，在往后倒的同时一脚踢掉了驾驶员手中的手枪，手枪掉在了座舱里，金锋迅速捡起手枪朝驾驶员挥挥手，意思是叫他跳下去。驾驶员颤抖着看着金锋，金锋毫不犹豫地一枪打在驾驶员的太阳穴上，然后一脚将他踹了下去。

第十五章　失忆者

金锋驾驶着直升机飞到J国政府控制区后，在J国防空部队的示意下，降落在了J国政府控制区的一个无人区。J国武装人员拿枪对着他的时候，金锋因为大出血而昏迷了。在中国驻J国大使馆的帮助下，J国政府给金锋找了J国最好的医院，出院后金锋被送回了国内。

金锋在J国的遭遇驻J国大使馆和维和部队早就通知了军长，他亲自去机场将金锋接回了军部，看着金锋惨白的脸色，军长心疼地拍着金锋的肩膀说道："金锋啊，你辛苦了，这段时间没什么事，你好好地休息一下吧。"

"首长，袁帅他们呢？又执行任务去了？"金锋没看见袁帅他们，有些着急。

"哦，他们这段时间去参加一个针对性的演习。"军长说道。

"针对性的演习？针对什么啊？"金锋疑惑地看着军长问道。

"针对数字化部队的。"军长说道。

"数字化？M军？为什么？"金锋的意思是为什么要参加针对数字化部队的演习。军长当然也知道他的意思，便回答道："种种迹象表明，他们可能会在中国的边境发起一次试探性的挑衅。当然，这只是猜测。"

金锋点了点头说道："哦，那我最有发言权了，不是你派我去J国学习他们在高科技下的作战方式的吗？"

"是啊，但是这么短的时间，你又受伤了……"

"就是这次的战斗才真正让我学到了不少东西呢。"金锋似乎有点兴奋。

"嗯？"军长惊讶地看着金锋说道，"你不是跟反政府武装的人……"

金锋知道军长是怎么想的，于是继续说道："是啊，我就是从反政府武装分子那里学到了很多东西。"

"哦？说说看。"军长来了兴趣了。

"您知道M军用了最先进的武器打击恐怖分子这么多年，为什么不但没有消灭J国恐怖分子反而越打越多吗？就是因为M军的武器装备虽然先进，但是他先进的装备对付恐怖分子山寨版的武器就好像是大炮打蚊子。你知道J国的反政府武装使用的是什么武器吗？他们的武器连二战时候的武器都赶不上，有很多都是一些手工作坊制造出来的武器，我有一次无意中参观过J国民间的兵工厂。当时看到他们生产武器的时候，我吓了一跳。一把台虎钳，一个电焊机，一个气割机，加上几把锉刀几个扳手，就算是兵工厂了。但是那些手工作坊式的兵工厂，居然还能生产类似于美国海军陆战队精准班用步枪（SAMR）的班组精确支援武器。可以说有一个很土却很妙的办法，他们用AKM步枪的木托装上PPK轻机枪的长枪管，然后打上螺丝孔，装上瞄准镜座和SVD狙击步枪标配的四倍光学瞄准镜。如果有条件的话，在枪口开个套丝，装个枪口消焰器。虽说性能无法与SAMR相比，但一支绝对堪用的精准射手步枪就完成了。在J国和W国都有这样的'狙击步枪'部队，还在向M军发射着子弹。而最让M军头疼的就是这种山寨版的狙击步枪。当然了，这种步枪还存在射击距离近、精度不高的缺点，但是运用得好，一样是对付高科技装备的有力武器……如果说这些都是小打小闹的话，那么武装直升机应该是个大工程了。他们将M军的一些轻型民用飞机改造成武装直升机，比较有代表的就是将M国的民用MD-500轻型直升机改造成轻型武装直升机，以供他们的特种部队使用。我在J国就遭遇了这种武装直升机，还有山寨版的装甲车。我说这些的意思是，即便是这些反政府武装用的武器还不如二战时期的武器，但是这些反政府武装总能出奇制胜地打上一两个胜仗，就是因为他们对M军的高科技武器太熟悉了。在J国的这段时间我总结出一句话——彼之长亦是彼之短，吾之短亦是吾之长。”

军长认真地听完了金锋的叙述，点点头说道：“好一句‘彼之长亦是彼之短，吾之短亦是吾之长’啊。你提供的这些资料很有用，我会跟袁帅他们说的。”

“对了，袁帅他们什么时候回来？这段时间我可想死他们了。”金锋问道。

“哦，他们很快就会回来的，怎么？就想着他们，没有想我这个老头子？”军长边说边泡了杯龙井给金锋。

“谢谢首长。”金锋接住军长递过来的茶，不好意思地说道。

“报告。”这时，一个中校拿着一份文件出现在门口。

“进来。”

“X省来电。”

“念。”军长说道。

少校看了看一边的金锋，没念。

金锋一看少校的样子，马上找了个借口溜了出来。

自从加入“闪电剑”之后，金锋来过军部两次，从来还没有这么悠闲地在军部大院里逛过。后山的梨园里开满了梨花，走进园子里，脚下落满了雪白的梨花，像踩在厚厚的地毯上，一阵风吹来，迎面扑来芬芳的香味。原来部队里也有如此充满诗意的地方。

只不过，金锋的一身行头，还是引起了院内官兵们的观望，黑色的城市迷彩服，高鞫陆战靴，以及一个士兵配着他们军官都没有的 92 式手枪，还有小腿上别着匕首。所有人都会忍不住多打量一眼，甚至有人议论起来：“这个是特种兵吧？嘿，还真不一样。”

走着走着，过来一队纠察，他们看到金锋奇怪的穿着，而且还没有戴帽子，于是快速地向金锋走来。看着金锋肩上的士官军衔，领头的纠察向金锋敬了一个标准的军礼，说道：“你好，请出示你的证件。”

金锋把自己的证件递给了他，金锋的证件跟一般的证件不一样。因为“闪电剑”属直属部队，虽隶属于军区管辖，但其身份却有所不同。所以他的证件是没有番号的，证件的颜色是红色，证件上没有军衔、军龄、照片，也没有名字，仅有个代号“冷剑”。纠察一看金锋的证件冷笑道：“你这也叫证件？这能代表你的身份吗？”

金锋不是傻子，一听那纠察说话就知道，他不相信自己。于是解释道：“是军长叫我来的，我刚执行完任务，是来军长这里报到的，不信你们可以去问军长。”

“看你走路的样子就不像是一个军人，弯腰驼背的，你这样子就是给中国军人丢脸。还有你的衣服，不伦不类的，配个士官肩章，还挂个手枪，我们军队有这样的装扮吗？”那纠察一脸的不信任。

特种兵的训练不像一般的兵，要求抬头挺胸。因为任务的不同，特种兵一般都有些弯腰弓背。而且因长期保持持枪姿势，所以脑袋有些向右歪，肩膀耸起。为了走路的时候没有声音，行走时一般都是迈八字步。

那纠察看金锋走路的样子，感觉他不像个军人也是情有可原的。金锋还是客气地跟他解释道：“我们的任务不一样，所以走路的姿势也不一样，不信你可以打个电话给军长，我也可以带你去找军长。”

纠察觉得他说话有些狂妄，动不动就拿军长出来说话，便有些生气，硬是要让他交出手枪，还有肩章和领花。

交出肩章和领花金锋还可以接受，但是要他交出枪，金锋是绝对不会答应的。

“你说你这个人，怎么不知道好歹呢？好话说半天了，你就是不听，我告诉你，枪是绝对不会给你的。要不你去报告你的上级，让他来跟我说话。”金锋有点火了。

“呵呵，你口气倒不小啊。”那纠察说话的口气让金锋感到极其不舒服。

不过金锋还是耐着性子跟他说道：“那你想怎么样？”

“我不是说过了吗，把你的枪交出来。”那纠察的嗓门开始大了起来。

金锋小声但却坚定地说道：“那我也告诉你，想要我的枪，是不可能的。”

“那我一定要要呢？”纠察队长见金锋顶撞，一挥手，旁边四个纠察迅速围了上来。

金锋站在那里没有动，只要他们不动手，金锋是不会先动手的。

那几个纠察将金锋围在中间，抽出腰间的防暴棍，恶狠狠地看着金锋，那领头的纠察走过来看着金锋说道：“我再说最后一遍，把你的肩章、领花和枪，全部交给我。”

金锋盯着纠察的眼睛说道：“我也给你说最后一次，想要我手中的枪是不可能的。”

纠察队长右手拿着防暴棍，露出一丝冷笑，从牙缝里一字一顿地挤出一句话：“那就要看看是你的骨头硬还是我的棍子硬了。”说完抡起棍子就向金锋的脑袋砸去。金锋早就做好打架的准备了，纠察的棍子还未砸到金锋，金锋就一个侧踢踢中他的小腹。那纠察痛苦地叫了一声，向后飞出去三米多远，摔倒在地上捂着肚子痛苦地呻吟着，旁边的四个纠察见此情形，纷纷跑过来扶住摔倒在地的纠察，那纠察嘴里不停地喊着：

“不要管我，打他，打死他。”

对付四个平常不怎么训练的纠察来说，金锋当然是从容不迫的，左挡右闪，闪挪腾移，不一会儿那几个纠察就被打得找不着北了。但是金锋忽然感觉呼吸沉重，胸闷气短，眼前一黑就一头栽倒在地上，不省人事了。

刚才被金锋打得找不着北的纠察看见金锋无缘无故地栽倒在地上，都跑过来对着金锋好一顿猛揍。直到刚才摔倒在地上的那个纠察过来一摸金锋的鼻子，已经停止呼吸了，才感觉到事情的严重性，马上向纠察司令部汇报。司令部出来一个中校和两个少校，看到金锋倒在地上连呼吸都没有了，连忙将他送到了军部的医院进行抢救。

中校想检查他的证件，但是金锋身上没有证明自己的证件。中校感觉到事态的严重，马上将事情汇报给了军长。军长听说“冷剑”出事了，马上从椅子上弹了起来。只有军长知道“冷剑”就是金锋。

军长赶到医院的时候，金锋正在抢救。

“到底是怎么回事?”军长严厉地问道。

“不知道，是他们发现的，我赶到后，他已经休克了。”中校慌张地回答道。

军长回过头看着几个脸上青一块紫一块的纠察，似乎也已经明白了几分。

“是怎么回事?”军长的嘴唇有一点儿微微的抖动，明显是气愤加担心才有的表情。

“这个人穿着奇奇怪怪的衣服，也没有戴帽子，我们要他的证件，他也没什么证件可以证明自己。所以我就要他交出肩章和领花，还有手枪。但是他拒绝了，后来，后来就打了起来，再后来他就莫名其妙地晕倒了。”纠察唯唯诺诺地说道。

军长听到他说完，双手叉腰，胸口剧烈地起伏着，大声地叫道:

“中校。”

“到。”中校知道事情已经相当严重了。

“把这几个兵，给我拉出去毙了。”军长也有点失去理智了，毕竟金锋是自己最得力的部下，他所参加的战斗，都是脑袋别在裤腰上的任务。没有死在战场上，却被自己人给弄死了，自己磨破嘴皮子争取到更多的经费，建立新的战斗小组，就是感觉自己对不起他们这几个年轻人，想让他们以后的负担不那么重，危险的任务也不用每次都落到他们的身上，没想到，他们刚可以轻松一点儿……

军长的眼泪忍不住流了下来。

那几个纠察一听要被枪毙，顿时吓得一脸惨白。中校也知道军长正在气头上，马上就转移军长的注意力，说道：“首长，现在最重要的是尽最大的努力抢救他。”

军长这时候也有点冷静下来了，指着他们说道：“他要是没事，什么都好说，他要是有个三长两短，你们通通给我偿命，枪林弹雨都回来了，被你们几个……”

就在这时，叮的一声，手术室的门打开了，医生边摘掉口罩，边走了出来。

“医生，怎么样？”军长紧张地抓住医生的手问道。医生看着军长肩膀上金色的星星，马上敬了个礼。

军长着急地说道：“快说，怎么样？”

“暂时已经没有生命危险了。”军长一听说没有危险，便长吁了一口气。中校他们那悬着的心也放了下来。

“不过，由于长时间休克，他的大脑长时间缺氧，可能会有后遗症。”

“什么后遗症？”这正是军长最担心的。

“暂时还没法确定，根据以往的经验可能会失忆，或者痴呆。”军长无力地垂下双手。他知道这意味着什么，这意味着一个曾经为国家出生入死的特种兵，下半辈子都要靠别人照顾才能生存。军队能给他的只是一个军功章和少得可怜的一部分抚恤金。

“那是什么原因引起的休克呢？”中校着急地问道。

“哦，这个初步认定是因为他的心脏供血不足，剧烈运动后血液循环加快，心脏供血不足引起大脑供血不足，所以就引起了休克，如果早一点儿送进医院的话，就不会有这种事情了。”医生回答道。

军长听完医生的话，感觉一头雾水，金锋是什么人，中国特种兵出来的。就这几个纠察也能让他心脏供血不足，也算剧烈运动？便有些怀疑地问道：“心脏供血不足？”

医生似乎看出军长的疑问，说道：“这个很难确定是什么原因引起的，有可能是先天性的，也有可能是后天引起的。”

“可以排除先天性。”军长回答道。

“那么就是后天引起的，我们可以假设，这个兵是不是在前段时间有过大出血的情况。”医生问道。

军长想了想，这的确有可能，他一个人在外面发生的事情不可能全部汇报清楚。医生看军长不出声，继续说道：“我可以假设他不久前经历的大出血足以让他致命，但是患者是一个生命体征非常强的人，他的潜意识，也就是我们说的意志力强迫其心脏不断地超负荷工作，才在足以致命的大出血中捡回一条命，而大出血后心脏还来不及造出足够多的血液，所以心脏就一直处于超负荷工作中。心脏也由于超负荷的工作而埋下隐患，短时间内心脏无法恢复到大出血之前的功能，所以即便是日常的生活状态，心脏也是在超负荷工作状态下，那么在这个时候，忽然剧烈运动，心脏就无法及时补充血液，导致大脑供血不足，大脑没有足够的血液供应，就会暂时停止工作，也就是休克。大脑休克，整个人体器官失去指挥中枢，所以心脏停止跳动。心脏停止跳动就意味着停止呼吸，大脑就得不到氧气，所以就缺氧，没有氧气，大脑就会逐步删除维持生命以外的功能。所以他的记忆功能成为第一个被删除的对象，以后会逐渐删除更多的功能，直至生命体征的消失。我这样解释你们能理解吗?”医生说道。

军长轻轻地点点头，精神恍惚地一屁股坐在走廊边的椅子上。

“那有没有办法治好，我是说尽一切可能，不管付出任何代价。”中校问道。

“所有的人都希望有，但是到现在为止，全世界都没有可以治疗的药物。”医生遗憾地说着，然后摇了摇头走开了。

半晌，军长才回过神来，马上走进急救室，看着金锋身上插了这么多管子，一把眼泪一把鼻涕地说道：“金锋啊，我对不起你，我这个军长没尽到责任。我今天给你下最后一道命令，你再最后一次激发你的潜意识，与命运再抗争一次，醒过来的时候，你一定要认得出我来。我相信你一定做得到的，你是一个军人，是一个特种兵，你做得到的，一定可以的……”

就在这时，军长突然发现金锋的手指动了动，嘴里轻轻地叫道：“酒，酒，酒。”军长猛然醒悟过来，听见金锋要喝酒，兴奋地说道：“金锋，你要喝酒？来人，中校，买酒去。”

等中校买完酒赶到病房，金锋已经在军长的帮助下慢慢地坐起来了。中校把下酒菜拿到病房，军长把酒瓶递给金锋，虽然金锋身上还插着管子，但还是接过了军长手里的酒。

金锋拿着酒瓶子眼睛直勾勾地看着军长说道：“你是谁啊?”说着自己喝了一口酒。

军长看着金锋问道：“金锋，你不记得我了吗?”

“莫名其妙。”金锋嘀咕道。

“医生，快去叫医生。”

“还好，只是失忆了，他以前的事情已经完全记不起来了。具体情况还要看下一步的检查。”医生检查完说道。

“还好只是失忆。”中校在心里长呼了一口气。

“医生，那他的情况有治愈的可能吗？哪怕是万分之一的希望？”军长问道。

“有两种人可能会恢复，一种是少不更事的小孩子，因为他们还没有记忆，所以不存在失忆。还有一种是——”

“是什么人？”军长充满期待地看着医生。

“是——是傻子，因为常人无法知道傻子的记忆。”医生遗憾地说道。

军长无力地用手撑在床上，如果说刚才还存在一点儿希望的话，现在医生的话让他彻底失望了。

“医生，你再想想，真的没有治愈的可能了吗？”中校急切地问道。

“有，国外有治愈的病例，但不是药物治疗，是物理治疗，就是长期地向病人灌输他所做过的一切事情和认识的人等，还有他所经历过的一切。让病人的过去像电脑程序一样输入进他的脑海。但是这不仅是一个长期而又漫长的过程，而且还要病人的配合才可以完成。但是我们现在不知道他的失忆程度，如果是完全失忆，那么，能治疗好的可能性还是微乎其微，所以基本上这种病例就被认为是无法医治的病。但是如果他的失忆只是一部分，那么恢复的可能性就要大得多。”

“你的意思是还有治好的可能，只是机会比较小，是吗？”中校急切地问道。

“基本上——实际上——这种只丧失一部分记忆的机会，跟搓麻将的时候连和十把的概率差不多。”医生回答道。

“那怎么证明他是全部丧失还是部分丧失呢？”军长问道。

“过几天我们做个简单的测试就知道了，但是不要抱太大的希望。”医生说道。

“不管怎么样，有机会总比没机会好。医生，你们要尽一切力量，拜托了！”中校诚恳地请求道。

金锋喝着酒，手里抓了一个鸡腿，没心没肺地吃着喝着。

“哎，老头，你拿着酒怎么不喝啊？”金锋看着军长手里拿着酒却愣在那里不喝，便不客气地说道。

“啊？你是问我吗？”军长显然对金锋这样称呼自己，一时有些反应不过来。

“废话，就你手里拿着酒，就你一个老头，我不是跟你说，难道跟鬼说啊。”金锋一脸愤懑地说道。

军长听着金锋的话，眼圈红了起来。

一个曾经在战场上叱咤风云的特种兵现在连自己的名字都记不起来了，而这一切仅仅是因为自己一个不经意的疏忽引起的。作为他的上级领导，自己有着不可推卸的责任。

“喂，老头，你快说啊，你快告诉我，我到底是谁，我怎么会在这里的？”金锋急不可耐地想知道自己为什么会在这里。

军长怔怔地看着金锋，他不知道该怎么说，从哪里开始说起。

“你叫金锋，是一名特种兵战士，我是你的军长，你在一次执行任务中，因为出血过多，导致心脏超负荷工作，引起了大脑长时间缺氧，所以你失去了记忆……”

“我是特种兵？我是特种兵？特种兵是什么东西啊？”金锋噘着嘴，歪着脑袋看着军长。

时间一天天过去了，军长慢慢地教，金锋恢复了一些记忆。他现在知道自己叫金锋，是一名特种兵战士。

这天，军长决定让他摸摸以前用过的枪，希望这有助于金锋恢复记忆，虽然这种可能性很小，但是只要有一丝的希望，军长就不会放弃。

因为军长知道，金锋是一名特种兵，他是一个不止创造了一次奇迹的人，他相信金锋还会再一次创造奇迹的。

没想到拿到枪的金锋跟刚失忆时完全不一样，只见他熟练地卸开弹夹，检查弹药，打开保险，拉动枪栓，瞄准半身靶，连发 10 枪，枪枪上靶，总成绩 94 环。动作之熟练、枪法之准确跟失忆之前没有任何区别。

“我好像以前打过枪，而这把枪我很熟悉，是不是就是我以前用过的？”金锋紧锁双眉，问道。

军长一看金锋好像记起点儿什么了，拉着金锋的手说道：“对，金锋，我不是跟你说过吗？你以前就是一名特战队员，这支枪就是你以前用过的。”

“怪不得，我说怎么感觉这么熟悉呢，原来这是我以前用过的。”金锋嘀咕道。

“金锋，你还记起什么了？”军长看金锋自言自语地说着什么，激动地问道。

“不记得了，我就记得好像是用过这把枪，其他的都记不起来了。”金锋说道。

“金锋，走，我带你去一个地方，那是你最熟悉的地方。”说着就叫警卫员把自己的车子开过来。

军长挥挥手示意警卫员下车，又将金锋拉过来问道：“这个，你会开吗？还记不记得，你以前也会开的，上去试试看！”说着把金锋拉上了车，自己坐在副驾驶的位置上。

“首长，危险！”警卫员提醒道。

“没事，他会开，要相信他，他一定会开的！”军长肯定地说道。

金锋上车后仔细地看了看，伸手到方向盘下面去拧钥匙，打火、踩离合、挂挡、松离合、加油门，一切都非常熟练，车子缓缓启动。

“往哪里开？”金锋问道。

“你自己看，对哪边有印象就往哪边开。”此时的军长已经有 50% 的信心相信金锋一定会恢复记忆的。

但是金锋把车往军部大院的右边开去了，军部大院出了门有两条路，左边一条是通往“闪电剑”特种大队的，右边一条是通往城区的。金锋把车开向了右边，这多少令军长有些失望。车子飞速地向城市驶去，看着金锋熟练地操纵着方向盘，军长心里得到些许安慰，至少金锋还记得怎么开枪，甚至还能驾驶车辆。

突然，一阵尖锐的金属摩擦声伴随着轮胎与柏油路碰撞发出了刺鼻的橡胶味。金锋一个急速飘移，原地 180 度转弯后，向军部大院开了回去，但是在快到军部大院门口的时候，金锋并没有减速，而是继续向前开去。

“金锋，怎么掉头了？”军长急切地问道。

“那条路我不熟悉，脑子里没有印象。”金锋回答说。

军长兴奋得差点儿跳起来，心想：“他记起来了，记起来了。”但是军长还是高兴得太早了，就在金锋开了一半的时候，又掉头回来了。

“金锋，你怎么不开了？”军长不解地问道。

“这条路我也不熟。”金锋说道。

军长本想自己开车带他去“闪电剑”的，但是转念一想还是决定带他去看医生。金锋现在记起来一些东西，是不是证明有了恢复的可能。

“人的大脑里呢，有一块是保存记忆的，还有一块是本能，比如吃饭、做爱等一些人与生俱来就有的本能。这些本能跟记忆是无关的。”医生说道。

“可是他会开枪、开车，这些都不是本能吧？”军长说道。

“人由于长期进行一种训练，这种长期训练的技巧在他本能的脑海里留下了深刻的印象。比如早期的人类，或者现在的一些原始部落的人，他们对毒蛇咬伤等一些伤口就会有本能地寻找药物的能力。这不是技巧，是长期的训练繁衍下来的一种由技巧变为本能的潜意识，我们也可以称之为意志力。他现在还记得那些以前训练的技巧，只是他的一些潜意识，我以前说过，就像他的心脏一样，强大的意志力逼迫他的心脏超负荷地运转，这就是一种潜意识。长期遭受这种环境状态，潜意识就会比一般人要强，所以他的潜意识里还会记得以前学到的东西。”

“那么，他的意志力这么强，恢复的可能性会不会比常人的机会要大一些呢？”军长还是不死心地问道。

“我只能说有这个可能，因为现在还有很多东西是现代医学无法解释的。比如有些沉睡了几年的植物人，被全世界医学权威判了死刑，但是却奇迹般地活了过来。还有很多很多无法解释的东西，所以像这种症状是没有任何药物可以医治的。很多时候靠的是物理和脑记忆恢复训练。”医生感叹道。

“什么是物理训练？什么是脑记忆训练？”军长问道。

“物理训练就是带病人去一些他曾经非常熟悉的地方，接触一些非常熟悉的人。脑记忆训练就是不断地向他灌输他以前经历的一切。以前有过很多类似的训练和治疗方式，但是你知道，这么做实际上就是重新在他的脑子里制造一个记忆区域，所以一直以来这种方式的收效甚微。不过，他是一个特种兵，他有超越常人的潜意识，这一点是可以肯定的。就如他在上次的大出血中能够活下来也算是一种奇迹，至今为止这种例子，我所知道的全世界不超过十个。”

“也就是说，他还是有恢复记忆的可能性？”军长的两眼放出了光芒。

“他恢复的可能性要比常人大得多，但是我并不确定他一定就能恢复，从内心来讲，我是希望他可以恢复的，在国内还没有任何一个这样的患例，他要是恢复了也算是填补了国内空白。”

医生的话好比给军长打了一剂兴奋剂，军长也是一个只要有一线希望就绝对不会放弃的人。他开始制定金锋的恢复性训练。整天把金锋带在身边，不管工作有多忙，都会挤出一点儿时间帮助金锋做物理治疗和脑记忆训练。

军长带着金锋来到了“闪电剑”大队。秦波看见金锋后，眼睛里露出了一种惊喜而又惊讶的眼神，忍不住叫了出来：“金锋？首长，他不是退役了吗？”

军长把金锋拉到身边介绍道：“金锋，他就是你的队长秦波。”

金锋蹙着眉头看着秦波敬了个礼说道：“队长好。”

秦波愣愣地看着金锋，又转过头看看军长，说道：“他不是金锋吗？”

军长眼神黯然地点点头。

秦波不明白这到底是怎么回事，只是用一种极其复杂的眼神看着金锋和军长。军长自己带头先向队部走去，秦波和金锋紧跟在军长后面，默不作声。

军长带着金锋到“闪电剑”的每一个角落都逛了一遍，但是金锋依然没有记起哪怕是一丁点儿的东西。这让军长多少有点失望。

“看来只有演习才是唯一能让他记起以前的办法了，军人嘛，终归是要到战场上才能找回自己。不要说金锋是一个失忆的人，就算是一个正常人，离开了部队也不一定能找回自己。”军长边想边带着金锋满营房地逛着，走着走着来到了“闪电剑”那块自己亲手题词的牌子下面，牌子上面写着——这个世界上没有弱者，只有懦弱者。

看到这块牌子他似乎又想起了什么，匆匆地赶回队部，拿来毛笔又在上面写了几个字——责任、信任。然后跟金锋说道：“金锋，你看，你们以前之所以能够在战斗中每次都化险为夷，最终取得胜利，就是因为这四个字——责任、信任。”看着金锋不是很明白的样子，军长继续解释道，“责任就像用自己的手保护自己的眼睛一样，信任就像是左手相信右手一样。懂吗?”金锋似懂非懂地点点头。

“以后，你就会懂的。”军长看着金锋的样子继续说道。

“我知道，首长，责任就是自己对自己许下的一个承诺，然后尽最大的努力去完成它，信任就是对自己的战友就像自己的左手相信自己的右手一样。”金锋严肃地说道。

“金锋，你记起来了?”听到金锋的解释，军长的眼中放出异样的光芒。

“没有，首长，我记不起以前的事情，但是我知道，作为一个军人最重要的就是要做到这四个字。有了这四个字，我们的部队才会所向披靡，才会以弱胜强。”金锋认真地说道。

“金锋，你虽然失忆了，但是你从骨子里就是一个优秀的兵，一个优秀的兵不管在什么时候都会创造出奇迹来，我相信你一定会记起以前的东西的。”军长语重心长地说道。

“我知道了，首长，不管我能不能记起以前的事情，我都会尽我最大的努力去实现自己对这四个字的承诺。我很庆幸，我只是失忆，没有变成傻子。失忆没什么大不了的，我可以重新学习，恢复。因为——我是一名中国特种兵。我为自己曾经是‘闪电剑’的一员而感到自豪，因为我今天找到了这个。”金锋边说边拿出了一个日记本。

军长拿过日记本惊讶地问道:“你是在哪里找到的?”

“队长秦波的办公室。”金锋说道。

“你什么时候找到的?”军长还是很惊讶。

“在您刚才进队长办公室的时候，我无意间发现了这本金锋日记。军长，我只是失忆，但是我不傻，自己的名字我还是认识的，这本日记记载了我从走进部队开始的所有经历。我知道了自己以前是个什么样的人，我知道‘闪电剑’对我来说意味着什么。但是首长，我很想知道，袁帅他们呢？他们是我的好战友、好兄弟。我想见见他们。”金锋说道。

“好好好，金锋你能记起来就好了，袁帅他们过几天就回来了，到时候我一定陪你们兄弟好好地喝一杯。”军长激动得眼泪不停往下流。

军长之所以激动还有一个原因，金锋还认得字，这说明金锋并没有完全丧失记忆，他的脑子只是删除了部分记忆，这就说明金锋还有恢复的可能。

“首长，你不是不喝酒吗？而且你也反对我们喝酒的。”金锋奇怪地看着军长。

“以前是不喝，不过这次破例了，以后‘闪电剑’的成员只要不影响战斗任务都可以喝酒，酒由部队提供。”军长高兴地说道。

一个月后，袁帅他们回来了，军长带着金锋一起到机场迎接。

“金锋？”袁帅一下车就看见军长旁边站着的金锋，激动得大声地喊了出来。更高兴的是，金锋居然还穿着军装。袁帅这一声喊，李南他们全都顺着袁帅的目光看过去。

“金锋，金锋。”袁帅和李南飞快地向金锋这边跑过来。

“左边是袁帅，右边是李南，后面的是高译亮，高译亮的左边是杨忠良，右边的是张启鹏，后面的是江南啸。”军长轻声向金锋介绍着。金锋听完军长的介绍，也大叫着他们的名字跑过去。杨忠良、张启鹏、江南啸和高译亮也加快脚步向金锋赶来。

“金锋，你什么时候回来的，你不是退伍了吗？”李南抱着金锋激动地说道。

“是啊，金锋，你不是退伍了吗？”袁帅也惊讶地问道。

“这事一言难尽啊，回去后再说吧。”金锋说道，说完又跑过去拥抱了一下杨忠良他们。

“金锋是被我派去执行一项秘密任务了。不过在这次任务中，他受了伤，失去了记忆……”军长把所有发生的事情都跟他们说了。沉默了好一阵后，袁帅说道："没事，只要活着比什么都强，以后有我们大家呢，我们会帮你恢复记忆的，金锋。"

"谢谢大家，我倒不是担心失忆，失忆有时候也未必不是一件好事，我担心的是我的心脏，以后再也不能参加剧烈运动了。我是一个特种兵，不能参加剧烈运动就意味着我再也不能成为一名特战队员了……"

"不会的，金锋，会好起来的，现在医学这么发达，就算给你换颗心也不是没有可能。"袁帅说道。

"对啊，小意思啦，正好赶上休息几天，到医院做个检查，顺便帮兄弟们看看有没有正点的女医生啥的，哈哈。"李南说这话完全是想让金锋的心情好起来。以前金锋总是那个带头开玩笑的家伙，现在变成这样，大家的心里都不是滋味。

军长在一边不作声，他知道金锋的心脏短时间内不会好了，按照医生的话说，三五年内不会有好转。军长在寻思着给金锋安排一个轻松一点儿的工作，要不心里永远都觉得对不起他。

第二天，军长又来到了"闪电剑"，亲自带着酒让炊事班的人把饭菜送到"闪电剑"队部，陪着他们几个一起喝酒，并吩咐警卫员没有他的命令谁都不可以进队部办公室，包括秦波在内。

"首长，我要退役。"金锋喝了几杯后说道。

"什么?"所有的人都被金锋这句话吓了一跳。

"我说我要退役，我知道我的身体现在已经不适合再留在'闪电剑'了。"金锋认真地说道。

"金锋，你说什么呢？你喝多了?"袁帅大声地说道。

所有的人都瞪大眼睛看着他。

"责任、信任。"金锋继续说道，"这四个字是首长前几天在那块牌子上写的，我还能做到这四个字吗?"

"怎么做不到？你一直都做到了。"袁帅说道。

“是啊，如果说你没做到，那这个世界上就没有人能做到了。”李南说道。

“我以前是做到了，至少是尽自己最大的努力做到了，但是以后呢？我想做到，我的身体允许吗？”金锋神色严峻地看着大家。

大家都沉默了，金锋所说的是一个摆在现实中的问题。金锋不能再进行剧烈的运动，这在“闪电剑”是致命的。

“但是你不一定要退役啊，部队还有很多你可以做的事情啊。”袁帅边说边看着军长。

军长也看了看袁帅，对金锋说道：“是啊，留下来，总有用武之地。”

金锋笑了笑说道：“我昨天看到一篇短文，是这么说的——一个小女孩的家就在学校门口，但是她有病不能上学，所以她每天都听着其他小朋友上课的声音。半年后，她自杀了，这个小女孩离学校太近了。上学是她的梦想，而梦想的天堂离她是如此之近。就是因为梦想太近了，近得唾手可得，却又遥不可及，我不想做那个小女孩。”

“那你现在这个样子回去能做什么呢？你连生存都成问题。”袁帅说道。

金锋指了指门外说道：“外面那块牌子上写着——这个世界上没有弱者，只有懦弱者。你觉得我是一个懦弱者吗？”金锋说到这里哈哈大笑道，“说不定，哪天我炸臭豆腐也炸进世界五百强呢。”房间里只有金锋一个人在大笑着。其他人都沉默着，眼圈发红。没有人可以说服金锋留下来，反倒全都像被金锋说服了。

袁帅看着金锋说道：“金锋，你不是弱者，我们相信你在社会上也会混得很好，但是在你离开之前要不要先去看看王远见？”

“王远见？”金锋仔细地想了想，自言自语地说道，“弹无虚发，狙击手王远见？他在哪里？”金锋超强的记忆能力还是帮他搜索到了些许关于王远见的信息。

“我带你去。”袁帅说着站起来拉起金锋向英雄碑林走去。

“他就是王远见。”袁帅指着英雄碑林的第27个墓碑说道。

金锋看着墓碑怔怔地站着。

“他曾经是我们的战友，出生入死的战友……”袁帅把他们以前在一起时的点点滴滴如数地说给了金锋听。

听完袁帅说的一切，金锋的眼角慢慢地渗出了晶莹的泪水。过去的一切从他脑海中如电影画面一样掠过，他曾经并肩作战的战友就这样静静地躺在这里，再也不会醒过来。

“他把他的一切全部留在了这个部队。”袁帅继续说道，“现在我们也要上战场，去面对一群全新的敌人，我们没有跟他们作战的经验。你虽然不能跟我们一起上战场，但是你有经验，军长派你去学习他们先进的作战模式，你学到了，而我们正需要你这样的战友来指导我们……”

金锋擦干眼角的泪水，嘴角不住地颤抖着，自责地说道：“可是，我辜负了大家对我的期望，我什么都不记得了，我怎么指导你们啊？”

“不，金锋，你的优秀是与生俱来的，你以前就是一个思维相当敏捷的人，你的记忆正在慢慢恢复，你的骨子里依然是一个出色的军人，我们大家一起想办法，我们需要你。”袁帅说道。

金锋转过头看着大家，大家都肯定地点了点头，金锋也点了点头，大家都会心地笑了。特别是军长，终于露出了久违的笑容。

晚上金锋拿着酒来到了王远见的碑前，给王远见倒了一杯后，自己拿着瓶子喝了起来。

袁帅他们找不到金锋就猜到金锋肯定是来了这里，于是也拿着酒来到了王远见的碑前。

“哈，喝酒也不叫上我们，真是没义气。”李南说着拿出一份下酒菜坐了下来。

“就是啊，喝酒这种事情一个人有什么意思啊？”

“就是……”

大家都想让金锋开心一点儿，但是金锋拿着酒猛灌一口后，说道：“回去喝吧，大晚上的别打扰人家休息。”

“好好好。回寝室喝，回寝室喝。”

“啊！真是赶早不如赶巧啊！”赵青柳听见房间里酒瓶碰撞的声音，也走了进来。

“哎哟，我们的美女专家来了啊？”李南客气地从床板底下拉出一张小马扎，拿起张启鹏脸盆里的毛巾在马扎上擦了擦，然后又一把丢回脸盆里，做了个“请”的姿势说道，“坐坐坐。”

金锋疑惑地看着赵青柳，心想袁帅也没跟我说有这个人哪。

赵青柳坐下后看着凳子上的下酒菜，再看了看他们每人手里拿着一瓶 65 度的二锅头，又看了看凳子上的下酒菜，眉头渐渐皱了起来。

袁帅看着赵青柳的表情说道：“说巧也不巧啊。你看，不知道你要来，没准备你喝的，真是不好意思。”

赵青柳嘴巴一噘，不服气地说道：“谁说喝酒就一定是男人的事，我们女人一样能喝。”说着从一边拿过一瓶二锅头，一口气灌了一大口。

这下轮到他们傻乎乎地愣住了——这可是二锅头啊，这一口能有二两吧。

赵青柳学着他们的样喝完酒一抹嘴，往马扎上一坐，抓起一把花生，边剥边嚼。

直到赵青柳再抬起头看他们的时候，他们才一个个回过神来。

袁帅不无敬佩地说道：“没想到，武器专家还是女中豪杰啊，佩服，佩服。”

赵青柳一挥手说道：“这算啥呀，我跟你说，我十岁的时候我们家里就经常来老红军，那时候我爷爷就让我陪着喝酒了。”

“陪老红军喝酒？你爷爷是哪位啊？”金锋问道。

“赵长治啊。”赵青柳回答道。

“那你爸爸……”金锋继续问道。

“赵兴国啊。”

“啊！”大家都异口同声地叫了出来，“司令员！”

赵青柳看着大家吃惊的表情肯定地点了点头。

刚才在一旁看着赵青柳偷笑的李南眼神马上黯淡了下来，抓起酒瓶喝了一大口酒。

细心的赵青柳马上就发现了李南的变化，她冲着李南说道：“李南，你还欠我一顿饭呢，你打算什么时候还我啊？”

李南勉强地笑了笑说道：“什么时候都可以啊。”

“他欠你一顿饭？什么意思啊？”金锋很不解地问道。

赵青柳想了想说道：“上次他替他战友向我赔礼道歉，要我请他吃饭。”

赵青柳这话一出，大家都纳闷地看着她。

赵青柳看着大家的眼神说道：“你们不要看着我，我也是第一次接受这样的道歉，我还以为这是你们特种兵特有的道歉方式呢。”

大家又齐刷刷地把眼光转向李南。

李南看着大家的眼光有点发毛，于是硬着头皮说道：“那天，我是替袁帅道歉的，他那天从浴室里裸……”

“打住，我知道了，不许再往下说，再说翻脸啊。”袁帅听李南说到“裸”字就立即打断了他。

李南马上装作无奈地说道：“你们问他吧，他不让说。”

金锋朝他们瞄了瞄，再想了想浴室，还有李南最后说的那个“裸”字，就明白了七八分，于是扯开话题道：“你跟人家道歉，让人家请你吃饭？”

“这还不是受了你以前跳跃性思维的影响啊。”李南说道。

赵青柳看了看金锋，又转过头看着李南问道：“他是？”

李南一拍脑袋说道：“哦，忘了介绍了。”说着指了指金锋说道，“他就是我们‘闪电剑’的老队员，就是我上次跟你说过的金锋。”然后又指了指赵青柳说道，“她是新来的美女武器专家赵青柳。”

“你好。”听完李南的介绍后，赵青柳大方地伸出手跟金锋握手。

金锋想了想，伸出手去说道：“你好，很高兴认识你。”

“还是要强调一下，就替袁帅道歉这个问题展开讨论。”杨忠良说道。

“是啊。”

“对对对……”

大家似乎都对这个问题比较感兴趣。

李南挠了挠脖子说道：“关于洗……”

李南刚说到“洗”，袁帅盯着李南的眼睛几乎能喷出火来。

李南看了看袁帅继续说道：“关于洗衣服这个事情……”

“算了，我自己洗，不用你洗了。”李南还没忘打那个赌的事情，现在刚好以此为要挟。袁帅说不用他洗了，李南心里一阵窃喜，当然不再说“裸奔”的事情了。

“来来来，喝酒，喝酒。”袁帅拿着酒瓶子跟大家去干杯，借喝酒来扯开这个话题。

“是啊，是啊，大家喝酒吧，过几天可能就有新任务了。”赵青柳说道。

“啊？什么任务啊？”大家都异口同声地问道。

“我看见我爸爸在拟作战计划，可能你们就要出发了。”赵青柳说道。

“泄密啊你，不过，这个已经是意料之中的事，仅仅是时间问题罢了。”李南说道。

事情就跟赵青柳说的一样，过了几天司令员就拿着作战计划书来到“闪电剑”，给袁帅他们开了一个战前动员会。根据袁帅的提议让他们驻扎到边防部队。

司令员开了一个简短的战前动员会，袁帅他们就出发了。

“小心一点儿，我还有一瓶收藏已久的五粮液，留着回来给你们庆功。”司令员目光深邃地看着袁帅说道。

“是，首长，保证完成任务。”

“这次的行动代号就叫‘斩首行动’。”司令员说道。

“是。”

金锋没有参加这次任务，因为他的身体不允许，只能留在部队继续做物理治疗。

第十六章　概念战

再次见到包封，他们俨然是一对老友。包封大老远看着袁帅就哈哈大笑地说道："操，你个新兵蛋子又要来指挥老子了啊！"

袁帅整了整军装，食指在眉毛上一划，说道："没办法，此一时彼一时嘛。"

包封做了个呕吐的姿势说道："脑袋上撅个月牙，演包青天都不用化妆的人，还在这里大言不惭。"

"不跟你扯淡了，先回部队再说，我可是天天惦记着你们的羊肉火锅呢，我们那的羊肉火锅怎么也赶不上你们这里的。"袁帅说着钻进了包封的"猛士"吉普车的驾驶室。

"你还一点儿都不见外啊，这是我的车，你应该坐在那边。"包封指了指副驾驶位置。

"嚯，好像谁稀罕你的破车似的。"说着袁帅跳到了一边的副驾驶位置。

"我们的装备当然赶不上你们的啦，不过有一点，我们的羊肉比你们的好。"

"我肚子正饿着呢，你还拿美食来吊我胃口……"

“忍着吧，待会儿任你们放开肚皮吃。”车子在尘土飞扬的道路上颠簸了一个多小时，终于到达了包封所在的团部。正如包封所说的，他们确实准备了丰盛的午餐。

袁帅扫了一眼桌上的菜肴，不能说奢华，但也是别有风味。清一色的X省特色。羊肉火锅、烤羊腿、大盘鸡、嫩牛肉等清真美味应有尽有。

更让袁帅他们意外的是，桌子上竟然还摆放着几瓶伊力特曲。

在享受了美味的大餐后，袁帅等人马上驱车赶到位于中A边境的高原。高原的美，是没有来过这个地方的人所无法想象的。蓝色的天，远处纯白的雪峰，眼前灰色的丘陵，再加上碧绿的黑沙湖水、沼泽、湖泊和草场融为一体，地质地貌鬼斧神工，景色怪异但不失优美。山头蓝天、白云、雪山、冰峰环绕，山下沼泽、河流、湖泊、草地相连，湖光山色，景致奇特。

冰峰亭亭玉立，直刺苍穹，俯视苍茫水域，只见冰峰浴水，晶莹剔透，妩媚可爱。水下是一个琼楼玉宇的世界，令人充满无限遐思。

在雪山冰峰簇拥之中，黑沙湖更加幽静深邃，仿佛一块宝玉镶嵌在群山丛中。这个面积为44平方公里的高峡平湖紧紧依偎在群山怀抱之中，湖因冰山而显得更加秀丽澄澈，山因湖而更显得伟岸脱俗。

袁帅等人一边欣赏着美景，一边仔细地查看着地形。

一望无垠的草原，点缀着起起伏伏的小土包。右边是起伏的丘陵，在两片丘陵之间横亘着一条宽阔的黑沙湖，更远处是雄伟的雪山。整个环境就是这么简单。中A边境线长达20公里，根本无法估计M军具体会从哪一个方向进来。

袁帅看了看一边的包封，问道:“包团长，你认为敌人会从哪个方向进来?”

包封摇了摇头。

“整个边防线有多少兵力把守?”袁帅继续问道。

“一共有七个排，每隔三公里有一个排驻守，二十四小时巡逻。每个排装备有三挺5.8毫米班用机枪，一个迫击炮班。”包封说道。

“那我们就驻扎到各排吧，这样方便我们快速行动。”袁帅说道。

“好，我马上安排。”

“谢谢。”

“跟我还客气啥。”

“对了，不能暴露我们的身份。”

“知道，没问题。”

“啊！上次来得匆忙还来不及欣赏这如画的美景，这次得好好地享受一下。”袁帅说道。

在如此美妙的环境当中，呼吸着清澈如洗的空气，绝对是一种无与伦比的享受。袁帅躺在枯黄的草地上，仰望着蓝天白云，不无感慨地说道：“这个地方不应该有战争的，在这里发动战争，上帝都会发怒的。”

“你相信上帝吗？”杨忠良问道。

“不信，但是我希望有上帝，我希望上帝会护佑这块土地。”

“那么，我们就是上帝，因为我们也希望这块土地上没有战争。”杨忠良说道。

“但愿我们能够做到。”

杨忠良愣了一下说道：“呵，想不到我们在战场上运筹帷幄的大元帅变得多愁善感了啊。哎，古语说得好啊，儿女情长，英雄气短哪！”

袁帅转过头白了他一眼，却看见李南神情专注地看着远处的雪山。袁帅连忙用胳膊肘捅了捅杨忠良，杨忠良转过头看着李南的样子，忍不住地问道：“李南，你干吗呢？这么专注啊？”

李南转过身看了看他们说道：“这景色真他娘的好看，我忽然想作首诗。”

“噗。”杨忠良和袁帅差点儿喷出血来，所有的人都抬起头看着李南。

“你他妈的认识字吗？就作诗?”杨忠良极其郁闷地看着李南。

李南瞥了他一眼说道：“听好了。”李南说完清了清嗓子念道，“雪山美景甲天下。”

“哟，还像那么回事嘛。”杨忠良说道。

但是接下去的几句却差点儿让大家把肠子笑断了。

李南接着往下念道：“哎哎，李南夸他顶呱呱，要问为何如此美，你问我来我问他。”

袁帅抱着肚子笑道：“好一首打油诗啊。”

雪山的景色固然很漂亮，但是驻守在祖国边防线上的官兵们生活还是很艰苦的。他们每天的生活费仅有十几元，他们的营地离城市有 150 多公里，且都是一些盘山公路，路窄弯多。卡车进一趟城要七个多小时，山高路险，正常天气下一个来回要两天时间，遇到大雪封山，连续几个星期都只能吃罐头、方便面和土豆。这里炊事班的厨师能把土豆做成几十种菜，红烧土豆、土豆泥、油炸土豆条、干煸土豆丝、椒盐土豆……

袁帅他们运气还算好，没赶上大雪封山，所以还能吃到新鲜的蔬菜，但是看看边防战士们手上大块的脱皮就知道，他们已经很长时间没有吃过新鲜蔬菜了。而最艰苦的还是水源问题，因为一到冬天这里的河水基本都结冰，战士们喝水就要凿冰化水，能洗个热水澡，那都是一件很奢侈的事情。

袁帅等人一直在这个地方待了十五天，当然这期间他们也没闲着，包封一直陪着他们勘察地形，研究作战计划。

第十六天的时候，跟边防战士一起巡逻的李南发现有小股身份不明的人，沿着冰川脚下的小路悄悄地进入了中国边境。这些人进入的位置离最近的一个边防排有几十公里，是中国边防军防守最薄弱的地方，看来这群家伙是有备而来的。李南马上将这个情况汇报给了袁帅，袁帅立即通知包封按预定作战计划进行，他自己则带着兄弟们向冰川靠近。

在行进当中袁帅再一次强调队形的重要性。“大家一定要记住，我们的无线通信会被他们截听，如果队伍打散了，我们就各自为战，但是一定要保持我们原来安排好的小组，保持三人队形，每组要听从组长的统一指挥，如果组长牺牲了就由副组长指挥。大家还有什么不明白的？”

“没有。”

“好，行动。”

小组散开，袁帅、郑程功和高译亮的三人小组走在队伍的最前面。袁帅在前，左边是郑程功，右边是高译亮，他们三人各自分开两米，刚好形成一个等边三角形。杨忠良带领的王晨龙和另一名狙击手吴勇在袁帅那个小组的左侧，三人的队形也跟袁帅他们一样。李南带着江南啸和周云在袁帅小组的右侧行进。

邱俊红、张启鹏和楼胜利各带领一个小组形成一个跟袁帅他们相反的倒三角队形。整个队伍基本上形成一个平行四边形的队形小心翼翼地向前推进。大家的精神都高度集中，因为整个队伍十八个人，只有袁帅、张启鹏、杨忠良、高译亮和李南对数字化部队有过大致上的接触，其他所有人只是知道数字化这样一个概念。所有的人都没有跟数字化部队作战的经验，所以大家的心里多少还是有点发虚的。

虽然大家都不是第一次上战场了，但在第一枪打响之前神经还是高度紧张的。只有在打响第一枪以后，子弹不断地在自己身边呼啸的时候，才会忘记一切恐惧。那时候每一个人心里想的就只有为生存而杀敌的渴望，不是你死就是我亡。每一个人都会遵循大自然最简单的规律——物竞天择，适者生存。

忽然砰的一声闷响，子弹划开寂静的夜空，邱俊红右后侧的狙击手的脑袋就像西瓜一样，一下被打得粉碎。鲜红色的血、白色的脑浆旋即喷洒在旁边狙击手的脸上。那个狙击手登时歇斯底里地大喊大叫起来，身体僵硬，手脚不停地抽搐。虽然他已经参加过一次惨烈的战斗，但是从来没有如此近距离地看过自己战友的脑袋就像西瓜爆裂，鲜血夹着脑浆喷射在自己的脸上，甚至还能闻到脑浆令人作呕的味道。

邱俊红此时还算清醒，听到后面的队友大声地叫喊后，马上转身，在转身的同时身体前扑，双手抓住那个战友的双脚猛地一拉。那惊慌失措的战友被邱俊红这么一拉，身体也直挺挺地向后倒去。在邱俊红完成这个动作的同时，所有人都第一时间卧倒。因为第一声枪响后肯定会伴随着密集的子弹。

就在大家刚刚卧倒的同时，疾风骤雨般的子弹从头顶上呼啸而过。

“高译亮，郑程功，确定敌人位置。”袁帅马上指挥道。

“大约在 11 点到 12 点位置。”高译亮回答道。

“能不能判断再精确一点儿。”袁帅说道。

“听声音应该是美制 HQ-52B12.7 毫米狙击步枪。这种步枪是手动退弹壳的，因此没有飞出的弹壳，根本无法精确判断。”高译亮回答道。

说话间身后又传来一声惨叫，子弹几乎是贴着地面打中吴勇的左手手肘的。

“妈的，人都没看见，就减员两名，这仗怎么打啊？”袁帅心里暗叫不好。

“现在可以判断了吗？”袁帅继续问道。

“11 点方向，但是枯草太深，就是判断出了，也无法有效地瞄准。”高译亮说道。

袁帅深呼吸了一口气，待自己的情绪稳定下来后才想到，对方是数字化部队，他们有热源探测仪，所以我们看不见他们，而他们却可以探测我们的准确位置。想到这里，袁帅马上大声地命令道：“迅速散开，运动射击。”

热能探测仪可以精确地判断他们的方位，所以卧倒不动就只能给对方当活靶子，而快速移动则可以增加对手的瞄准难度，还可以在运动中发现和消灭敌人。

大家以组为单位四面散开，在变速跑的同时寻找敌人的方位。但是距离太远了，即便是发现敌人也不可能在移动中计算出修正角。变速跑只能是暂时让自己不被对方瞄准，还是不能消灭敌人，更糟糕的是，谁又能一直不停地跑动呢？

袁帅一边跑一边脑子飞快地转着。过去所有的战斗犹如放电影一样从他脑子里一一掠过：战狼群，诱敌深入，声东击西，瞒天过海，火烧赤壁，忽然他的脑子停留在“火烧赤壁”上。

热能探测，火烧赤壁。到处都是火，看你热能探测能探出什么来。想到这里袁帅从口袋里掏出火柴点燃了脚底下的枯草，干枯的野草迅速地燃烧起来。

“大家跟着火走。”袁帅大声地叫道。

在大火的高温面前，M 军数字化部队的热能探测仪完全失去了作用，再加上大火烧起来后浓浓的烟雾，在这种情况下数字化部队已经完全失去了高科技优势。

袁帅命各小组趁此时机，顺着火势慢慢向 M 军靠拢。

二十多分钟后，隔着烟火袁帅他们已经可以看见 M 军后撤的身影了，对方以三个连接的三角形队伍向后撤退，每个角也是由三名队员组成，总共二十一人。

“妈的，撤得还挺悠闲的，好像在逛公园一样。”看着对方的样子，袁帅的气就不打一处来，端起 208 就是一个点射。透过狙击镜他清楚地看到，随着枪声一名 M 军战士一头栽倒在地上。

但是不一会儿，那栽倒的战士又爬了起来，他只是被子弹的冲击力掀翻了。

“惨了，这仗可怎么打呀？”看着这个重新站起来的 M 军士兵，袁帅心里打起了鼓。

看着M军士兵有条不紊地撤退，袁帅的眼睛几乎要冒出火来了。这时他忽然听到左边响起了枪声，一名M军士兵的后背开出了一片血雾，这次那名士兵再也没有站起来，而是由他的同伴拖着走的。

一般活人都用抬的，只有死人才用拖的，说明那名M军士兵已经被击毙。

“好。”袁帅叫了一声好，“妈的，总算干掉一个。”

此时的郑程功忽然想起了王远见，想起训练的时候王远见在自己的枪管上加的八个手榴弹，想起了随时抛出的小石头，想起了王远见几近残酷的苛刻要求。那时候自己从心底里憎恨过他，而现在却打心眼里感激他。要不是王远见近乎变态般的训练，他就不可能做到现在的枪随心动。

M军的队形开始变动，由原先三个连接的三角形，分成三个单独的三角队形，每个队六个人，向左、右、后三个方向撤退，还有两名单独的队员则担任掩护任务。

“嗯？他们本来兵力就少，此时再分兵不是兵家大忌吗？”郑程功看着M军的队形，心中掠过一丝疑惑，于是问道：“队长，他们这是在干什么呢？”

“他们的热能探测仪发挥不了作用，全手动狙击步枪在这种环境下也不如我们的半自动有优势。现在火势向他们那边蔓延，人员过于密集容易被我们狙杀，而且在火势的蔓延下，他们迟早还是要躲避汹涌的火势的，所以必须提前撤离。”袁帅说道。

“那直接撤退就好了，为什么要兵分三路呢？”郑程功还是不明白。

“人员太密集不利于隐蔽，他们有高科技信息化装备，可以随时对自己和敌方部队的所在位置进行精确定位。所以即便是分开，距离在1800米内，他们依然可以配合作战，遥相呼应。分开后其战斗力不但不会减退，反而会更强。而我们的传统作战方式是，集中优势兵力各个歼灭。如果我们集中兵力对付他们其中某一个小组的话，实际我们就陷入了他们的包围之中。这就是现代高科技战争跟传统战争的本质区别。”袁帅解释道。

“太狡猾了，那我们怎么办?”郑程功问道。

“以不变应万变。”袁帅说道。

“啊？那不是要进入他们的包围圈?”

“左边有方金忠的侦察连呢，他们早在那里设伏了。”

“那还有三路呢?”

“应该是还有两路，掩护的小分队肯定会跟其中一个分队会合的。我们先看看他们跟哪一支分队会合，再行分兵。我们的队形目前只能分成两队。每队以交替掩护、梯次进攻为作战队形。”袁帅说道。

队伍依然借着蔓延的火势慢慢向前推进。M 军那两名隐蔽在草丛中掩护的士兵已经快要被大火烧到了，他们开始借着齐腰深的杂草有秩序地向右边撤退。

看着敌军向右边撤退，袁帅命令邱俊红、楼胜利和张启鹏向右追击右边的 M 军分队，不求歼灭，只求拖滞住他们的行动，只要让他们无暇达成遥相呼应。让他们各自为战，无法相互配合。袁帅自己则带着杨忠良和李南继续追击向后撤退的 M 军分队。

八对六，在人数上虽然略占优势，但实际上根据 M 国军队在 1995 年的军事演习中，数字化部队对常规部队的伤亡对比是一比五。中国现役军队的武器装备基本能跟 1995 年的 M 军士兵持平。而它的数字化部队又经过了十年的发展，也就是我们在用 1995 年的武器装备对付 2005 年的数字化部队。如果是一支普通的野战军，那伤亡对比是可想而知的，但是他们的数字化部队面对的是一群中国最精锐的特种兵，在这种情况下伤亡对比只有等到战斗结束后才能计算出来。

M 军的后撤分队此时到达了干涸的河滩，他们已经躲开了熊熊的大火，埋伏在河对岸，只等着大火熄灭，他们的热源探测仪又可以发挥功效。

张启鹏等人已经借着大火的掩护到达了黑沙河边，他们与右侧的 M 军分队的距离始终保持在一千米以外，这个距离使 M 军的热能探测仪发挥不了功效。而他们又可以有效地利用 RJ-21B 的远距离射击牵制 M 军，让他们无法形成一个可以相互制约的火力网，这样就可以最大限度地削弱他们数字化部队的优势。

火势在干涸的河边慢慢地熄灭了，袁帅他们借助河边的大石隐蔽了起来。此时，大家都不敢轻易地露头，双方的狙击手正互相对射着。

大家就这样僵持着，谁都不敢先动一步，在这种形势下，谁先动，谁就吃亏。这个时候就是比谁更沉得住气的时候。本来袁帅是一点儿也不急的，毕竟是在自己的国土上，但是他就怕张启鹏那边的敌人沉不住气，因为张启鹏小组跟 M 军的人员对比是八比八，一旦对方沉不住气，狗急跳墙，张启鹏他们将会异常危险。所以表面看似平静的袁帅，内心却忧心忡忡。

时间一分一秒地过去，眼看着张启鹏那边的枪声变得越来越密集。袁帅实在是没有办法了，他打开耳麦，对着耳麦叫道："指挥部，指挥部，我是三号，一号国境线一号地区有小股装备精良的不法武装分子侵入，请求空中支援，请求空中支援。"

听到袁帅的呼叫，李南感到有些莫名其妙，这跟原计划相差甚远，他到底在干什么？

袁帅呼叫过后不到一分钟，前面的 M 军开始向中 A 边境线上的一个破旧厂房撤退。狙击手们看见他们撤退，便抓紧机会进行射击。

砰砰砰……

随着连续的枪声，两个 M 军狙击手被当场爆头，剩下的四个则撤到了厂房里。

看见剩下的四个M军士兵撤退，袁帅毫不犹豫地大叫一声："冲！"然后第一个向厂房冲去。

这是一个已经废弃多年的葡萄酒厂，坐落于中A边境，厂房高约六米，大约五米的地方有一排玻璃窗，所以必须在M军占据窗户之前赶到厂房，否则M军居高临下，我方连躲藏的地方都没有。1000多米的距离此时成了一个生死线，如果不能赶在M军爬上窗户之前赶到酒厂，后果将不堪设想。大家都拼了命地向酒厂跑去。

但是M军抢先一步占据了酒厂窗户的位置，开始向袁帅这边展开了射击。

王晨龙和周云两个跑在最后面，子弹打在了王晨龙的钢盔上，身体随着惯性继续向前冲了几步才一头栽倒在地。周云胸口中弹，幸好穿有防弹衣，要不然12.7毫米的子弹可以在他的胸口留下一个碗口大的窟窿。但即便是有"护神"防弹衣的保护，子弹依然穿透防弹衣停留在他的第三根和第四根肋骨之间。

郑程功和高译亮马上靠墙向玻璃窗内的M军士兵射击。因为周云和王晨龙的位置几乎已经贴近墙面，所以M军士兵在射击的时候，要将身子探出窗外，一个M军士兵因为来不及将身子缩进窗内，被打中后从玻璃窗上摔了下来，其他的M军士兵不得不躲了进去。杨忠良和李南趁机将周云和王晨龙拉回了墙角。

李南马上脱下周云的防弹衣，解开他的第一和第二颗扣子。周云呼吸有点急促，伤口还在汩汩地往外流血，但是由于防弹衣的保护，暂时没有生命危险。

"李南，你和杨忠良把他们先送到兵站。"袁帅忍着巨大的悲痛一字一顿地说道。

"不，我不去，我要先宰了这群狗崽子。"李南说着就要往厂房里面冲。

“李南，你听我说，我们现在面对的不是一群恐怖分子，是一群有着世界上最先进武器的数字化部队。”

“那又怎么样，老子咬死他们。”李南情绪非常激动，参加过这么多次战斗，他从来就没有打过这么窝囊的仗，没被打死却要被活活气死。

“李南，你冷静一点儿，现在我们几个里面，就郑程功和高译亮的枪法最好，我们绝不能抛下自己受伤的战友和他们的尸体而不顾。杨忠良，在爱沙尼亚的时候，你就教过我们，我们是一个整体，我们的胜利就是中国的胜利，现在我们的情况远远不是一个奖杯那么简单，我们面对的是一支全世界装备最精良的部队，我们的胜利就是对 M 军的一种威慑，所以……”

“唉。”李南一拳砸在自己的大腿上，强压住内心的愤怒扛起王晨龙就向兵站走去，杨忠良左手扶着周云，右手拿着枪跟在李南身后，不时地回转身注意后面的动静。

看着李南和杨忠良向兵站撤去，袁帅跟剩下的高译亮和郑程功说道：“现在，我们是三比三，有没有信心干掉他们？”

“有。”高译亮和郑程功同时说道。

“就算同归于尽，我们也不亏了。”郑程功说道。

“好。”袁帅说完带头靠着墙往门口的方向摸去。

门不大，只有一米左右的宽度，到了门口后，袁帅停下来说道：“我先试探一下他们的位置是不是还在窗口，你们在这里等着。”

他们俩看着袁帅，点了点头表示会意。

袁帅就地一个翻滚，滚到了门对面，里面没有传出枪声，袁帅朝他们摆摆手，表示里面没人，然后拿出两个手榴弹，继续说道：“爆炸后一起冲进去。”

他们俩还是点点头。

轰轰，爆炸声刚落，郑程功和高译亮同时一个抢背迅速冲进门内，各自靠墙隐蔽好，同时提枪警戒，动作迅速到位，如行云流水。

几乎是同时，袁帅也冲进了门内。

门里面是一条狭长的走廊，右边是厂房的主墙，有窗户，左边则是高度不过两米的临时墙。

郑程功拿枪顶着头盔升到围墙口，想试探M军的位置。

袁帅笑着说道："我看你是电影看多了，没用的，我们虽然躲在墙后面，但是他们一样可以看得清清楚楚的。我们的一举一动，都在他们的掌握之中，而我们却不知道他们的大概位置。这就好比是在下军棋，我们的棋子他们了如指掌，而他们的棋子我们一无所知。"袁帅说道。

"那我们怎么办，队长?"高译亮问道。

"先找出他们的位置。"袁帅说道。

"啊？可是，我们怎么找啊，一露头就被狙了。"高译亮说道。

"是啊，我们的一举一动都在他们的掌握之中。"袁帅一时间也想不出好的办法来。他闭上眼睛，努力让自己平静下来。

"彼之长亦是彼之短，吾之短亦是吾之长。彼之长，彼之长……他们的长处就是可以看见我们。"

忽然，袁帅一拍脑门说道："我有办法了，你看见那扇门了吗?"袁帅指着右边二十多米的地方有一个一米多宽的缺口，并没有门板。

高译亮朝着袁帅所指的地方看了看，对袁帅点点头说道："看见了。"

"好。"袁帅继续说道，"其实我们现在躲在这堵墙后面，他们也能看见我们，只是因为有这堵墙挡着，他们的子弹奈何不了我们。但是他们却时时盯着我们。所以，如果我去到那扇门的地方，就没有东西可以掩护，他们一定会开枪向我射击。那我们就可以知道他们的大概方位了，是吧?"

"可是那……那太危险了，他们知道我们在这个方位，只要你一移动，他们就会紧盯着你，然后在你到达门口的时候，开枪射击。按他们的枪法，你逃生的可能性很低啊。队长，你要指挥全局，所以你不能冒这个险，让我来，我跑得快。”郑程功说着就要往门那边冲。

袁帅一把拉住了他，说道：“你小子给我站住，都说你像金锋，你怎么没一点儿金锋的脑子啊？我要是就这么跑过去，九条命也没了。”

郑程功纳闷地看着袁帅说道：“队长，难道你有十条命？”

“妈的，你就是这张嘴像金锋，我就是有十条命我也不这么花呀。看好了，学着点。”袁帅说完就向门口跑去，速度并不是很快。

大家都紧张地看着袁帅，心里都为他捏了一把汗——这么慢的速度不被打成筛子才怪了。

砰砰砰，嗒嗒嗒，随着枪声响起，大家都本能低下头，闭上眼睛。

“高译亮、郑程功过来。”几秒钟后，袁帅大声地叫着。

大家一听到袁帅的叫声，都惊喜地睁开眼睛，看见袁帅还在门这一头，并没有向门那一头跃过去。

这就是彼之长了，他们可以看见袁帅，但是就是因为他们可以看见袁帅的一举一动，所以他们想当然地认为袁帅会跳过门去。袁帅就是抓住他们这个长处，合理运用敌人的长处，敌人的长处就变成了短处。袁帅可谓将这一招发挥到了极点。

高译亮和郑程功快速地向袁帅靠拢过去。

袁帅指着墙上的弹孔问道：“能判断子弹飞来的方向吗？”

高译亮看着墙上的划痕，说道：“根据子弹留在墙上的划痕来看，子弹是由60度角的方位打过来的。”

“也就是说，他们一直在我们刚才隐蔽的地方的12点方向？”袁帅问道。

“对，大致上就是这个方向。”高译亮回答道。

郑程功看着墙上的弹孔，再看看袁帅，眼珠子一转，叫道：“哦，我知道了，我知道了，怪不得队长向这边跑过来的时候，速度不快不慢的。那是因为队长你怕跑太快了刹不住车。你本来就没有想跃过去，虽然他们装备了最先进的武器，但还是以想当然的思维认为你一定会跳过去。所以你就是利用他们的热源武器可以侦测到我们，然后利用他们想当然的心理。队长，我对你已经心服口服了。”

袁帅看了看郑程功说道：“你的性格很像金锋，思维也很跳跃，但是金锋懂得用逆向思维来思考问题，你还缺乏这方面的历练。记住，逆向思维有时候往往能够出其不意。我们的对手有数字化装备，这是他们的优势。但是我们可以利用他们的优势，将其变成我们的优势。”

郑程功神情严肃地点了点头。

袁帅继续说道：“好了，我们现在知道了他们的方位，下一步就是要找出他们的具体位置，而且还要寻找时机干掉他们。”

郑程功问道：“我们怎样才能找到他们的精确位置呢？”

“是啊，是啊。”高译亮也好奇地问道。

袁帅伸出右手指了指上面，他们俩抬头望去，除了灰尘和蜘蛛网，什么也没有。

“什么也没有啊。”高译亮疑惑地说道。

“玻璃。”袁帅说道。

“玻璃？”高译亮和郑程功异口同声地问道。

“对，就是那扇坏了的玻璃窗，看到了吗？”

他们再一次抬头向袁帅刚才指的地方看过去，确实有一扇坏了的老式的窗户，只剩下一个百叶窗摇摇欲坠地挂着。

“但是这对你们狙击水平的要求很高，你们最多只有两秒钟的时间瞄准射击，有把握吗？”

他们想了想，说道：“有，平常训练的时候，两秒钟反应时间足够了。”

“好，那我说一下我的计划。”袁帅继续说道，“等一下，郑程功负责将那个开启的玻璃窗打下来，要整块的，不要打碎。我将墙边的灯打掉，到时候我们这边暗，他们那边亮。往下掉的玻璃就可以反射出他们的具体位置。这时候，高译亮跳起来开枪。有没有问题?”袁帅说道。

“看到玻璃的反射后，跳起来，开枪，不敢保证绝对命中，不过我会尽力。”高译亮说道。

“好，我数三下开始行动。”

“是。”

“三。”

“二。”

“一。”

砰，郑程功一枪打在固定玻璃窗的百叶窗上，玻璃窗沿着墙壁往下掉。接着袁帅也打掉了墙壁上的灯。

借着玻璃的反光，高译亮隐约看见了自己的八点钟方向有三名靠着墙壁的M军士兵。他抓紧这唯一的时机转身，起跳，同时凭着自己的判断果断地扣动扳机。而就在高译亮扣动扳机、子弹射进一个M军士兵脑袋的一刹那，对手的枪同时响起，高译亮感觉自己的钢盔好像被人狠狠地砸了一铁棒。双脚还没落地，就被强大的冲击力冲倒在地，鲜血顺着他的眼睛往下流。

“高译亮，高译亮，你没事吧?”袁帅马上扑过来双手抱住高译亮的上半身。在高译亮的脖子下面两厘米的地方矗立着一块将近10厘米长的锋利的玻璃。

袁帅马上将高译亮拖到一边，解下他的头盔，子弹擦过他的头皮。袁帅大呼一口气，瘫坐在地上。郑程功看着高译亮的脑袋笑着说道:“你小子，命真大，弹头往下压一厘米你小子就成为人们缅怀的人了。”

谁知话还没说完，只听见啪的一声，好像是什么东西落到碎玻璃上了。郑程功抬眼一看，是一枚手雷，外形类似于 MAK3，但是比 MAK3 略小。

郑程功想也没想就向手雷扑去，他知道这枚手雷马上就要爆炸，一旦爆炸他们三个人一个都活不了，如果自己扑上去，顶多死他一个。

但是在郑程功爬上去之前，袁帅一个铲腿将手雷踢了出去。

轰，手雷在离他们十几米远的地方爆炸，郑程功扑在了袁帅的脚上。

“嘿，嘿，你想做英雄吗？”袁帅看着郑程功大声地吼道，但眼睛里分明写满了赞许，他欣赏敢为团队牺牲的人。

“妈的，装备没你们好，玩手榴弹可是老子的专长。”郑程功拿出两个手榴弹刚要拉环，却被袁帅制止了。

“等一下。”袁帅说道。

“为什么？”郑程功问道。

袁帅制止住郑程功后，转过身帮高译亮包扎伤口。

“没事吧？”袁帅边包扎着伤口边问道。

“没事，只是皮外伤。”高译亮回答道。

“好，现在我有一个办法，你们俩有几秒钟的时间开枪。想不想试试？”

“说吧，什么办法？”两人同时说道。

“待会儿，我从这里扔手榴弹，郑程功去门那边，高译亮往那边走。”袁帅指了指他们刚才的位置，“我的手榴弹出手后，高译亮你还像刚才一样跳起来打，郑程功你从这边往门那边跳，跳过去的同时瞄准开枪。听懂了吗？”

“没问题。”高译亮说道。

“有点难度，不过我喜欢挑战。”郑程功说道。

“那好，还是一样，我数到三，大家开始行动。”

大家各就各位，袁帅右手拿出手榴弹。

“三。”

“二。”

“一。”

袁帅将手榴弹扔了出去。

M军士兵看见手榴弹向他们飞过来，因为是个走廊，所以只能往两边闪。就在他们往两边躲避手榴弹的时候，高译亮和郑程功同时出手。

砰砰。

枪声同时响起，高译亮再一次将M军士兵爆头，而郑程功的子弹消灭了一名敌人。

两人在落地后同时向袁帅伸出大拇指，表示行动成功。

看着他们俩的大拇指，袁帅终于松了一口气，摘下帽子坐在地上，捋了捋自己的头发。

“爆头。”高译亮边说边向袁帅走来。

“穿胸。”郑程功也得意地走了过来。

袁帅向他们俩竖起大拇指。

高译亮看着战友的尸体说道：“队长，要不是你有先见之明，我敢肯定，我们的伤亡无法估量。”

“不过幸好，我们做了充足的准备，他们这一次也没捞到什么好处。”郑程功说道。

“是啊，他们在对付恐怖分子的时候，伤亡率基本上是零。如果战争发生在我们头上，面对这样的部队，会怎么样？”袁帅担忧地说道。

他们俩没有说话，各自摇着头。

李南、杨忠良将周云和王晨龙送到兵站后又回来了，几乎同时惊讶地问道："全部搞定了？"

他们三个点点头。

"哎，包封的侦察排二十几个人只剩下三个了。"杨忠良说道。

"那，那股M军呢？"袁帅焦急地问道。

"全部干掉了。"杨忠良说道。

"那就好。"

"张启鹏他们呢？"杨忠良问道。

袁帅说道，"赶紧去支援张启鹏。"

袁帅等人从张启鹏的左边向M军部队展开攻击，M军在腹背受敌的情况下，开始向边境线撤退，但是袁帅哪里肯放过他们。就在M军向边境线撤退的时候，十几支枪一起朝他们开火，愤怒的子弹排山倒海般向他们倾泻过去。

一个M军数字化部队的成员转身向国境线跑去，高译亮毫不犹豫地朝他脚上开了一枪，12.7毫米的大口径子弹穿过他的脚踝，掀起一阵血花。他们脚掌随着子弹强大的冲击力脱离小腿向前飞了出去，身体在原地翻了个跟头重重地摔落在地上，脚踝处喷射出一股鲜红的血液。那人立即抱着小腿痛苦地号叫起来。

已经在国境线边缘的M军数字化部队看见自己的战友中弹，马上转身去营救他。此时离那人最近的张启鹏从地上一跃而起，大叫一声"掩护我"，也快速地向他跑去。张启鹏的想法很简单，就是要在其援兵赶到之前抓到他，将他以及他身上的那身装备带回去。

随着张启鹏的叫声，郑程功、高译亮等人几支狙击枪同时对准妄图实施营救的两个数字化部队的士兵。

在密集的子弹面前，两名过来营救的M军数字化部队士兵不得不就地卧倒，张启鹏趁机抱起那名受伤的士兵快速地往回跑。

砰，随着罪恶的枪声响起，张启鹏的右肩膀腾起一阵血雾，张启鹏大叫一声跌倒在地。

李南痛苦地闭上眼睛，左手握紧拳头不停地击打着地面。他真想端着208步枪冲出去，但是他很清楚，手中的武器现在就跟烧火棒一样，在对手的防弹衣面前根本就无可奈何。冲出去只能做对方的活靶子，如果仅仅是自己的一条命，他宁愿跟张启鹏一起去死，哪怕只是无谓的牺牲，看着自己的战友倒在自己的面前比自己牺牲还痛苦。但是他知道，M军这次的行动就是为了探测我军在数字化面前的战斗力而来的。多牺牲一个人，就证明在数字化部队面前，我们的战斗力就减弱了一分。所以他只能强压着心中的悲愤。

对峙！无限制的对峙！在这种情况下，谁都不敢轻举妄动。双方的狙击手都死死地瞄准对方。只要有谁一露头，就是毫无悬念的被一枪爆头。

“袁帅，你他妈的快想办法啊，再这样下去，张启鹏的血就要流光了。”李南痛苦而又焦急万分地对着麦克风吼道。

“我也在想办法，张启鹏也是我的战友。”袁帅颤抖着说道。这么多次战斗以来，袁帅还是第一次感觉自己力不从心。在高科技面前，人类本能的力量显得太微不足道了。

“队长，我有办法。我冲出去，变速跑，吸引他们的注意力，你们去救张启鹏。”江南啸说道。

“不行，这地面全是冰，根本无法进行有效的变速跑。”袁帅马上否定了他的办法。

“那怎么办啊？迟一秒钟，张启鹏就多一秒的危险啊！”江南啸几乎要哭出来了。

袁帅看着身后不远处的黑沙湖，深呼吸一口气，做出了一个艰难的决定：“郑程功、高译亮跟我来。”他不能继续往下说，因为他们通过麦克风说的每一句话都有可能被M军截听。

郑程功和高译亮马上向袁帅的方向靠去。

等他们俩靠近后，袁帅摘下麦克风说道：“我们三个从黑沙湖游过去，我们身上有热源，所以我们的每一步行动都在他们的掌握之中。湖里的水温低，可以降低我们的体温，这样他们就发现不了我们，但是这里的天气，我们一旦沾水，就算可以逃避他们的热源跟踪，依然是九死一生，敢不敢跟我试试?”

“队长，从战斗打响到现在我们就没安全过，不要说九死一生，就是十死无生也要闯了。”郑程功一脸平静地说道。

袁帅转过头看着一旁的郑程功和高译亮坚定地点点头，轻声对身边的楼胜利说道：“掩护。”

嗒嗒嗒，楼胜利的枪声响起，本来就不是很厚的冰面被子弹撕扯出一个大口子。

袁帅一头钻进湖水中，楼胜利的枪声掩盖了袁帅他们跳进水中激起的水花声。

冰冷刺骨的湖水直接将身体冻麻痹了，他们似乎还没有感觉到冷，手脚就已经被冻得失去了知觉，就好像一下子被人挑断了中枢神经一样，手脚完全不听大脑指挥。手脚每游动一下，都要付出无法想象的体力。他们是在人体本能的激发下，拼出最后的意志力才支撑着他们机械般往前游去。

一米，两米……

高译亮开始出现幻觉，嘴里喃喃地说道：“队长，怎么这么快天就黑了，好黑啊，我什么都看不见。”

“高译亮，拉住我的手，别失去方向，你出现幻觉了。想想饥饿训练的时候，你是怎么克服幻觉的。”袁帅边说边向高译亮靠去，一把拉住了他的手。

听到袁帅的提醒，高译亮艰难地伸出右手狠狠在自己的鼻子上砸了一拳。剧烈的酸痛，使高译亮清醒了过来，继续坚持着向前游去。

终于，在克服了难以想象的困难以后，他们到达了 M 军数字部队的右侧。

袁帅拿着望远镜看了看，说道："张启鹏所在的位置在我们的十点钟方向，他们应该在十一点方位，能不能找出他们的具体位置，就看你们的能耐了。"

他们俩边搓着手边说道："放心吧，队长。"

郑程功紧紧地握住护木，枪托用力地抵住自己的肩膀。因为冷，他的手微微地发抖，他现在只有用比平时多几倍的力量抵住肩膀，才能阻止自己双手的颤抖。

但是他们寻找了几分钟，依然没有找出热气的来源。

郑程功焦急地说道："队长，我找不出热气。"

"啊？不会吧？他们不喘气的吗？"袁帅几乎要发疯了。因为再拖下去张启鹏就会因为失血过多而牺牲了，而且他们自己也会因为身上的热量恢复，而被 M 军士兵的热能探测仪所发现。

"他们可能也在嘴里塞了雪，然后用嘴呼吸。"高译亮说道。

袁帅大呼了一口气，不停地告诉自己——冷静，冷静。大概一分钟后，袁帅拿起枪说道："人可以没有热气，但是枪一定是有热气的。记住，不管发生任何事，你们都要像平常训练一样不要被外界所影响，找出热气，消灭敌人。听见没有？"

"是。"两人异口同声地说道。

"好。"说完，袁帅一跃而起，快速奔跑，边跑边向十一点方向开枪。

M 军发现右侧突然响起枪声，都开始向袁帅的方向开枪。M 军开枪后就基本暴露了自己的方位，高译亮和郑程功循着枪管所发出的热气寻找目标。

李南听到枪声在自己左侧响起，猜测到袁帅他们已经涉水到了 M

军右侧，于是趁M军在跟袁帅他们交火的时机，快速匍匐着向张启鹏靠去。

楼胜利他们看见李南向张启鹏爬去，都开枪做起掩护。

整个过程在袁帅的枪响后，大家配合得天衣无缝。

李南爬到张启鹏身边后，集全身之力扛起张启鹏一个鱼跃，然后拉着张启鹏连续在地上滚了几圈后，躲进了土堆后面。看着奄奄一息的张启鹏，李南再也止不住内心的悲痛，眼泪哗哗地流了出来，边帮张启鹏止血边说道："张启鹏，我操，你傻呀，为了一个'舌头'，你差点儿搭上自己的命，你值得吗，你？"

张启鹏微微睁开眼，吃力地说道："一定——要——要把他带回去，把他身上那套——那套——行头带回去，给——给咱们的科研单位研究。你也看——看到了，要不是——袁帅——他们的猜测准——准确——我们的——部队根本不是他们的对手。我们一直在强调——我们要打赢一场未来——高科技下的战争，没有有力的武——器，我们——怎么打？"

"那你犯得着把命搭上吗？啊？你差点儿就没命了。你知道不知道？"

"如果得不到这套装备，我们以后牺牲的战友会更多，一条手臂换来更多战友的生命，值了。"

袁帅在射出一梭子子弹后，一个侧扑躲到一块大石头的背后。

就像袁帅所说的那样，人可以不冒热气，但是枪管是做不到的。郑程功循着枪管发出的热气，很快就发现了敌人的位置，心里默默地计算着——风速4，距离700，压力1，湿度9，弧度137，修正角3.1度，郑程功很快调节好标尺距离，扣动扳机，消焰器两边喷出长长的火舌。透过狙击镜，郑程功看到子弹精准地从那家伙左边的脖子射进去，高速旋转的子弹在射进脖子的瞬间由高速旋转变成高速翻滚，子弹犹如一台绞肉机一样，绞断了对方的脖子，头颅在子弹强大冲击力的作用下，飞出几米远，脖子上喷出几米远的血柱。那家伙旁边一个正在寻找袁帅的队员看见自己战友的脑袋被打飞了出去，大叫了一声，马上调转枪头朝郑程功这边搜索。

郑程功就地一个翻滚，子弹呼啸着在郑程功的身边飞过。

连死三名战友的M军数字化部队已经无心恋战了，他们抛下自己的战友向边境线退去。

终于撤退了，郑程功大呼了一口气，心想："战斗终于要结束了。"

袁帅看见他们开始向边境线撤退，心想："妈的，以为我们这是超级市场啊？想来就来想走就走。踏进了中国的土地就别想全身而退。"他大叫一声："追，把他们全部消灭在国境线以内。"说着第一个冲了出去。

袁帅冲出去以后，高译亮赶紧上前几步架好枪，郑程功原地掩护。待高译亮上前架好枪以后，郑程功再冲到高译亮前面……他们如此反复，交替掩护，梯次进攻。

在强大的火力面前，这种进攻方式是最安全有效的。杨忠良看见袁帅冲出去以后，大叫了声"掩护我"也冲了出去，胡鹏和另一名狙击手也采用梯次进攻的方式。

李南则在他们的进攻下，迅速抓紧时机背着张启鹏向山下狂奔而去，因为他知道张启鹏如果再不及时救治就没有任何生还的机会了。

江南啸在掩护李南撤到安全地带后，也大叫一声"掩护我。"紧跟着也冲了出去。邱俊红和另一名狙击手也是交替掩护，梯次进攻。

楼胜利则带着剩下的狙击手在后面掩护。

袁帅在最前面，杨忠良在袁帅的右侧，60度角距离80米。江南啸在袁帅的左侧45度角，距离约75米。在杨忠良左侧120度角，距离约25米，三人成一个犄角队形向前冲去。

而郑程功、高译亮、邱俊红和另三名狙击手，他们几人刚好形成一个跟袁帅他们相反的犄角，进行梯次进攻。这样就形成了一个三个主攻、三个副主攻、三个掩护的队形。不管后面六个怎么变，这个队形永远不变。

这个队形就好比在足球赛的时候的四三三队形：三个前锋，三个中卫，四个后卫。

M 军刚开始撤退，就被中国部队追击，一名队员看到中国军队开始反击，无比惊讶地说道："他们疯了吗？居然开始向我们发起了进攻？"

这或许是他们没有想到的，这群装备不止落后他们一代的中国军人，居然在他们要撤出中国国境线的情况下进行反攻，以阻止他们的撤退。

另一名 M 军士兵说道："你没看出来吗？他们是想把我们消灭在他们的国境线以内。"

"上帝啊，这是一群疯子。"

"那我们就再陪他们玩玩吧。"

砰，就在他刚说完这句话的时候，一颗子弹射进他的眉心，掀开了他的头盖骨，殷红的血液夹着乳白色的脑浆四处溅射。

刚才那位跟他交谈的 M 军士兵看着还在挣扎的战友躯体，颤抖地说道："这一点儿也不好玩。"

眼见情势危急，M 军一干残余士兵马上又卧倒，向袁帅他们展开进攻。M 军停止了撤退的脚步，袁帅他们也立即原地卧倒跟他们进行对峙。总之袁帅就一个目的，只要敌方不动自己就不轻易进攻，拖死他们。时间一分一秒地过去，袁帅现在变得一点儿都不急了，现在敌我双方的伤亡率是二比一，这对数字化部队来说已经是一个相当糟糕的成绩了。战斗到现在已经持续了六个多小时，这个伤亡对比，M 军的总部肯定已经心中有数。这个成绩，对于他们来说显然是失败的，而且现在的伤亡对比还在逐渐减小。此时的撤兵对他们来说肯定是万般无奈之举。但是袁帅岂会让他们退出中国边境线，他们的试探完毕了，袁帅想要传达的信息还没有传达到呢。袁帅的信息很简单——就是要告诉M军，不管是恐怖分子还是高科技装备的M军数字化部队，只要是在未经中国军队允许的情况下进犯中国领土，都将有来无回。

“猎狐，猎狐……”

“嗯，哪来的声音?”江南啸最先搜寻到声音的来源，发现是被打断脚的M军士兵身上传出来的声音，赶忙汇报道，“队长，他们又有对话。”

“说什么?”袁帅头也没回地问道。

“不知道，说的洋文，我听不懂。”

杨忠良是离江南啸最近的，他就地几个翻滚滚到了江南啸身边，摘下M军士兵的头盔戴在自己头上。隐藏在智能头盔里的一体式耳麦里传出了指挥中心与M军之间的通话——猎狐，猎狐，我们的热能探测仪没有电了，请求空中侦察，请求空中侦察。

听到这个消息的杨忠良忍不住兴奋，坐起来激动地说道：“袁帅，袁帅，他们的热能探测仪完蛋了。”

“啊？太好了，他娘的，现在咱们旗鼓相当了。”

相对于他们的头盔瞄准仪来说，袁帅更忌惮他们的热源探测仪，因为他们的热源探测不等同于中国军队的热成像，手提式热成像的探测距离只有区区的100米，而且耗电量相当大，所以根本无法形成真正的战斗力。而M军的热能探测仪居然可以使用长达四个多小时，探测距离超过一公里。现在M军失去了热能探测装备，只剩下头盔瞄准，虽然反应时间和准确度还是要比我们高出很多，但是我们的战士反应灵活，单兵素质也比他们强，所以现在双方已经是势均力敌了。

对峙，还是对峙。在他们这种近似乎凝固般的对峙背后，包封的部队正悄悄地在边境线上布防，布下天罗地网等着M军往里钻。

而M军也没有闲着，他们的无人侦察机正由W国反恐基地起飞，在距袁帅他们五千多米的高空展开侦察。

头盔里又传出了奇怪的对话，是一个地址。

“靠，这不是我们现在所在的位置吗?”杨忠良来不及思考，马上惊声尖叫道，“大家快闪开。”话音刚落，两枚“毒刺2”肩扛式导弹在大家刚才匍匐的中心开花。

“毒刺2”导弹是“毒刺1”导弹的改进型，分成两部分：瞄准器和发射管，组装时把瞄准器往管子上一卡就行。使用时，“毒刺1”导弹是直接用弹头引信瞄准，发射者头上通常戴一个耳机，耳机里会发出“嘟嘟”的声音，当出现“嘟”的长声时，表明目标已经锁定，直接击发就行。而“毒刺2”导弹是专门为M军数字化部队而研制的新型肩扛式导弹，它用的是独特的定位系统。之所以用这种定位系统是因为M国在其他战场上经常有小部队遭到敌游击队的攻击，然后一些装备就落入了对方的手里，自己研制的武器反而成了敌人的武器。所以针对这方面的原因，M军研制了只有通过全球定位才可以发射的“毒刺2”肩扛式导弹。因为有了精确到米的打击能力，所以M军自诩“毒刺2”导弹为肩扛式巡航导弹。

刚才若不是杨忠良及时发觉并通知大家，后果不堪设想。

袁帅拿过郑程功的耳麦大声地叫道：“炮手，炮手。”

大家都奇怪地看着袁帅，炮手不是在包封那个小组吗？袁帅到底在叫什么啊？但是袁帅紧接着将耳麦拿到郑程功嘴边的时候，郑程功这才明白了，袁帅这招叫瞒天过海，也是利用了对手可以截听自己对话的长处。

郑程功马上回答道：“到。”

袁帅继续说道：“鉴于M军对我方发射了两枚导弹，给M军造成了经济上的损失，所以秉着来而不往非礼也的精神，我们决定还给他们三枚导弹。”

“是。”郑程功会意地应答。

他们本来没有什么导弹，但是M军拥有截听我方信息的能力。袁帅的假信息自然会被对方截听，所以袁帅干脆给M军来了个瞒天过海。M军在截听到袁帅这条信息后，自然认定我方要向他们发射导弹，也一定会四处散开。在他们散开的时候，我方就可以对他们进行逐一狙杀。

果然，在截听到袁帅和郑程功的对话后，M军马上四面散开，我方早已经准备好的狙击手快速地对散开的M军展开了狙击。

虽然距离很远，快速射击缺乏精准度，但是因为他们经过王远见的快速反应训练，所以郑程功和高译亮还是分别打中了两个M军士兵。

一名M军士兵的屁股以下位置直接被郑程功爆断，另一名M军士兵的一只手也被高译亮的子弹掀飞了。杨忠良通过耳机清楚地听到了他们的惨叫声。

在12.7毫米的大口径狙击步枪下，不管打中对方的任何地方，哪怕只是打中一只手，12.7毫米可怕的威力也足以将其绞下来，如果得不到及时的救治，便会因为流血过多而死亡。

所以在狙击手与狙击手的较量中，特别是大口径步枪之间的较量，一旦被对方瞄准身体的某个部位，生还的概率几乎为零。所以在这种情况下，最大的敌人还是来自于自己的压力，因为你无法知道敌人的子弹是否已经对准自己。人最恐惧的不是知道自己什么时候死，而是不知道自己什么时候会死，而死亡却随时伴随着自己。这种无形的压力往往会给人带来强大的精神负担，而这种负担带来的直接后果就是精神崩溃或者是判断失误，反应过于强烈，甚至反应迟钝，这对于一个狙击手来说将是致命的威胁。

几分钟后，杨忠良再一次听到一个地名。

“闪开。”杨忠良在闪开的同时，导弹再一次在人群中爆炸，伴随着爆炸声的还有罪恶的枪声。周云和另一名狙击手在躲避导弹攻击的时候被对方打中。周云左腿膝盖被打中，整条小腿凌空飞了出去，胡鹏腹部中弹，鲜血夹着肠子漫天飞舞。

“胡鹏。”江南啸一把扑过去，双手托着胡鹏的上半身。对方的子弹以向上30度的角度刚好从防弹衣的下口射进胡鹏的腹部，他的下半身几乎被鲜血浸透了，身体抽搐着，口中还不断地向外吐着血，右手紧紧地抓住江南啸的衣领，眼睛睁得圆圆的，呼吸急促地说道:“不不不、要让——我这么——痛——痛苦，帮帮——我。”说完嘴里又吐出一大口鲜血。

江南啸非常清楚胡鹏所谓的“帮帮他”就是给他一个痛快，谁都知道，胡鹏没救了。但是要对自己的战友开枪，他怎么可能下得了手？他犹豫地看着胡鹏，不知道该怎么办。

“快，开枪。”李南在一旁叫道，看得出来李南的神情非常痛苦。

江南啸仰天长啸一声，左手轻轻地抹上胡鹏怒目圆睁的眼睛，从后腰掏出手枪对着胡鹏的太阳穴，说了句:“兄弟，你先走，我随后就来。”说完扣动了手中的扳机。

砰，随着枪声的响起，李南一阵战栗，这一枪比打在他心里还痛。

“我操你妈。”江南啸真想冲出去跟M军拼命，但是在这种情形下，出去只会多一具尸体，连拼命的机会都没有。

袁帅艰难地抬起手看了看表，时间到了，包封的部队已经出发了。他的胸口还在汩汩地向外流着血，刚才导弹爆炸，几片弹片从他的右肩膀飞了进去，为了不引起大家的惊慌，他忍住剧痛没吭一声。

远处传来了隆隆的马达声。

这是他们这半个月来制订的战斗计划，先激战四个小时，让M军知道中国陆军的战斗力，对他们形成反威慑。然后中国边防部队的机械化部队在四个小时之内做出反应。这是一个国家在面对敌人入侵时正常的反应速度。

直升机、坦克、重武器对 M 军展开了重重包围，但是 M 军依然利用“毒刺”导弹进行反击，拒不投降。于是包封下令就地歼灭。

战斗结束了，和事前想象的一样，以极小的代价赢得了战斗的胜利。但是什么时候战争可以结束，各肤色可以和睦相处呢？我想，只有牺牲的战友才能看得见战争的结束。

第十七章　庆功会

“玉柔。”看着包封的部队开到后，袁帅再也撑不住了，昏迷前他轻轻地喊着玉柔的名字。

“啊！你怎么打针的?”

此时的玉柔刚好在给一个病人打针，忽然感觉浑身一阵战栗，针扎到了不该扎的地方，却还傻傻地没拔出来，继续往里注射药水。

“喂，你有没有搞错啊，怎么每次打针你都乱打啊?”

“啊。”听到病人的叫骂声，玉柔这才缓过神儿来。

“哦，对不起，对不起。”又是上次那个被玉柔扎错针的小战士。

“搞什么啊，每次都乱打，人家打针收钱，你打针收命啊?”战士明显有点火了。

“噢，对不起，对不起。”玉柔一个劲儿地说着对不起。

“哎，你把针头拔出来啊，天哪，你是医生还是兽医啊?”战士几乎快哭出来了。

“哦，马上拔，马上拔。”玉柔只好魂不守舍地给他拔掉针头。

“算了，算了，大姐，我怕你了，我怕你了，下次换个护士来吧。”小战士明显是怕她了。

“哦，好好好，下次我去帮你叫别的护士来，你可千万不要说出去啊。”说完，玉柔红着脸就出去了。

玉柔一回到办公室，便给军长打电话：“干爹，袁帅是不是出事了，我怎么感觉心里慌得很。”

“不会的，不会出事的，你别多想了，我马上联系他。”军长说完匆匆地挂断了电话。

玉柔听完军长的电话，心神不宁地在办公室踱来踱去，她有种非常强烈的感觉，袁帅有危险了。

护士长跑进办公室看见玉柔踱来踱去心神不宁的样子，关心地问道：“玉柔，你怎么了，看你魂不守舍的，小战士对你都有意见了。”

“哦，没什么，没什么。护士长，对不起，我不是故意的。”

袁帅被推进了急救室，昏迷中他还一直在叫着玉柔的名字。急救室的灯一直亮着，李南他们在门外焦急地等待着。这种场面他们已经不是第一次经历了，这种生离死别的痛苦他们经历过太多了。

袁帅的手术足足用了八个小时，动手术的医生手都颤抖了，胸口总共12片弹片，胸腔大量淤血，失血过多。医生做完手术出来后，对着李南他们说道：“我无法想象他是怎么存活下来的，他的生命力非常顽强。”

“那他现在怎么样了?”李南着急地问道。

“已经脱离危险了，真是不可思议，伤成这样，还有这么顽强的生命体征。要知道，一般人仅胸腔的淤血就能要了他的命，但是他身上没有一处不受伤的，失血2000CC，居然还可以坚持到现在，还能存活下来。我不知道，他是用什么材料做成的，这是个奇迹，我行医二十多年没见过的奇迹。”医生惊叹地说道。

过了一会儿，军长接到李南的电话，手术成功，袁帅已脱离危险。军长悬着的心终于落了地，马上抓起电话，第一时间告诉玉柔。

“干爹，袁帅没事了，对吗?”玉柔马上急切地问道。

“是啊，他去执行了一个小任务，刚才没跟你说，现在已经没事了，他在 ×× 医院，晚些时候转到集团军医院来，到时候你给他特别护理。”军长眼圈发红地说道。

“哦，好好好，谢谢干爹，谢谢。”玉柔提着的一颗心总算落地，又在医院像只蝴蝶一样飞来飞去。

过了一个星期，袁帅的病情慢慢地好转，很快被转到了集团军医院。

对于玉柔来说，袁帅的每次任务都是一次生离死别，每一次看见袁帅活生生地出现在自己面前的时候，就是她最幸福的时候。所以她把每一次跟袁帅在一起的一分一秒都当成是世界末日一样。看着袁帅脸色苍白地躺在病床上，她再也抑制不住，一头扑进袁帅的怀里……

“结婚，结婚。”

“结婚……”看见他们热烈地拥抱在一起，李南他们起哄道。

军区很快为袁帅等人开了庆功会，他们也再一次被破格晋级，袁帅已经是少校了，也是 A 集团军最年轻的少校之一。司令员临时有事，叫军长代替他宴请袁帅等一干人等，还将那瓶珍藏的五粮液交给了军长。

酒席上军长又一次让袁帅谈谈这次战斗的感受。

袁帅说道：“我觉得我们之所以能赢得这场演习是因为我们事前已经知道了我们要面对的是怎样一支部队，多少也知道了一点儿他们的情况，也做了相当充分的准备。我在想，如果我们事前没有预料到，如果不能事先做好准备，我们能赢得这场战斗吗？我想我们谁也不敢下这个结论。现代战争风云突变，如果不遵照军委指示做好打赢一场高科技条件下的局部战争的准备，我想下一场战争来临的时候，我们就不会有这么幸运了。所以作为一个军人，我还是强调‘忧患意识’这四个字。”

“袁帅说得非常好，真正的战争不是演习，我们永远无法知道我们的敌人会用什么方式、从什么地方、在什么时间向我们发动战争。我们要做的就是居安思危，随时准备投入到下一场战争中去。不要以为现在是和平年代就可以化剑为犁，马放南山了，事实上战争就在我们身边，什么时候刀枪入库了，这时敌人就会向我们发动战争了。从海湾战争到科索沃战争，再到阿富汗战争，再到这次与数字化部队的冲突，战争的发展速度已经远远超出了我们的想象。大规模的地面战争已经越来越少，取而代之的是高科技战争、特种作战。这就对我们新一代的军人提出了更高的要求。我们不光要有必胜的信念，压倒一切的战斗意志，还要不断学习和掌握高科技武器的使用方法。”军长感慨地说道。

“对啊，首长说得太对了，他们的数字化装备我们不要说用了，连见都没见过，拿到手里都不知道怎么用。你看这个枪，都不知道怎么拆卸，捣鼓了几天了，也不知道从哪里下手。还有这个袁帅说是什么计算机，在我们手里就是废铁一堆。”李南边说边拿出他缴获来的那些数字化装备。

“李南说得对啊，他们的武器我们见都没见过，我们就算缴获了也等于是一堆废铁。所以我们需要学习，需要在不断的学习中掌握先进武器的使用方法，这样我们才能在未来的战争中立于不败之地啊！”军长语重心长地说道。不过袁帅总感觉军长话里有话。

果然不出袁帅的所料，军长马上就接下去说道：“所以，军区领导经过研究决定，要建立一支特殊部队，这支部队不光装备我国最先进的单兵武器，同时装备武装直升机、轻型装甲车、充气快艇、登陆艇、车载导弹，等等。”

“陆海空都齐了，这都赶上世界先进的特种部队装备了，要是这样就完美了。”袁帅感叹道。

“所以，我们要派一批骨干去军事学院学习先进武器的理论知识，将来可以理论结合实际，更好地掌握高新武器的使用。”军长说道。

“首长，你的意思是要从我们当中选一批人去拿笔杆子？”袁帅还是不死心地问道。

“是啊，那有什么不好啊，掌握高科技武器的使用方法，更好地服务于军队。”军长说道。其实军长知道袁帅他们这几个家伙拿枪杆子拿习惯了，要他们去拿笔杆子多少有点为难他们。

“首长，枪杆子都拿习惯了，现在要去拿笔杆子，感觉很别扭啊。”袁帅说道。

底下的人都纷纷表示同意袁帅的观点，特别是李南从小拿着书就头疼，所以拿笔杆子对他来说绝对是一个巨大的挑战，比上战场还具有挑战性。

“你们刚才还说要是真正战争来临什么什么的，现在怎么都打退堂鼓了？特别是你，李南，你刚才还说了，这个枪怎么拆都不知道，这个计算机在你手里就是个废铁，怎么现在又不想学了啊？”军长假装生气地说道。

李南挠着头皮说道：“不是啊，首长。我的意思是说，你找个懂的人来教我们几天就学会了，就不用去军事学院这么麻烦了，其实学学也不难，这枪总归还是枪，它再怎么变也变不了火箭啊，是吧，退一万步说，这不上学我们不也打了胜仗吗？”

“是啊，是啊，首长。”除了江南啸以外，大家都是看到书就脑袋大的主。

“那好，既然大家都不想去，那就不去了。”军长一副无所谓的样子。

“哈，首长万岁。”底下的人都跳了起来。

“那把你们的装备都交上来。”军长表情相当严肃地说道。

“啊？别啊，首长，这都已经是我们的了，怎么还还啊？不是都划归我们了吗？”

“是啊，是啊，说好了归我们的啊。”大家都纷纷发表内心的不满。

“那你们不愿意学，留着给你们也没什么用啊。与其让这些高档货留在你们手里发挥不了作用，还不如让它们回到能用它们的人手里。”军长故作无谓的样子。

“不，以前我也跟大家的想法一样，但是自从这次对付数字化部队以后，我的想法完全变了。大家想想看，我们准备了这么久，加上边防军侦察排的二十名战士，我们是三十八对二十一，这要是以前还不够我们塞牙缝的，但是这一次呢？我们付出了这么大的代价才勉强算赢了这次战斗。为什么？就是因为我们面对的是一群被高科技武装的对手。但是如果我们事先没做好充分的准备，结果会怎么样？我不敢说必败，但是谁敢说必胜？”一直没有说话的杨忠良发表了自己的见解。

“得，弟兄们，看来我们是真要回到上学年代了。”袁帅的语气显得有些无奈。

“想当年要是能好好上学，现在估计都是北大清华的学子了。临到老了，倒又要重新背上书包，唉，造化弄人啊。”李南故作沉思状。

“你们就满足吧，你们看看我，学校出来后当兵，当了一年多，又考军校，军校出来又当兵，现在又要读军校，我的命才苦呢。”张启鹏无奈地说道。

“我觉得上学挺好的呀，我那时候就想上学，只是条件不允许。”江南啸揶揄道。

“去，你那是混黑社会加早恋，还是师生恋还好意思说。”张启鹏说道。

“就是。”李南附和道。

“我——我那混黑社会也是没办法呀，伟大领袖毛主席说过——哪里有压迫哪里就有反抗嘛，我那是反抗。”江南啸争辩道。

军长看着这帮小伙子你一句我一句地争论着，无非是排遣战斗归来的愤懑，在他们心里，其实是多么期盼能去军事院校进修啊，只是这些小伙子习惯了在过度的消耗之后，用调侃来活跃气氛，消除疲劳。这次的选送学习，的确是难为他们了，不过，对于军队的将来，那是有百益而无一害。军长想到这里，便悄悄地走开了。

“好啦，别抱怨了，有多少人削尖脑袋想上军校啊。现在让你们去还抱怨，趁现在还有几天时间，好好摸摸枪吧，去了军事学院几年都别想摸到。”杨忠良说道。

“不会吧，军事学院不打靶啊？那军事学院还不是部队，还不得打靶呀。张启鹏是不是？你上过军校啊。”李南说道。

“打是打，不过一年一次，打的还是56式半自动步枪。”张启鹏回答道。

“56式也不错啊，还是仿AK-47的哪，世界名枪的兄弟啊。就是一年一次少了点。”金锋略带遗憾地说道。

“对了，有一点很重要啊，袁帅。”金锋继续说道。

“什么啊？”袁帅疑惑地问道。

“这一去就是几年，你不得去看看我弟妹啊？”

“你弟妹？”袁帅更疑惑地问道。

“玉柔啊。”

“我去不去看玉柔，你这么积极干吗？”

“我是说，你要看就趁现在，我们一起去啊。”

“她现在在上班呢！”

“就是要趁上班时间啊！”金锋说着扬了扬眉毛。

“哦，了解，了解。想去看看医院的女护士是吧？”

“心里有数就好了，干吗说这么明白。”

“好吧，那就带你去看看，不过这几天手头有点紧，这晚饭……”

“我请，我请，都是兄弟。”

“好，那我们闲着也是闲着，就一起去帮你物色物色。”

“都是什么人啊，一群周扒皮。”

玉柔听说袁帅要去上军校，是又喜又忧。喜的是，袁帅不用去执行任务了，就不会有危险了；忧的是，这一去又长时间不能见面了。不过总比执行任务好，不用每时每刻都担惊受怕。

“弟妹啊，袁帅现在要去上军校了，你应该为他高兴啊，怎么还紧蹙蛾眉啊？”金锋说完做了个鬼脸。

“没有啊，不管他去干什么，我都支持他的。”

“那我们晚上去喝酒，你支不支持啊？”金锋问道。

“只要不喝多，我肯定不反对。”

“支持要有实际行动啊。”金锋说完，右手食指和大拇指左右捻了捻，做着数钱状。

玉柔一看心中有数了，笑着说道：“那好吧，晚上我请你们喝酒，那你们等我下班。”

“哎，金锋，不是说好了你请的吗？怎么又变成她请了？”袁帅郁闷地说道。

“哎，我们不能辜负了弟妹的一片心意嘛，是不是？”

“那好，我叫玉柔不要叫同事了，就我们……”

“哎哎哎，弟妹请客我付钱嘛，一点儿幽默感都没有，跟我这么多年了，咋还没学会点儿幽默感呢？”

军校的生活对他们来说是一个完全陌生的环境，相对于他们以前在“闪电剑”的生活，军校应该说是一个散漫的地方。每天除了上午、下午各三节课，其他时间都空闲着。他们有大把的时间一起聊天。所学的东西也都是一些很枯燥的数据之类的东西。所以除了江南啸以外，他们大部分时间都在课堂上睡觉。除了上雷达课以外，因为教雷达运用的是个女教员，而且还很漂亮。每次女教员提问的时候，大家都是抢着回答。

特别是金锋，总想在女教员面前表现自己，本来课外活动他都是不参加的，自从那女教员在画画组教画以后，金锋就参加了画画组。这一点让其他几个战友十分郁闷。

下课后袁帅他们直接喝酒去了，叫金锋的时候，金锋说要去学画画，大家都惊讶得合不拢嘴。

“你说就金锋那双蒲扇一样的手，他能拿住画笔吗？这小子是不是中邪了？”袁帅吃惊地问道。

“我看八成是看上画画组的哪个女兵了，你说这也怪你，上次你家玉柔带出来的那个女护士，能把瞎子都吓跑。”杨忠良说道。

“随他去吧，他要是能找到个好女孩，也不错，这对他来说也是一个挑战哪……”

看样子，金锋这次是认真了。当袁帅他们喝完酒东倒西歪地回来的时候，金锋还在那画着呢。

“金锋，你这是画的什么呢？”袁帅看着金锋的画问道。

“走开啦，这是艺术，你们不懂。”金锋专心地画着画。

“艺术，就学了两天，还艺术了。不就是画女人吗？我也会。”袁帅说着就要去抢金锋的画笔。

“别动，什么女人，这幅画是什么，知道不？这幅画叫——观世音的冷笑。这是艺术，你不懂。”金锋认真地说道。

“啊，什么，观世音的冷笑？哥几个，我只听说过《蒙娜丽莎的微笑》，怎么还整出个《观世音的冷笑》来了？”袁帅哈哈大笑。

“你懂个屁，那达·芬奇在创作《蒙娜丽莎的微笑》的时候，他也没想到会成为经典的艺术品啊。我这《观世音的冷笑》没准儿以后也能成为绝世经典。”

“这要是也能成为经典，我明天也画幅画，我画幅王母娘娘的阴笑。”袁帅说道。

“那我也画，我画嫦娥的苦笑。”

“那我画玉皇大帝的淫笑……”

“去去去，哪儿凉快哪儿待着去，别妨碍我创作，一群土人儿。”金锋认真的样子看上去很好笑。

“好，我们别妨碍他成为未来的画家，走，我们睡觉去咯。”

“我们现在所使用的雷达大部分是多普勒脉冲雷达，也就是有源雷达，它的工作原理呢，就是先发射电磁波，然后接受电磁波发射后物体返回的回波。电磁波的发射速度跟光一样。其工作原理也跟光有点类似，比如一个手电筒在发射光柱的时候，光被照射在某一个物体上的时候，就会反射回来，反射回来的物体就会显示在雷达屏幕上，根据雷达波发射和返回的时间测定出目标所在的方位、距离……”美丽的女教员在上面滔滔不绝地讲着雷达的工作原理，金锋在下面认真地记录着。

“中国的雷达相对于西方发达国家还很落后，很多二线部队的雷达还是苏联进口的米波和厘米波晶体管雷达。而现在西方发达国家已经使用集成电路，缩小雷达的体积，减轻了雷达的面积，所以已经将相控阵雷达安装在飞机和舰船上……”

“哎，袁帅，这个得好好听听。”张启鹏用手肘捅了捅正在打瞌睡的袁帅。

“哎，那是雷达兵学的，我们学那玩意儿有什么用啊。我就想把那套数字化装备的操作方式学会，其他的东西没兴趣。”袁帅悄悄地说道。

“别啊，你看人家外国人都学得这么认真，我们不能给中国军队丢脸啊，对不对？”张启鹏说道。

张启鹏跟袁帅之间的小动作被女教员发现了，她盯着他们俩说道：

“那位同学，对，就是你，请你站起来回答问题。”

张启鹏一下站了起来。

“不是你，是你旁边那位。”女教员继续说道。

“袁帅，叫你呢，站起来，快点。别掉链子啊，我们‘闪电剑’丢不起那人。”张启鹏偷偷地踹了袁帅一脚。

袁帅被张启鹏踢了一脚，这才迷迷糊糊地站了起来。

“你现在告诉我，M 制 F16 战斗机的性能数据以及它的雷达反射面积。”女教员问道。

“哦……这个……”袁帅斜眼看看张启鹏，一脸请求援助的样子。

“翼展……”

“旁边的同学不要出声。”张启鹏刚想说话，就被女教员打断了。

“不知道。”袁帅无奈地说道。

“这是我刚刚才讲的，你忘得这么快吗?”女教员目光犀利地看着袁帅。

“谁能回答这个问题?”女教员巡视了一圈后问道。

“我知道。”金锋边说边举起手。

“好的，这位同学，你说。”

“F16 战斗机机长 15.03 米，翼展 9.45 米，带翼尖导弹 10 米，机高 5.09 米。机身可反射雷达面积 27.87 平方米，巡航速度 960 公里每小时。最大速度 2.2 马赫，使用升限高度 17000 米。”金锋一口气将 F16 的性能报了出来。

“好，不错，这位同学请坐下。”说完示意金锋坐下。

“各位同学，我们的周边有很多国家在使用 F16 战斗机，如果我们连它的基本性能都不知道，将来怎么确认来犯的敌机，我们将派出何种飞机应对？不要以为这些东西不重要，未来战争首先要对付的就是雷达和通信，他们先让你变成聋子、瞎子。海湾战争就是一个很好的例子。

美军第一个攻击的就是伊拉克雷达和防空系统，使整个伊拉克的防空系统陷于瘫痪，然后出动大量飞机，进行精确制导的轰炸。为什么美国要研制隐形飞机？就是为了可以躲避对手的防空雷达，然后轰炸重要的军事设施，例如通信、指挥等。然后就可以掌握整个战场的主动权。等到他们出动地面部队的时候，基本上这个国家已经很难能组织起像样的反攻了，因为所有的部队与部队之间、上层与基层之间的通信全部被中断。所以各位想想，雷达对于现代化战争的重要性。”

下课后，金锋紧跟着女教员的步伐，跟了一段路后，鼓起勇气叫道：“陈教员，陈教员。”陈教员听到后面有人叫，便停住脚步回过头，看到是金锋在叫她。她对金锋是比较熟了，因为他们在一个兴趣小组，她对金锋的印象还是不错的。

“有什么事吗？这位同学。”

“哦，也没什么事，就是刚才那位，上课睡觉的战友是我一个部队的，由于你刚才的教导呢，他也认识到自己的错误了，想让我跟你说一声对不起，上课不应该睡觉。还有，他想晚上请你吃饭。”金锋不好意思地说道。

“哦，认识到错就好了，请我吃饭我看就免了吧。”陈教员说道。

“别……别啊，陈教员，你说他叫我来请你吃饭，这个，他也是很诚心地认识到自己的错误了，作为教员你还是要给他一个道歉的机会。”

“那好吧。”陈教员想了想说道。

“那好，就这么定了，晚上六点清波轩，再见。”金锋说完，心情激动，一口气跑到了宿舍，然后故作正经地咳嗽了几声，走到袁帅身边说道，“袁帅，你刚才的表现很不好啊，上课时间怎么能睡觉呢？把‘闪电剑’的脸都给丢尽了。”

袁帅奇怪地看着金锋说道：“我说金锋，你发情了还是怎么着？你看你的脸红得跟猴子屁股似的。你干吗呢，这是？”

金锋这才兴奋地坐了下来，激动地说道：“我约到陈教员吃饭了。”

大家都跟看恐龙一样看着金锋，几乎同时说道：“就你，请她吃饭？”

“是啊，她同意了，骗你是小狗。”金锋沾沾自喜地说道。

“不是，她同意，我们不意外。”

“那你们怎么跟看外星人似的看着我？”

“我们看你是因为——你不会就请陈教员吃碗热干面吧？”袁帅说道。

“估计一碗热干面还是小份的。”张启鹏接着说道。

“不会两人吃一份吧？这也太寒酸了，这是我私人赞助你的五块钱，千万别还给我。”杨忠良扔过来五块钱。

“什么呀，晚上六点，清波轩，别说我不够兄弟啊，我可算上你们了。”金锋一脸义气的样子。

大家都睁大眼睛看着金锋，那样子似要把金锋看穿似的。

“我，我说——我说——你们这是干什么啊？”金锋被他们盯得有些发毛。

“你不会又是，你请客我们付钱吧？这一套已经在我们面前行不通了。”杨忠良说道。

“没有，这一次绝对是我付钱。”金锋信誓旦旦地说道。

“不去。”大家异口同声地说道，然后各做各事。

“哎，我说各位，我可是真心诚意地请你们吃饭，是你们自己不去的啊。”金锋一脸正气地说道。

还是没有一点儿声音。

金锋有点急了：“这样吧，我把钱交给你们，你们总信了吧？”

“啊，什么时候，几点钟，在哪个饭店？”听到金锋说把钱交出来，大家通通开始梳头换衣服。

“什么人哪，都。”金锋失望地看着他们。

“来，拿来。”袁帅伸手问金锋要钱。

“什么?”金锋莫名其妙地看着袁帅。

“钱啊，是你说把钱交到我们手里我们才去的。”袁帅说道。

“给，看你们那势利样。”金锋不甘心地拿出一百块交到袁帅手里。

袁帅看看金锋又看看手里的一百块钱，说道:“我们等一会走进清波轩，然后找一个包厢坐好，然后叫服务员每人上碗热干面，小份的。”

金锋瞪大眼睛看着袁帅。袁帅同样瞪着金锋说道:“我们五个人再加上陈教员六个人，去清波轩除了一人一碗热干面还能吃什么啊?”

“好了好了，再给一百。”金锋说着极不情愿地又拿出一百元。

“好，现在可以吃大份的咯。”袁帅说道。

“估计还可以再加一个汤，榨菜肉丝汤。”张启鹏说道。

“喏喏喏，就这么多了，妈的，一群黄世仁。”金锋说着又拿出两百元，继续说道，“不过说好了，不要说是我请的，就说是袁帅因为课堂睡觉的事情，向陈教员道歉请她吃饭。”

“哦，借我名义泡陈教员，再加一百，要不然不去。”袁帅坐地起价。

“嘿，你们还真会趁火打劫啊，都怀疑你们是不是我战友，一点儿情面都不讲。”金锋极不情愿地拿出了仅剩的八十六块钱，说道，“喏，就这么多了。”

“好了，行，将就了，弟兄们出发。”袁帅大手一挥。

“哎哎哎，说好了六点，现在还不到五点半呢，这么早去干吗?”金锋忙拦住他们说道。

“去逛一圈先，来这么久光上街逛了，还没在学校里好好踩踩地皮呢。据说这里有很多外国学生，张启鹏说了，要泡回洋妞为国争光呢。”袁帅开玩笑地说道。

第十八章　数字精英

YZ 军事学院，是全亚洲唯一一个雷达学院，所以有很多外国友人也在这里学习进修。有非洲一些发展中国家的人，也有一些亚洲国家的人，以及少量的欧美白人。总之，一眼望去，这里俨然是一个小型联合国。

“哎，袁帅，你说那些白人怎么脸上还那么多毛呢，跟猴子似的。”李南看着几个白人从他们对面走来，好奇地问袁帅。

“没进化好嘛，这都不知道。”袁帅煞有介事地跟李南说道。

“那为什么有些中国女孩子还喜欢那些没进化好的白人呢?”李南继续问道。

“谁说的?”袁帅问道。

“你看那边。”李南指着不远处的小公园里，一个长得挺水灵的女孩子正亲密地牵着一个老外的手。

“我就不明白了，你说那女孩子长那么漂亮，怎么就喜欢上了这个家伙呢?”袁帅郁闷地说道。

“就是，你看那老外，长得跟黑熊似的，眼睛绿油油的跟狼一样。”李南说道。

金锋则在一边不停地看着表，根本没心思听他们在说什么。

“哇，你看，袁帅，前面那两个家伙，长得比你还黑。”杨忠良说道。没想到他的话被那两人听到了，其中一个转过头用一口纯正的地方方言说道：“爹妈给的，没得法子。”

惊得他们全都张大了嘴巴，傻愣愣地站在原地半天没反应过来。直到那两人走出好远，袁帅才说了一句：“看来真的不能在背后说人坏话，外国人居然能说一口纯正的地方方言，我们都还没学会呢。”

金锋有些着急了：“我说，时间快到了，我们先去清波轩吧。”

“行，行，行，先去吧，袁帅，要不这孩子得急出病来了。为国争光的事情以后再说吧，反正我们得在这个地方待上两年呢，有的是时间。”杨忠良说道。

“那好吧，鉴于金锋同志的良好表现，等一下，我们就帮帮他，帮他在陈教员面前说说好话吧。”袁帅说道，大家也都纷纷拍手赞成。

“哎呀，关键时刻还是要靠战友啊。”金锋故作感激状。

“是啊，我们就先夸夸他的传世经典——观世音的冷笑。”李南坏笑着说道。

几个人说笑着很快就来到了清波轩，清波轩在这一带属于最好的饭店了，里面有很多服务员都是外国友人他们在这里勤工俭学，所以就吸引了特别多的“爱国同胞”想来此为国争光一把。

他们到清波轩的时候，陈教员已经在清波轩门口等他们了。陈教员也跟他们一样，换下了军装，穿了一身红色连衣裙，在门口一站，俨然就是清波轩的一道风景线，长发飘飘，不施粉黛，清丽脱俗，身材高挑，惹得里面好多客人都有意无意地走到门口借机洗洗眼睛。

“哇塞，陈教员，穿军装是英姿飒爽，穿红装绝对是妩媚动人啊。西施要是活到现在，绝对 PK 不过你。”李南夸张地说道。

“你看，你看，鱼都沉下去了。”杨忠良指着门口的鱼缸说道，逗得陈教员笑得直不起腰。金锋在一旁拉着个脸咳嗽了一声，好像是在说，我才是今天的主角。

大家一听金锋的咳嗽声，也都知道他的意思了，就没再继续吹捧。金锋装得很绅士的样子，上去说道："陈教员，外面挺热的，我们进去吧。"

"好吧，哎，我问一下，你们是不是空军后勤部队的。"陈教员边走边问道。

大家听到陈教员这一问先是愣了一下，马上就反应过来了，不过大家都没回答，看着金锋。金锋发现大家都看着他，便说道："呃，陈教员怎么看出我们是空军后勤的？"

"看你们一个个的，都嘴巴抹了蜜似的，一见面就把人往死里夸，也只有后勤的了，一般一线的部队天天训练，哪有时间学那些油嘴滑舌的东西啊。"陈教员说道。

"陈教员，你这是在损我们还是在夸我们啊？"袁帅说道。

"也不完全是损吧，后勤有后勤的重要性嘛，现代战争打的不就是后勤仗吗？"陈教员不好意思地说道。

"陈教员眼睛还真毒，一眼就被你看出来了，对，我们就是后勤的，空军后勤。"袁帅笑着说道。

"不过看你们的样子又不像是后勤的，后勤的兵一个个都是白白胖胖的，你们黑得跟非洲人似的。"

"哦，是到这里来了以后才黑的，这地方太热了，跟烤箱似的。"金锋挠着头皮说道。

"哎，看来你们的保密条例学得还是很好嘛。我早就看出来了，你们应该是特种部队的，我是故意这样问而已。"陈教员有些俏皮地说道。

他们找了个二楼的小包厢坐了下来，点完菜后关上门，陈教员又继续说道："现在没外人了，你们可以说真话了吧？你们是不是特种部队的?"

"特种部队?"袁帅故装惊讶地反问道。

"别装了，脸是可以晒黑，但是，你们的眼睛骗不了我。"陈教员说道。

"我们的眼睛怎么了，我们眼睛上写着特种部队几个字吗?"袁帅接道。

"你们的眼睛里面有一种……怎么说呢？说不出来，像是一种杀气，但也不完全是，感觉有点冷，但是冷中又带一点儿狼眼的深邃。跟我以前认识的特种部队的战友很像，但是你们的眼睛里比他们多了一种杀气，或者说是傲气。所以我猜你们一定是特种部队的，而且还不是一般的特种部队。"陈教员用肯定的口吻说道。

袁帅等人互相看看，一时不知道说什么好了。

"其实我只是对特种兵比较好奇而已，部队保密条例我也是学过的，你们不说也是很对的，那我就不多问了。"陈教员有点失望地说道。

"呵呵，陈教员，其实也不是完全不能说，说说倒也没什么，只是一些具体的东西就……"袁帅说道。

"我只是对特种兵的生活和训练比较感兴趣，细节上面的东西我绝对不打听。"陈教员听到袁帅这么说，眼中闪现出一丝兴奋。

袁帅看得出来，陈教员只是好奇而已，她并不是想探测军情，也不会是间谍。这一点袁帅经过这么长时间的训练和作战，已经基本上可以从眼神中看出一个人是不是间谍了，所以才这么说的。

"那就让我们特种部队的特种先锋金锋先生跟你说吧!"袁帅这样说是有意拔高金锋在陈教员心中的地位。

这餐饭吃得还是很愉快的，陈教员听了金锋对特种兵的描述，看他们的眼神明显多了一丝崇敬之色。

吃完晚饭已经是晚上八点多了，大厅里还是人群熙攘。

“哎哎，袁帅，你看黑熊也在。”李南说道。

“啊？”袁帅顺着李南的眼神看过去，果然，黑熊带着他的女朋友在一个角落里亲昵地吃着饭。

“咦，这个黑熊这次带着的女人好像不是那个中国人，是个洋妞呢。”张启鹏说道。

“是吗？我看看。”杨忠良仔细地看了一下说道，“果然是，玩弄完了中国女人又搞外国人，太过分了。”杨忠良气愤地说道。

“哎呀，你管那么多，人家愿意，干你什么事。”袁帅说道。

“唉，就是有这种中国女人喜欢被他们玩弄，世风日下啊。”李南摇着头说道。

“走吧，走吧，这年头这种事情多着呢。”金锋说着带头走了出去。

袁帅他们还回过头看了几眼。

“真他妈想揍他。”杨忠良嘴里嘀咕道。

“哎哎哎，有好戏看了。”李南拉着袁帅的手说道。

这时候，只见刚才那个跟黑熊在公园亲热的中国女孩子气呼呼地进来了。

“安德鲁，你怎么又跟这个狐狸精在一起了。”那女孩愤怒地说道。安德鲁先是一怔，然后马上用一口流利的中国话说道：“艾丽，请你尊重一点儿，你怎么能说露丝是狐狸精呢？”

“嘿，还艾丽，名字都改了，中国人叫一个外国名字，活该。”杨忠良说道。

“她就是狐狸精，她要不是狐狸精凭什么抢我的男人。”那女孩说着冲了过去，抓起一个啤酒杯朝那个叫露丝的女人砸过去。不偏不倚，正好砸在露丝的脑袋上，露丝的脑袋上马上流出了一股股红的血。

“艾丽，你疯了吗？”黑熊说着，站起来就给了艾丽一巴掌。这一巴掌打得艾丽原地转了个360度的圈，艾丽扶着一边的桌子才勉强站稳，嘴角渗出一丝鲜血。

“安德鲁，你打我？你为了这个狐狸精打我？我跟你拼了，我……”艾丽说着举起手就冲了过去。黑熊看见艾丽扑了过来，抬腿就是一脚，艾丽被这一脚踹得飞了起来。

“几位绅士，你们就看着一个男人打女人，不上去帮忙吗？”陈教员说道。

“这是人家家庭纠纷，我们去管什么呀，要管也是警察管。”袁帅说道。

“对哦，报警吧！”张启鹏说着拿出手机正要拨打110，就看见邻桌几个正在吃饭的小伙子站了起来，大叫道：“他妈的洋鬼子敢到中国来打中国人，兄弟们废了他。”几个小伙子站起来冲着黑熊扑去。

“先不报警了，看一下再说。”张启鹏将手机收了起来。

“有人英雄救美了，中国从来就不缺少英雄。”袁帅对着陈教员说道。

陈教员笑着说道：“有这么多特种兵在，却让几个老百姓上去英雄救美，你们这特种兵当得也太失败了。”

“话不能这么说，虽然我们是特种兵，但是我是反对暴力的，暴力不能解决问题。世界的主旋律还是和平，我们还是以讲道理为主。”金锋说道。

“那你怎么不去说服他不要打女人呢？”陈教员歪着脑袋斜着眼看着金锋说道。

“现在不是有人在跟他讲道理嘛。”金锋指着那几个小伙子说道。

谁知道话还没说完，那几个小伙子竟然全都被那个安德鲁打翻在地，躺在地上呻吟了。

“现在没人跟他讲道理了。”陈教员指着躺在地上正在呻吟和站在一边看热闹的人说道。

“嗯，现在我去跟他讲道理。”

“金锋，你的心脏?”袁帅说道。

“没问题。”

金锋边说边从口袋里拿出一颗金黄色的药丸吞了下去，然后满脸堆笑地走了过去，边走边说道：“洋鬼子，你怎么可以打女人呢？男人要有风度，不可以打女人的。打女人是不对的。当然打老人也是不对的，打小孩也不对，打什么人都不对，打人是不好的。如果被小孩子看见大人在打人，那被小孩子学去了，对下一代也不好……”

“嘿，金锋什么时候变得这么唐僧了啊?”杨忠良一脸迷茫地说道。

“他在讲道理嘛。”李南说道。

“讲道理还叫人家洋鬼子?”

“人家本来就是洋鬼子啊，难道叫黑熊？叫黑熊人家也听不懂啊。”李南继续解释道。

“那倒是，叫洋鬼子全世界的外国人都听得懂啊。”杨忠良恍然大悟地说道。

金锋嘴里叫着“洋鬼子”走了过去，那安德鲁肯定听了就不爽，刚才三个小伙子都不是他的对手，所以变得更加狂妄了。

只听他大声地说道：“你叫我什么，叫我洋鬼子?”

“是啊，难道你不是洋鬼子吗？问一下在座的各位，大家说他是不是洋鬼子?”金锋转过身对着正在看热闹的人群问道。

“是。”大家都异口同声地回答道。

“呶，看见没有，群众的眼睛是雪亮的。”金锋边说边对着一边看热闹的人群抱拳感谢。

“中国从来不缺少看热闹的人。”陈教员说道。

“岂有此理。”黑熊感觉自己受到了奇耻大辱，咆哮着一记直拳向金锋的鼻子打来。金锋一个闪身，然后伸出右手一把抓住他的手腕，用力一扭，黑熊就嗷嗷大叫起来。金锋一边扭着他的手一边说道：“都跟你说打架不好了嘛，对不对？暴力不能解决问题，如果暴力可以解决问题的话，那人类所有的问题不都解决了吗？打了几千年不还是没解决吗？这说明暴力是不能解决问题的。大家要讲道理……”金锋又跟黑熊讲了一通道理，直到黑熊龇牙咧嘴地痛苦大叫，金峰才放开手。

“我现在才发觉金锋说的话好有哲理哦。”杨忠良抿着嘴笑道。

“他以前就说过很有哲理的话，怎么说来着，哦，只要有欲望就一定会有战争，但是如果人类没有欲望，那么也就不存在了，好像是这个意思。”袁帅说道。

黑熊大叫着扬起一张椅子就朝金锋的后脑砸去。

“金锋，小心后面。”陈教员看见黑熊拿着椅子向金锋砸过来，大惊失色地喊道。但是还没等陈教员喊出来，金锋整个身子腾空而起，一个180度的转身，右脚横扫过去，一脚将那张实木椅子踢得粉碎，左脚则踢向黑熊的胸口，黑熊被这一脚被踢出去几米远。金锋身子落地后，还是稳稳地落在刚才的位置。大厅响起一阵热烈的掌声。金锋抱拳感谢，还不忘说一句：“暴力不能解决问题，大家要讲道理。”

黑熊觉得在自己的女人面前受了如此大辱，摸着胸口又站了起来，拿了两个啤酒瓶，向金锋砸去。金锋低头躲过，然后转身一个箭步蹿到黑熊面前，眼神里露出一股杀气，大声说道：“化外之民，不懂礼数。看我怎么教训你。”

“不好，要出事了，赶紧拉住他。”袁帅说完就冲了上去。杨忠良他们几个也冲了上去。当他们拉住金锋的时候，那黑熊已经被打得动弹不得了。此时的艾丽猛地冲到了黑熊的面前扶起黑熊就骂金锋：“你怎么可以把他打成这样啊，这是我们两个人之间的事，谁让你们插手的啊？”

一边看热闹的人看艾丽居然骂金锋，都纷纷骂道：“贱人。”

金锋等人憋着一肚子气，走出了清波轩。“妈的，她要是我妹妹，我一把掐死她算了。”杨忠良气愤地说道。

陈教员看着金锋说道：“你不是说暴力不能解决问题吗？你怎么还用暴力啊？”

“我是用肉体上的刺激，洗刷他内心肮脏的灵魂。”金锋说道。

“没想到，你们特种兵这么能打，刚才几个小伙子都不是那个老外的对手，你这么轻松就搞定了，了不起。”陈教员敬佩地说道。

“哪里，哪里，雕虫小技，不足挂齿。”金锋已经把他所学过的几个成语全都用在今天了。

“你们特种兵都这么能打吗？还是你特别能打？”陈教员看着金锋问道。

“差不多吧，都还行。”金锋说道。

“我能问你一个问题吗？”陈教员说道。

“可以啊，除了不该说的，我一定知无不言、言无不尽。”金锋说道。

“你们上过战场，是吗？”陈教员忽然转变话题问道。

金锋疑惑地看着陈教员问道：“为什么这么问？”

“一名断了手的军官还被派来深造，没有上过战场的人，能有这个待遇吗？”陈教员说道。

“呵呵，见义勇为，勇斗歹徒，这断手指断胳膊的多了，你怎么就认定我们上过战场？”

“不光是张启鹏的手，还有你们的眼神，每一个人的眼神都有一种慑人的冷气。我想没有上过战场的人应该没有这种眼神吧？”陈教员盯着金锋的眼睛说道。

金锋看着陈教员的眼睛承认道：“是的。”

“我想问在这个相对和平的年代，你当初加入特种部队的动机是什么？”

“嗯，当初也就是因为觉得特种兵比较帅吧，没有特别的目的。后来慢慢地懂了很多。和平，是用鲜血换回来的。现在则是因为离不开这些战友了，还有一些已经牺牲了的战友。”金锋抬起头笑了笑问道，“您还有什么要问的吗？”

“暂时没有了，但是我想将来要问的肯定不少。不知道你愿不愿意跟我讲讲你们的战斗故事。”陈教员说道。

“当然可以，我求之不得。”

袁帅他们放慢脚步，在后面看着金锋和陈教员肩并肩旁若无人地在前面边走边聊。等金锋和陈教员走远后，杨忠良抱着张启鹏大声地唱道：“难道我真的一无所有？”张启鹏也应着杨忠良的曲调唱道：“其实我也是一无所有。”

李南和袁帅在旁边笑着摇了摇头，他们现在也是名草有主的人了。

袁帅他们的学历都不高，所以在学习理论知识的时候感到有点力不从心。对他们来说，拿笔杆子比拿枪杆子要困难得多，不光要学习一些专业的东西，而且还要从基础知识开始学起，因为他们连最基本的方程式都不懂。

“唉，早知现在，何必当初啊，当时要是好好学习也不会沦落到这种地步啊。”袁帅坐在台灯下，冲着张启鹏感慨道。

“这个故事告诉我，多学一点儿知识是多么的重要。”张启鹏得意地说道，他在他们几个里面已经算是知识分子了，所以课外辅导他们就成了他当仁不让的任务。

当然了，最困惑的就数金锋了，他喜欢陈教员，但是又不知道该怎样向人家表白，急得他整天向袁帅他们讨教实施方案。

“哪来那么多事啊，行就行，不行拉倒，哪来那么多花花绕啊。”李南不屑地说道。

“你懂个屁，你先把你的赵青柳追到手再来教我。”金锋反击道。

“我个人认为，追女孩子嘛，就要跟R-77空空导弹一样，一旦跟踪到目标热源，就咬死不放，不管飞机怎么机动，就是跟着热源走，直到完成任务为止。”张启鹏说道。

“对，明天就是星期天，你就学习R-77的精神，锁定热源，直到机毁人亡，同归于尽。”袁帅说道。

“怎么从他嘴里说出来就变味道了啊？还机毁人亡，空战啊？”金锋不屑地说道。

“哎呀，睡觉啦，准备明天空战了。”张启鹏打了个哈欠说道。

“我也睡觉了，你们迎接明天艰巨的任务，我还得想想怎么去搜索目标呢。”杨忠良打着哈欠说道。

第二天，金锋带着大家教的方法，鼓起勇气约了陈教员出去。他带着陈教员来到了郊外一个僻静的地方，那天的天气很好，整片整片的玉米有些已经结了苞谷，有些还是绿油油的苗子。

“这些庄稼真漂亮啊！”陈教员开心地穿梭在玉米地里，就像是一只美丽的蝴蝶。金锋跟在陈教员后面，看着突然变得跟孩子一样的陈教员，他仿佛也回到了天真烂漫的童年时期，老家的地里也是整片整片的苞谷，但是很久没有过这种接近庄稼的快乐生活了。

金锋拉着陈教员的手走到了一块菜地旁，拔了一颗青大蒜动情地看着陈教员说道：“陈教员，我爱你。”

陈教员显然被金锋这突如其来的举动惊呆了，激动而又疑惑地问道：“有拿大蒜表达爱意的吗？不应该是玫瑰花吗？”

“玫瑰花太世俗了，大蒜好啊。你看大蒜吧，它里面是有心的，看见没有。”金锋边说边剥开了大蒜外面的叶子，里面露出了蒜薹。然后继续说道：“你看，这就是大蒜的心，官方叫法叫蒜薹，这跟爱情是一样的，彼此都要用心去呵护那一份爱。”

“呵，你说得也对，大蒜虽然外表不漂亮，但是它却很好地阐述了爱的真谛，不过……这事有点突然，你让我再考虑考虑，行不?”

陈教员将大蒜拿回了军事学院，插在了床边的花瓶里。同寝室的同事问她为什么插一根大蒜在花瓶里，陈教员便将金锋说的话跟大家说了，后来整个学院的人都知道了这件事，一时传为佳话。

军校的学习让他们学会了很多高科技的东西，有些东西虽然对他们现在的训练和作战没有什么作用，但是他们还是努力地学好了教员教给他们的大部分知识。转眼两年的时间过去了，最后的毕业论文答辩会上，袁帅的毕业论文是——《论新时代下的持久战》。

“各位教官，领导，战友们，大家晚上好，我的毕业论文是《论新时代下的持久战》。我国自己设定的和平崛起道路绝对不会是一帆风顺的，M 国等一些强国必然不会坐视我国的崛起而不管，类似于这一次的冲突也绝对不会就此停止。我们必须要克服 M 国设置的种种障碍，这些障碍有时可能会非常激烈。在这种形势下，我们可以很自然地回忆起我们伟大的毛泽东主席当年的《论持久战》，他批判亡国论，认定日本必败、中国必胜；但同时他又批判速胜论，认定弱势的中国要战胜强大的日本不可能是一战定乾坤，而是积小胜为大胜、转弱为强的一个长久过程。历史证明了这种战略思想的英明果断，那么，当下我们面对世界最强大国家的挑战，是不是也需要一个新持久战的战略呢？答案应该是肯定的。因为我们现在没有与 M 国对抗的资本，纵观世界历史，每一个超级大国都有一个与之对抗的国家，但是每一个与当时的超级大国对抗的国家后来都没有成为超级大国，相反那些跟在超级大国背后的国家反而在超级大国没落后，崛起成为超级大国。荷兰在成为超级大国的时候，葡萄牙就选择了与之对抗，而西班牙却选择跟在荷兰背后，后来荷兰没落，替代荷兰的却不是葡萄牙而是西班牙。当然了，我们并不是惧怕与之对抗，只是我们没有具备对抗的实力，更不希望让跟在 M 国后面的第三者坐享渔翁之利，想当渔翁的国家实在是太多了。Y战和A战消耗了M军巨大的财力，加上金融海啸等其他因素，使M国经济始终未摆脱低迷困境，M国政府又面临选举的挑战，于是‘以战养经’论调的冒头便不奇怪。有人相信，现时与中国有限度的冲突，M国是得分的。第一，M国在海空、导弹及信息战中占压倒优势，一场有限度的冲突会如同上世纪末中国某大使馆被炸一样，M军占尽优势；第二，M国占上风之余，必然更加确立在亚洲以及全球的主导优势；第三，历史上M国靠战争发财，一场有限度冲突对低迷的M国经济有发动机的作用。当下所有要与M国正面冲突、正面对抗的想法都是幼稚可笑的，避M国仍是我们的上策。再看看M国的GDP是中国的四倍多，M国的科技实力包括人才和国家投入，中国望尘莫及；核武器方面，中国是M国的零头。因此，对于M国的一些动作，我们现在只能忍。当然，这个忍不是消极的忍，而是在中M角力的大舞台上，以有理、有利、有节的种种策略，谋取中国的最大利益。中国抗日用了14年，包括英勇的东北人民与日本军国主义之间艰苦卓绝的战争。对M军角力的新持久战，我相信绝对不是一朝一夕的事情，这是一场旷日持久的战争。而作为军人，我们所能做的就是时刻准备着，随时迎接任何被强加在我们头上的战争……谢谢大家。”

全场掌声雷动。

金锋的毕业论文则更加现实一点儿——《论高科技条件下的局部战争的战略战术》。

“各位领导，同志，我在这几年的学习和战斗中摸索出一套不怎么成熟的理论。就是不管是世界上任何的部队，包括Y国这种虽然已经没落，但却依然拥有强大海军的国家。在××战争的时候，Y国的海军比A国要强大，但是即便在这种情况下，Y国海军在××战争之前的训练之艰苦依然是世界上很多国家无法想象的。在零下十度的环境下，不管是女兵还是男兵，都一律短袖短裤进行晨跑训练。所以在 ×× 战争打响的时候，Y 国人不远万里，长途跋涉，在气候环境都不占优势的情况下赢得了这场战争。而 A 国军队以逸待劳，天时地利，主场作战却输掉了这场战争。为什么？这是值得我们思考的一个问题，天时地利人和，A 国占尽优势，却毫无悬念地输掉了这场战争。其最重要的原因就是 Y 国非常清楚在失去天时地利的情况下，他们只能从人和上作为切入口。所以在经历了艰苦卓绝的训练后，Y 国人在离自己国家不远万里的作战中赢得了人和。而天时地利是可以根据人和而改变的。在 ×× 战争开始后的登陆战中，Y 国的海军陆战队发挥了不可替代的作用。所有的 Y 国高层在作出战略布局、战术指挥的时候都离不开特种部队的前期侦察、对雷达的摧毁、对目标的定位，等等。这就是战术决定战略的最典型的登陆作战。这只是我举的一个战例，我之所以要举这个战例，是因为我们国家现在面临着很多跟 ×× 战争类似的问题，如我国南沙、西沙、钓鱼岛等很多岛屿的问题……”

他们每一个人都发表了自己对未来战争的不同看法，同样都赢得了战友和领导们的肯定。

两年的学习，使袁帅他们掌握了很多高科技装备的理论知识。而当他们再一次回到“闪电剑”的时候，“闪电剑”已经大变样了。室内兵器场上停着新型装甲车、武装直升机和各种车载导弹……

袁帅等人兴奋地东摸摸西看看。

不远处军长笑呵呵地看着他们，等他们折腾完了，军长才叫他们过来：“还有更好的东西呢，要不要看看啊？”

“当然要了，在哪里啊？”

“跟我来。”军长将他们带到了仓库里，“就是这个。”军长指着一套套挂在架子上的装备说道。

“这不就是那几套数字化装备吗?”李南失望地说道。

“再仔细看看。”军长说道。

“嗯?我们有自己的数字化装备了?”袁帅兴奋地问道。

“应该说是准数字化装备。”军长纠正道。

“准数字化，是什么意思啊?”袁帅不解地问道。

“这只是局域内的数字系统，因为我们国家还没有像M国一样的卫星系统，所以我们只能研制局域内的数字装备。不过我们国家正在加快‘北斗’定位系统的研发，相信不久的将来，我们会有真正的数字化装备的。”

袁帅看着这些装备还有停在室内兵器场上的装甲车、直升机、两栖登陆艇等，由衷地感叹道:“如果哪一天我们的‘北斗’研发成功了，那就完美了。”

“你说什么?”军长听着袁帅一个人在那儿嘀嘀咕咕的就问道。

“啊?哦，我说，要是‘北斗’形成战斗力了，我们的部队就完美了。”袁帅说道。

“对，对，对，完美了，完美了，我们的这支部队就叫——完美部队。”军长说道。

“完美部队?有点自吹自擂的嫌疑啊，首长。”金锋说道。

“不，完美部队的意思并不是说我们的部队很完美，而是希望我们的部队向着完美的方向而努力。”军长解释道。

“是啊，完美的部队不光是武器装备，还有军人的战斗意志。只有坚强的战斗意志结合完美的装备才算得上是一支真正的完美部队啊!”李南喃喃地说道。

“嗯，李南说得不错，看来这两年学没白上，跟我说说，你们都学到了什么?”军长饶有兴致地问道。

“我们学到了现代化武器的使用，增长了不少关于世界先进武器的了解，和很多以弱胜强、以少胜多的战例。但是我觉得最主要的还是开阔了视野。在现在这个时代，战争形势风云突变。两年前，我们以为M军的那次数字化部队的侵入就是为了试探我军的实力。但是同样是两年前的那场战斗，让我了解到了更多更深层次的东西……”袁帅感慨道。

“哦?”没等袁帅说完，军长就急忙打断了袁帅的话问道，“更深层次的东西？是什么?”

袁帅继续说道：“是……我觉得，就两年前那次战斗，M国人没有达到他们当时的目的。但是现在我们再去回忆那场战斗，我们当时的目的又是什么？是反威慑。但是一直以来我们只是跟在别人的屁股后面发展。这又是为什么?”

“因为M国一直在进行着战争，所以他们可以在战争中不断地学习和摸索，而我们已经很久没有战争了，所以我们只能在别人的战争中学习战争，我们当然比他们慢一拍了。”李南说道。

袁帅摇了摇头说道：“不可否认，你的思想代表了大部分人的思想。是，乍一看，这个道理显而易见，但是我们能不能透过现象去挖掘一些更深层次的东西呢？比如说，他们为什么要打仗？他们打仗的目的是为了什么?”

李南郁闷地说道：“你不是在你的论文里说过了吗？他们每次发动战争都能取得相当大的利益，所以他们才会乐此不疲地发动战争啊。”

袁帅点点头道：“没错，如果发动战争可以获得巨大的利益，我想每一个国家都会愿意发动战争。那么，有一个问题，如果不发动战争也能得到利益，那么他们还会发动战争吗?”

军长紧锁着眉头，严肃地看着袁帅问道：“袁帅，你想说什么?”

“首长，M国发动战争的终极目的实际上只有一个——就是利益，而M国政府发动战争所得的利益无非就是赢得选举和保持其国家在世界上的地位。而这种政治也决定了这个国家不可能与中国发生大规模的战争。而想要不跟中国发生大规模的战争有一个底线——就是不要惹恼中国。那么，要怎么做才能在不惹恼中国的情况下取得最大的国家利益呢？中国现在是韬光养晦阶段，所以中国也不想跟M国有大规模的军事冲突。而且假如中M两个大国之间爆发战争，获利的是第三者。这一点有着多如牛毛般智囊团的M国比我们要清楚得多。他们又不想与中国发生大规模的冲突，又想在中国获得最大的利益，这才是他们的终极目的。”袁帅说道。

李南还是不明白地看着袁帅问道：“既然是这样，那么他们为什么还要在边境线上试探我们的实力呢？试探的目的是什么？”

袁帅笑着说道：“这个问题问得好，他们的试探是为了什么？是给我们的邻国看的。从N国大使馆到侦察机事件，他们都能用很小的代价换来巨大的利益。第一，这些小的军事动作可以向我们的邻国传达一个信息，M国并没有放弃亚洲，他们依然是亚洲的军事主宰。所以即便试探失败，他们也会从中获得利益；第二，如果试探成功，就是一本万利了。大家都知道，中国与周边的一些国家有领土纠纷。大家想想看，在这种地缘政治下，如果试探的目的达到了，其结果是什么？而两年前边境线上的试探，应该说我们彼此都达到了一定的目的，只不过我们是在被动的情况下达到。我们的目的是反试探、反威慑。但是这也同时向他们传达了一个消息——中国的陆地边境线固若金汤。”

金锋似乎有点明白袁帅的意思了，他接着袁帅的话说道：“所以说，M国在以后相当长一段时间内不敢、也不会在中国的陆地边境线有什么动作。但是空中或者海上的试探是迟早的问题。”

“嗯？”听完金锋的话，军长猛地回头，惊讶地看看金锋接着又看看袁帅说道，“空中或者海上？”

袁帅看见军长这么大的反应，马上解释道：“只是猜测而已，完全是个人见解，仅供参考。”

“我明白了，我明白你的意思了。”军长紧蹙眉头，陷入了沉思中。

李南拉了拉袁帅的衣服轻声地说道：“首长怎么了？”

袁帅白了他一眼说道：“我怎么知道。”

“那不是你把首长给说郁闷的吗？”李南一脸疑惑地说道。

“哎，不跟你说了，白费力气。”袁帅说着跑开了。

李南一个人郁闷地站在原地自言自语道：“跟我说话白费力气？莫名其妙。”说完摇了摇头转身摆弄新武器去了。

看着满仓库的新式装备，李南就像是刘姥姥进了大观园一样。这些可都是我军目前为止最为先进的武器。

WZ-10直升机，99主战坦克，HQ-12地空导弹……李南看着这些新式武器，兴奋之情溢于言表。而袁帅知道，这些新装备的加入，对他们来说，却是昭示着又一场考验的到来。

新武器的操作，地空联合作战，对他们来说都是全新的课程，也是一个不小的挑战。他们要走的路还很长很长……

（全书完）